KUWEI
酷威文化
图书 影视

唐家小猫

朝小诚

—

著

ZhaoXiaoCheng

百花洲文艺出版社
BAIHUAZHOU LITERATURE AND ART PRESS

目　录

Chapter 01

天下有悲，稚子懂情

贺四爷手里的雪茄轻轻掉了一截灰，掉在西服衣角上。

他皱眉，不悦，换了个坐姿，烟灰扑簌簌掉在地上。这是个有轻微洁癖的五十岁男人。

一只精致的烟灰缸立刻被递到眼前。

一个人，手里有权，就能把日子过到一定高度，连抽雪茄也有人伺候，随侍左右。跟了他半生的赌场经理林薄深弯腰，恭敬声中又带了点询问："老板？"

男人没有说话，抽了口雪茄，烟丝跟着猩红跳动，可见这一口，被抽得很用力。

半晌，他夹着雪茄的手指忽然抬了抬，方位精准地指向了楼下中央大厅的主桌，浑厚的声音阴鸷地响了起来："现在来赌场的，真是了不得，年纪轻轻，就敢在我眼皮底下砸场。"

林薄深脸色未变，他当然知道贺四爷点名的是哪一位。

贺四爷抽了口烟，问："什么来头？"

林薄深心里一沉，知道他这是要亲自出手了。林薄深心里忽然生出一股古怪的感觉，既为楼下那一位年轻人可惜，又为这个人年纪轻轻就敢来这种地方并且凭借精妙绝伦的技术引起贺四爷亲自对付的勇气而佩服。

"查过了，没有特别的地方。"林薄深垂手，恭敬回答，"内地过来的，姓苏，从记录上看，是第一次来我们这儿。也不多话，坐下就赌，不过逢赌必大，常常是开局就 All-in（一次过把手上的筹码全押上）。看样子，很像富二代，近来那圈子里的人都变得低调了，怕被监管层盯上，出来玩也是只玩不惹事，手里的筹码推出去就图个痛快。"

贺四爷听了会儿，掐断了一截烟灰，笑了。

"怕被盯上？这倒是有意思，躲过了监管层，倒引得我想盯一盯了。"

贺四爷从楼上观景台下来的时候，赌场喧嚣的声音静了片刻。这是贺四爷的场子，老板亲自下场，场子里的自己人不必说，向老板恭敬致意是规矩，外人也不傻，这三分薄面自然是要给的。

贺四爷是站在这个年轻人的身后才看清一件事的：这，是一个真正的赌徒。

真正的赌徒都有统一的赌徒风格，对旁的别的都有一种病态的麻木，除了赌，他们别无嗜好。贺四爷是一个很有压迫感的人，危险、非善类，但就是这样一个人，站在这个赌徒面前，他也无动于衷，眼睛只盯着牌，盯得双眼通红，手心汗津津的。贺四爷心里忽然就松了松。一个真正的赌徒是不具威胁性的，再厉害，也不过只是一个赌徒而已。

"朋友。"声名赫赫的贺四爷亲自招呼他，"怎么称呼？"

年轻人心不在焉："姓苏。"

"名字，不能赐教吗？"

他似乎不耐烦，甩名字也甩出了一个"你要听就听"的态度："苏洲。"

"呵，东西南北桥相望，画桥三百映江城。姑苏，好名字。"

年轻人思考着手里的牌，有一搭没一搭地纠正他："不是苏州的州，是三点水的洲。"

"哦，这样。关关雎鸠，在河之洲。同样是好字。"

年轻人低头看着自己手里的牌，连恭维也没上心："赌场里的人，还有能念诗的，倒是少见。"

贺四爷笑笑，在他对面坐了下来，闲话家常似的聊了一句："我不算是赌场里的，严格地讲呢，我应该是算作开赌场的。既然是开嘛，会的当然要多一些，遇到各式各样的客人，也能照顾得好一些，比如阁下你。苏先生，你说，是不是呢？"

年轻人终于顿了下动作，心神都回来了。

他抬头，今晚第一回拿正眼瞧人，出手同方才和人对赌时一样阔绰，奉送上了一个笑容："呀，原来是贺四爷，我失礼了。"

贺四爷心神一晃，有些吃惊。

对面这个男人，年轻是年轻，但未免年轻得过分了，连笑容都年轻出了一种娇俏。娇俏？这怎么可能，那可是女孩儿的专属特权。

这种来历不明的人，是要好好会一会的。

贺四爷一挥手，林薄深立刻心领神会，亲自给对面的年轻人奉茶。贺四爷率先端起茶杯喝了一口，力证这杯茶的清白：这茶，是可以喝的；这朋友，也是可以交的。

“一晚，三个小时，阁下净盈利六千万。这么好的身手，怎么想到来我这地方玩？”

苏洲倒是笑了。

他年轻，说话自然带着年轻人特有的一针见血：“怎么，你这地方，输不起？”

林薄深眼色一厉，护主心切：“混账！竟敢这么对四爷说话！”

身旁两个人上前，一人一边按住了苏洲的肩，眼见就要给点教训，贺四爷挥了挥手，将阵仗挥了下去：“薄深，你无礼了啊。”

林薄深鞠躬，示意众人放开人，退下。

贺四爷又命人给苏洲倒了一杯茶，闲话一二：“输得起，也输得好奇。开场子的嘛，保持一点好奇心，总不会是坏事。你说是不是？”

苏洲靠在椅背上，似乎在权衡他这话的真假。

贺四爷拿出了推心置腹的态度：“我们交个朋友，说一两句真话，你不亏，我也是。赌场嘛，有来有往才长久。”

苏洲喝了口茶，摸了摸牌，笑意盈盈，终于道了句真心话：“普通的赌场怎么有意思？贺四爷您的公海赌场，无人监管，才够味啊。”

贺四爷大笑。

这是一艘国际邮轮，奢华、精妙绝伦。

一路向西，两天一夜，宴会歌舞，暗设赌场，驶出公海，随心所欲。这才是真正的，人性游乐场。

苏洲双手交握，撑着下巴，不疾不徐开了口："贺四爷您走到如今这一个地位，靠的就是一个'猛'字。您是真正的江湖老手，古语中说'暴虎冯河，死而无悔者'，说的就是贺四爷您这样的人。贺四爷年轻时有句话，'但凡我们拿命去赌的，一定是最精彩的'，就这样一力开辟了谁也不敢染指的公海赌场。我总想着，一定要来见一见世面，开一开眼界，今晚来了，果然没有让我失望。"

贺四爷盯着他，盯出了一道笑意深深的视线："不错，我的事你了解得很清楚。那么，我就不得不问了。喜欢来我这儿赌的，内地、香港、澳门，这三地居多。又分水客、陆客。阁下是哪一客，请指教一二。"

苏洲喝了口茶，幽幽道："你一定要问，我倒不是一定要说的。"

话音刚落，肩上两道力道传来，苏洲放下茶杯，知道自己又被方才那两人制住了。

"贺四爷。"他开口，开始提条件，"你这样子，我也不会说的。你开赌场，也不想多事是不是？我来这里，也不过是图个痛快。这样吧，贺四爷你陪我玩一局，过瘾了，是输是赢，贺四爷你想问什么，我都一定回答。怎么样？"

贺四爷双目沉沉，权衡利弊。

苏洲单手一推，将筹码全数推向桌面，一笑，自有诱惑眼中开："六千万，我今晚所有的盈利。我自己再跟六千万，全赌了。就痛快这一次，我过瘾就好。贺四爷，有兴趣吗？"

贺四爷笑了。

到底，他还是一个生意人。

这个筹码，他抗拒不了。

"好，阁下也是痛快。"贺四爷亲自下场，"来者是客，苏先生，你想玩哪一种？"

苏洲眼神盈盈，声音陡然诡秘："我只玩一种。贺四爷陪沈总玩的那一种。"

苏洲的话音刚落，对面的人已经“砰”的一声沉声放下了茶杯。苏洲只感到脖子一冷，知是有人卡住了他的喉咙，眼风一扫，见是林薄深。

苏洲笑了：“连林总都能亲自动手，看来我是说对了。”

这是一个不怕死的人。

为目的，不择手段，连命都能当筹码。

贺四爷眼神中有了阴鸷：“你知道沈御塘？”

苏洲好整以暇，并不打算隐瞒：“沈御塘，御字招牌的百年药企现任董事长。沈家走到他这一代，已是第四代，中药世家，产品远销国内外，良好的口碑和品牌效应建立起了内地第一中药世家的金字护城河。然而沈御塘的下场如何？一个字，败。而且是，惨败。按理说，生意人，胜败是兵家常事，但沈御塘败在哪里，却是一个秘密。挪用数亿公款，那公款是做什么的？是中药世家最重要的原材料购款，购款不足，货品就次，以至于最后，沈御塘不惜用假货上市。他没有想过假货中药的危害这么大，流入市场，立刻引发了副作用，结果出了命案，一石激起千层浪。”

贺四爷笑意渐退：“这些，和我有关系？”

“当然不，沈总的马失前蹄，当然是他自身的责任。”

“那么……”

“我好奇的是，不惜让沈御塘沈总也舍命挪用公款的诱惑，到底是什么。”

贺四爷脸上的笑容全退了。

苏洲莞尔，一笑倾城：“换言之，我想见识的，是那些公款的去处。今日见到了，果然大惑顿解。贺四爷的公海赌场，陷进来了，怎么舍得走。”

贺四爷眼神冰冷。

他觉得不可思议。

就这么一个手无缚鸡之力的小兔崽子，凭着一身不知哪里来的不怕死精神，竟也打打杀杀地冲到他面前来了。

贺四爷直视他的眼睛，沉声开口："你是什么人？"

对面的年轻人眼神一晃，娇俏顿生："方才说过了，我姓苏，单名一个洲字，三点水的洲。"

贺四爷不再同他周旋，吐出两个字："绑了。"

"慢着。"

苏洲的冒险精神证明了他是今晚最好的冒险家，临危不乱，说的就是这种人。他不疾不徐地摸了摸左手无名指上的戒指，缓缓向右一转，"咔嗒"一声，令场面上的人皆脸色一变。

贺四爷拍桌而起，怒声质问："你是记者？！"

苏洲向后一靠，舒服地靠在椅背上，摸着戒指的手十足挑衅："对，我是记者。"

"……"贺四爷一时竟无语了。

苏洲笑吟吟地望向他："贺四爷，方才我已将我们之间的对话用戒指里的传讯器发送到媒体手上。现在的事实是这样的，我这个稿子一写出来呢，你这艘小邮轮肯定就不行了；我今天被你绑了，我也得亏本，占不了便宜。所以我已经想好了我们之间最有利的解决方式，我今晚就在你这艘小邮轮上赌一晚，明天你送我上岸，稿子我是一定会写的，但我也给你时间，去找你的律师团应对。公海赌场长期游走在监管灰色圈，贺四爷你的律师团还是有不少事可以做的。情况就是这样，我现在通报给你了，你同意的话，我就继续赌了，你不同意的话，我就按我的方式干了。"

贺四爷几乎听傻了。

眼前这人，不是开玩笑，分明是疯的。

贺四爷怒极反笑："不知天高地厚。你当我这开赌场，是只开赌场的吗？"

他沉声，动了手："把他绑了，丢出去。海平面这么宽广，还容不下一个记者的溺亡尸首？"

苏洲摩挲着茶杯的右手顿了顿，面沉如水。

他在思考。

林薄深将他绑了的时候也不得不佩服，这种境地之下，竟然还有思考的自制力，心理素质堪称一流。他有些为他可惜，记者做到这一步，太豁得出去了，也不知他会不会后悔。

“走。”

林薄深绑着他的双手，挟着他的肩，一路将他带至邮轮甲板上。

一个诡秘的声音低低地对他开了口：“六千万，怎么样？”

“……”

林薄深脚步慢了慢，这才发现竟然是手里的人在讲话。他一愣，反问：“什么？”

“怎么，嫌少？”

苏洲向他靠了靠。

他这人虽然年轻，底线却是没有的，做起好人来可以送佛送上西，做起恶人来也是一条道走到底。出手又有寻常人没有的狠，当下一口价报出去：“那就翻倍。我出这个价，从你手里买我今晚这条命。林先生，你为他卖命一辈子，动刀动枪的，也赚不到这个数吧？这笔交易值不值，你说呢？”

林薄深张了张嘴，被这突如其来的反水惊住了。

这种感觉很荒谬。

手里的人被他绑着，林薄深却觉得，这个人分明已用方才那句话，反过来困住了他。

此时的苏洲在他眼里，是一个透着些妖气的人。任何人，他都可以拿来利用，拿来动摇，雁过拔毛，毫不手软。

林薄深大喝一声：“闭嘴！走！”

像是听不得他再说什么诱惑性的话，林薄深索性捂住了他的嘴，大踏步地将他往前拽着走。

“……”

苏洲两眼直转，像是没料到这赌场经理竟然不是个贪财之辈，耿直的性情让他都生出了几分敬意，同时也为自己生了一些郁闷：对手越耿直，他就越没有活路。

凌晨，海平面荡漾着一片幽深的黑色，天地间连成一体，波澜壮阔的暗色，扑杀向甲板上的每一个人。

贺四爷负手，他要亲自看着苏洲死，沉声下令道：“扔下去！”

众人应和：“是。”

苏洲瞪圆了眼睛，眼珠骨碌骨碌直转。这是他紧张的表现，他很少有紧张的时候，像今晚这样，已经超出他的意料范围了。

下一秒，他就被人架住身体，抬了起来，准备呈抛物线往海里一扔……

“贺四爷。”一个男人的声音忽然响起，不紧不慢，在这凌晨的海平面上，悠悠传来。

贺四爷下意识地转身。

一个身影缓缓从船头走了过来。

他走得不快，但步子很稳，手里拎着一杯香槟。衬衣被海平面带水汽的夜风吹得有些湿气，显然，他在这儿已经有一段时间了。贺四爷心里一沉，明白这是一个受过某种训练的男人，走路、站立，都可以做到悄无声息，就好比方才，他明明一直站在后面看着，也无一人察觉。

男人从灯下经过，甲板上的灯光洒在他脸上。灯影晃动，映出一张清俊的面容。

贺四爷表情一震。

他非常意外，也非常震惊，竟在这样的时间、这样的地方，看见这个人。

“唐劲？”

男人踱着步子缓缓走过来，经过侍者身边的时候顺手将手里的香槟递了出去。侍者接过，放入托盘中，迅速退下。

贺四爷一步上前，连表情都变了，几分有礼和恭敬浮现在了他圆滑的脸上，他立刻伸手："呀，这海平面的风是真好，把您都吹来了。"

唐劲看了一眼这伸来的手。

他清浅一笑，让这手悬在半空中悬了一秒。

就这一秒的动作，场面上的人已经明白了，高下立现。

江湖中，同人握手讲的就是一个身价对等。主动的那一方，与非主动的那一方，哪个向哪个示好，一目了然。身价高，就有选择权，这伸来的手握不握，这递来的交情要不要，全凭他说了算。

贺四爷笑意不变，笑得一脸平和，没有把手抽回。他心里明白，有机会同眼前这人握手打交道的机会，可不多。

唐劲给了他薄面。

一秒之后，男人伸手，单手握了握眼前这双布满皱纹的手，松开。唐劲声音清浅，绕唇而起："贺四爷的好地方，自然是要来见一见的。"

贺四爷收回手，笑意更深了，不由得转头训斥林薄深："混账！唐家二少爷大驾光临，竟也没有向我提前通报！怠慢了，你负责吗？！"

林薄深被训得出了一身汗，他弯腰致歉，心里一百个窝囊。

不错，他是记得，在邮轮出港前他例行看过所有登船游客信息。公海赌场，讲究的就是一个安全，什么人来玩，先查清楚了，开赌场的心里也有个数。林薄深也记得，游客中确实有一个名字叫唐劲的，但这人登记的信息实在是太唬烂了，递来的名片上写的身份是"浙江小西村商品城营销经理"，一股浓浓的义乌小商品城推销员既视感，林薄深就算是当场见了登记信息也没把他当回事。

唐劲开口，将这回事推得一干二净："出来玩，总不想大张旗鼓。贺四爷，你说是不是？"

"对，对，这个自然。"

贺四爷倾身，带着点攀交情的意味问道："这么晚了，你在这儿是？"

“找人。”

“找谁？”

唐劲单手一指，指向了正被架着差点被扔进海里的苏洲：“我找他。”

“……”

贺四爷一愣，场面上的其他人跟着一愣。

半晌，贺四爷回过神来，视线来回在这两个人身上打量。这是江湖上的老手，已经嗅到了一丝不寻常的味道：“你找他是为了？”

唐劲好整以暇：“算账。”

“……”

贺四爷一愣，其他人跟着一愣。

倒是被绑着的苏某人此时灵活了起来，他心无杂念，见到了唐劲就脚底抹油，迅速对绑着他的林薄深道：“不是要扔我进海里吗？赶紧，快扔吧，别耽误！”

“……”

林薄深本来就踌躇不定，听他这么一讲，更踌躇了。眼前这人的形象显得越发不清晰：有一丝邪，一丝恶，还有一丝背景深不可测……

贺四爷不愧是场面上的老手，第一个回神，迅速地表了态：“唐家二少爷要的人，当然没问题。”刚说完，立刻给了林薄深一个眼色，“薄深。”

林薄深将人放开。

贺四爷今晚给足唐劲面子，放了人，也不欲停留，对唐劲笑道：“人，是你的了。我还有事，就不多留了。唐劲你今晚还有什么吩咐，记得找我。”

唐劲微微颔首，简洁明了：“好，我记在心里。”

一行人浩浩荡荡地离开。这艘邮轮的豪华程度十分可观，如同一座小型城市，有心不想照面的话，怎么也碰不到。

走下楼梯的时候，林薄深有些不甘心，压低声音问：“四爷，您就不问一声，唐劲要算的是什么账？万一，他说的是谎话……”

"说的是谎话，我也得把这谎给他圆完了。"

"……"林薄深一愣，连脚步都停顿了一下。

贺四爷缓缓走着，动作很沉，那是一种经历过太多起落的老江湖看透了一些真相，才会有的斩钉截铁。

"薄深，知道我为什么放着陆上那么多赌场不开，跑来这危险的公海开这个呢？"

"这……大家都明白的，陆上的赌场，大抵是被垄断了。"

"被谁？"

林薄深抿了抿唇，半晌，答了两个人人皆知的字："唐家。"

贺四爷眼底一片幽深。

"薄深，这就对了。赌场的祖宗到了我面前，他要人，就算他要抢，我也只能随他抢。给我一个台阶下，让彼此都好退一步，唐劲今晚已经把面子做足了。这个抬举，我认。"

邮轮甲板上，两个人一个站，一个猫着腰，谁都没先开口。

唐劲负手望着眼前这人，沉默了半晌终于打破场面，声音里有一丝讥诮："刚才不是要跳海吗？跳啊。"

起风了，海平面卷起一个接一个的浪，拍打着船身发出轰鸣的声音。这个叫苏洲的人没来由地吸了一口冷气，头皮一紧，手臂上生起一层鸡皮疙瘩。

苏某人方才面对贺四爷态度横得犹如蛟龙翻江，现在到了唐劲面前，却战战兢兢，背都挺不直。

好半晌，他脸上浮起一个虚情假意的微笑："大家这么熟了，别这样嘛……"

唐劲盯着他，视线几乎赶尽杀绝："公海赌场，玩很爽？"

苏洲继续傻笑，不尴不尬地道："一般般啦……"

唐劲走向他，站定，问："信不信我真丢你下去？"

"没关系啦。"

他挥挥手，一时大意，说溜了嘴：“我贴身穿了救生衣……”

话说得不像落难，倒像是炫耀。倒是本能反应提醒了他，不能再说了，于是才说了一半，就住了嘴。

唐劲一把上前，扯住了他脑后的衣领。

苏洲一愣：“干什么？！”

唐劲手上用力，转身拖了他就走。苏洲一时不察，整个人被他拖在手里，他力气又不敌唐劲，脚沾地也站不住，几乎是一路被唐劲拖在了地板上。唐劲心里发了狠，见到桌椅及一切障碍物都不避，将人从障碍物上拖行而过，苏洲被他拖得一路号，乒乒乓乓两条腿几乎被倒下的桌椅砸到断。

苏某人一路被拖进唐劲的海景套房。

这还不止，继续被拖进套房中的浴室。

唐劲把人丢进浴池，苏洲脚底打滑，连人带衣地滚进了池里。他扑腾了两下，站起来，呛了好几口水，刚想开口喊冤，一股冰冷的水流已经兜头对着他冲撞过来。唐劲站在浴池外，手里拿着淋浴器，水量开到最大最猛，水温调至最冷，毫无同情心地对着苏洲猛烈冲击。当年敌人对革命同志怎么样，唐劲现在就对眼前这人怎么样，只恨身边没有辣椒水，否则一样上。

浴池里的人被冰水冲得眼睛都睁不开了，两手挡在面前，一嗓子号起来：“冰水啊！”

唐劲作恶作到底，水温一下调到最热。

浴池里的人像遇到热水的虾似的猛地弹起来，嗷一声叫：“烫烫烫！”

唐劲把手里的淋浴器往他脚边砸去。

砸在浴池边，发出沉闷的巨响。淋浴器咕噜一声，滚进了浴池，水流继续喷着，在浴池里冒出一个一个小泉眼，聊胜于无地将两人间的沉默稍微打散了点。

唐劲没再看他，转身就走，声音有些恨：“苏小猫，把你不男不女的样子收拾干净。不会收拾的话，我替你收拾。”

话音刚落，浴室的门就被人重重地关上了。

浴池里的人抬手擦了擦脸上的水，笑了。

“生这么大的气……”

她打开浴池的水，躺下去，水温正好，将身上的寒意都驱散了。她发出一声舒服的轻哼，动手将身上早已湿透的衣服一件一件剥下来。

用来伪装的少年模样尽数褪去。

水面下，一个娇嫩的少女身躯，泛着折射的光线，勾出这具身体原始的轮廓。

见一眼，血脉偾张。

苏小猫这一顿收拾，把自己收拾得很舒坦。

她是个不会为难自己的人，做人的准则是“先享福，后吃苦”。转世为人，多大的福分，世间来一遭，她头一个不会过不去的就是自己。作为一个记者，她会讲公理和道义，但作为一个人，她也不会跟自己的低级趣味过不去，往往抓住机会，见缝插针地吃喝嫖赌。

这间海景套房堪称精致绝伦，连浴室都处处透着奢侈的豪华。浴池边上点着香薰，一束布鲁斯玫瑰静静置于香薰旁的玻璃瓶中。苏小猫躺在浴池里，发出一声满足的感慨：“资本主义腐败啊。”

转头，看见一旁的布鲁斯玫瑰，苏小猫饶有兴致地拿了一枝。很正的粉色，温温柔柔的颜色，见一眼，柔软到心底。苏小猫嘴角一翘，果然是唐劲的品位。连花都似人，不热烈，不绝对，对人对己都留有余地。

苏小猫摸了摸花瓣，又嗅了嗅，花香袭人。

她咬了一小口。

一小片花瓣被她以唇撕下，舌尖一卷，连花香一起卷入了口中。

苏小猫霍然起身。

这是一个很有执行力的女孩，透着斩钉截铁的潇洒。她湿漉漉地走出浴池，用毛巾擦干了头发和身体，又站在衣橱前看了会儿，拿起里面的睡袍穿上，在腰间打了一个漂亮的蝴蝶结。

她收拾好了自己。

手搭在浴室门把上的时候，苏小猫勾起了一个狡猾的笑容。

门外，是战场。她知道，她的对手在哪里。

浴室里的人出来的时候，唐劲没有转身。

没有转身，他也看到了她。

海景套房有一流的景观，卧室里一整面的玻璃窗，海平面以深沉的面貌迎接每一道视线的注目。卧室内灯火通明，唐劲正站在落地窗前，苏小猫的身影倒映在落地窗上，唐劲看见落地窗里的人影正走向自己，嘴角噙着一抹盈盈笑意。

一双手，从身后覆上了他的眼睛。

今晚，苏小姐饶有兴致："猜猜我是谁？"

唐劲纹丝不动。

苏某人双手不放，覆着他的眼睛，贴上他的后背。她不够高，只够得到他的肩膀，但也正是这个角度，令她得以见到他当下冷峻的侧脸，这是他心情阴郁的表现。他不是一个阴郁的人，偶尔为之，其中为她的原因占据了大部分，这让苏小猫不仅没有反思的迹象，反而生出些得意来。这是一个很狡猾的女孩子，在判断一个男人在不在意自己、喜不喜欢自己这一方面，有着惊人的天赋。而唐劲，显然已经给了她最好的答案。

她心情愉悦，放开了手，同时环住了他的腰，滑至他面前，对他偏头一笑："是你聪明、有趣、智慧、漂亮的老婆呀。"她调情还不忘夸自己一顿，真是死不要脸的。

唐劲低头看他。

这真是一个很狡猾的女孩。

如果今晚他与她之间存在着一场战争，那么她的出场方式，就已经为她赢得了漂亮的一分。她令他的视线陷入黑暗，人在黑暗中，感官会变得异常敏锐。他闻到她的味道，听到她的声音，浓烈、诱惑，令他情不自禁，暗自想象她此时的样子。下一秒，她就成全了他，如大戏开场，她站在了他的面前，与他想象中的样子合二为一，惊艳动人。

他忽然出手，掐住了她的腰，将她扣向玻璃墙。

她的双手被他单手扣住，高举过头顶。

苏小猫莞尔，这是一个骨子里流着征服欲望的男人，再温和，也懂得进攻。

他开口，问得慢条斯理："你还知道，你是我的人？"

苏小猫笑容很甜，话却不那么有甜味："这个，你倒是有所误会了。我是你老婆，不代表我承认我就是你的人了。"

唐劲目光森冷。

他常常觉得，这个普普通通的女孩子异常厉害。会撒娇，也懂得撒娇，令人疏于防备，以为她无害，往往在见到她另一个面貌时会有种不适感。她稍稍一亮，亮出她脑中的逻辑性，会令人防不胜防。她的逻辑是缜密的、完备的、只为她一人服务的。巧言善辩、出其不意、一招制敌、冷静自持，这些词几乎就是为她量身定做。这样一个人，这样的矛盾体，令唐劲一边深恶痛绝，一边欲罢不能。

他沉声问她："所以，这就是你对我说谎的原因？"

"说谎？这么难听的……"

嘴上这么说着，面上却仍是很甜，苏小猫很少生气，尤其是对唐劲："是不愿意你为我担心，所以才做的善意的举动。"

"哦？善意。"

他笑笑，盯着她，含着一股切齿之恨："半个月前，故意和我吵架，惹我生气，故意激怒我，离开这里，去日本散心，就是为了我不在的时候，你可以进行你的这桩调查，甚至不惜以身犯险，亲自来公海赌场一探究竟。苏小姐，你计谋过人，手段也了得，甚至不惜用在我身上。你所谓的善意，是不是这样？"

"不然呢？"谎言被拆穿，她并不打算否认，"我不愿你为我担心，更不愿你为我插手。”

有些事，彼此心知肚明，他是什么人，她又是什么身份。她的工作性质需要她客观、公正、中立，而这世界上大部分的客观、公正、中立，都需要代价与牺牲。因为这个世界，本就是不公平的。她对他有些礼貌的歉意，她并不打算否认，这样子的牺牲里，也包括了他的好意。

唐劲看着她。

他看了很久，几乎令她有些气息不稳。

她是一个不太能承受太多“专注”的人。长夜安眠才一梦，对月独饮仅一杯。她喜欢“刚刚好”的东西。刚刚好的感情，刚刚好的人性，刚刚好的取舍。只是他对她的专注，太多了，有时她会睡到半夜忽然醒来，发现他仍未睡，坐在床头摸着她的头发，正在看她。每当这时她都会将他拉下，强迫他睡觉，这样子她才会觉得两不相欠。连睡眠都不欠他，刚刚好。

唐劲忽然放开了她，轻声问：“苏小猫，你懂‘夫妻’两个字的意思吗？”

我本来就不懂啊。要不是你死缠着我，我也不是很想嫁给你啊。

苏小猫两眼溜圆，差点脱口而出。

但唐劲转身离开的动作，令她收住了口。

“很晚了，你休息吧。”

他对她说了这句话，没再跟她过不去，也没再理她，一个人走了出去。苏小猫看见客厅的灯亮了起来，她几乎能想象他独自在客厅坐一整晚，自己跟自己过不去，一个人消化情绪的样子。

苏小猫挠了挠头。

哄男人，不是她的强项。

可是唐劲是一个好人，还是一个只对她好的好人，这让苏小猫心里的江湖道义十分过不去。

她喝了口水，觉得头疼。

正喝着水，心生一计，苏小猫同志又咧开嘴笑了。

苏小猫走出来的时候，唐劲正坐在客厅，一个人陷在沙发里，无欲无求地看电视。电视台上正放着一部抗战片，这是苏小猫的最爱。苏小猫从小接受党的教育，爱国主义精神很到位，对资本主义舶来品的靡靡之音很不屑一顾，看电视只看抗战片。唐劲对苏小猫这货毫无抵抗力，对她着迷，连带着对她着迷的电视剧也一并着迷起来。

当苏小猫那张欠揍的脸出现在他面前时，他终于看清了她手里拿着的东西：一套精致的茶具。

唐劲神色不动。

苏小猫笑了。

她知道他是行家，精于茶，通于道。他曾说过，天地之间有一种美，是自然的美，他抵抗不了，就好比华尔兹的舞曲和血小板的动作相互对比，竟是完全合拍的，他对自然的臣服就在于此。苏小猫赌的就是这个，将他的所爱献于眼前，来抗衡她对他的牺牲。

她拿起茶具，按礼数排开，跪坐于前，从左往右，手势还不是那么熟练，但也奋力一试："和、敬、清、寂，所谓茶道四魂，我能做到几分，还请唐先生指教。"

唐劲心弦一动。

嘴上却不客气："你水平太差，没法看。"

"正是不好，才有你来教的余地呀。若是太好，你想插手，也没有办法了呢。"

唐劲嘴角一翘。

他就知道，苏小猫是有那个口才和心计的，让所有对她不利的局面，统统变成好的。

他看了一眼，对她施难："这里没有茶叶，你这一幕戏，恐怕不好收场。"

苏小猫偏头一笑，没有答话。

她拿起茶具之一，单手揭盖，微微斜倾了一个角度，原本该是装着茶叶的茶具里，扑簌簌地飘下了玫瑰花瓣。

唐劲莞尔，终于笑了。

一片、两片，洋洋洒洒，飘下一整片温柔的粉色。花不似茶叶，讲究规规矩矩、工工整整，花很美，什么东西一美起来，四方对它的喜爱也会格外宽容。苏小猫手里的花瓣飘了一地，一瓣花落了下去，落在唐劲脚边，他看了一会儿，心里一软。她以花代茶，又用了茶道的手势，将花融合进水里，温柔而惊艳。她将一杯茶奉于他面前时，唐劲已经完全原谅了她。

他出其不意，一把捞过她的腰，将她整个人按进自己胸膛："苏小猫，你哪里来的这么多主意，来讨男人欢心？"

她抬手环住他的颈项，有一丝坏笑，纠正他："不是讨男人欢心，我是讨你欢心。"

唐劲看着她，目光温柔。

他常常觉得她不可思议。

苏小猫有一种丰富的生命力，近乎于野性。她的"在意"是很稀有的，对一个人、一件事，她有的往往只是"兴趣"而非"在意"，当她了解了、透彻了、尝过滋味了，她的兴趣也就过了。万千世事，在她心里留不下太多痕迹。这也就是为什么，她身为记者，见过了形形色色的恶，仍然可以开朗活泼，甚至无忧无虑。这是一种天分，旁人学不来，也学不会，所以苏小猫只有一个，这样的天分也独她一人所有。

可是他明白，这种天分，有很严重的后遗症：对感情，她也并不很在意。

他看得出来，她喜欢他，但还并不爱他。

唐劲抬手，以手背摩挲着她的脸："历史上往往会有这样一个年代，军阀混战，占据一方为王。拿近代来说，也有这样的例子。东北有张，山西有阎，广西有白。但若要一国安定，总还要有一个'合'才可以。"

苏小猫偏头看他。

像她这样的女孩子，一听就懂："你想当我的中央军？"

"你把你人生的部分，分割得太多了。"他这话里，是有指控的，"工作、生活、感情、理想，你将这么多部分都割裂成了单独的存在，除了感情以外，拒绝我进入你的其他任何部分，这对我来说，不公平。你这样子的人生，不能成立，我也不会接受。"

苏小猫笑意盈盈，没有说话。

她在一瞬间想起"强权"二字。世界历史令她知道，作为一个大国，会不自觉产生霸权欲望，明明不是自己的地方，也要将其揽在手里。她反感强权，但唐劲？她并不太愿意将他和这两个字联系在一起。尽管他插手了她的很多事，但总体而言，与他认识一年、结婚半年，他至今并未太多干预她的人生。这一年半的时间，她积攒了很多对他的喜爱，令她对他也格外宽容。

她忽然倾身向前，贴上他的薄唇，似吻非吻。

"哦，方才你说的，是这样子的不能接受吗？"

唐劲没有动。

他盯着她，声音里有警告："不要在我跟你好好谈话的时候，用这个蒙混过去。"

苏小猫猛地吻上了他的唇。

她几乎是用咬的，将他咬了一大口，挑开他的齿关，她要找到他的热情。不知从什么时候起，苏小猫发现，这几乎已经成了她最大的爱好。半年前刚结婚那会儿，她第一次挑逗他时，她是无意的，既没有人教过她该怎么做，也没有人告诉过她这是怎么一回事。她无师自通，引火焚城，刚开始只是好玩，就好像她当记者、做调研，也只是因为好玩。她是一个玩心很重的人，野惯了。但是后来，当唐劲经不起挑逗被她勾上手的时候，她心里是很震惊的。

这样一个冷静、自持、本性适度、带一点城府的男人，甘愿被她诱惑，这是任何一个女人都抗拒不了的、某种意义上的"赢"。

自此以后，她的本性暴露无遗，很野、又好胜。

赢过了一回，就不允许他再令她失败。

苏小猫环住了他的颈项，收紧了手，将薄唇送入他口中。她刚洗过澡，身上很香，连声音也一并晕染了玫瑰的煽情："哪，喜不喜欢我？不想要，可以推开我。"

唐劲猛地将她压在身下。

他一把扯下她的浴袍，心里很清楚，今晚这么好的谈话机会，又被她蒙混过去了。不是不知道苏小猫的手段和主意，道理他都懂，但就是做不到。这样的感情是否太危险，他无从去想。自他遇见她的那一天起，他就隐隐有些明白，对她这个人，他已开始了某种程度的深陷。

从简历上看，苏小猫是个经历很可疑的人。

父母那两栏，填的均是"不详"，紧急联系人那一栏，则是花样百出。大学时填的是辅导员的手机号，结果因为她惹出的各种状况，辅导员的电话被打爆了；工作后填的是所在公司的总机电话，结果不到一个星期，苏小猫的大名就响彻全公司上下。她不但不反思，反而还挺得意，有时因为工作关系得罪了人，别人要找她算账时，她会很大方地给出公司地址，并且不忘告诉对方"去这儿，随便找个人问一问，都能找到我"，很有混成了一根老油条的味道。

这样的性格里，通常带着点"故事"的意味。没有一点和生活搏斗与讲和的过程，是形不成的。

苏小猫是被人捡来的。

这听上去很像是寻常人惯用的笑话："你哪儿来的啊？""我被捡来的啊！"虽然苏小猫也曾很多次和人这样聊天，然后一起哈哈哈，但是好可惜，不太会有人明白，对苏小猫来说，这其实并不是一个太好笑的笑话。

因为，这是真的。

傅衡始终记得，他在福利院门口发现苏小猫的样子。

夏日有好风，清晨日照尚不浓烈，晨风迎面扑来，令傅衡那一日心情愉悦。彼时傅衡尚未初老，三十二岁，正是担当大任的年龄，大学毕业后回乡，一力挑起了这所福利院的重任。

远离闹市的郊外，日出而作，日落而息，熏陶了傅衡良好的生活作息。他每天五点起，巡视福利院各个环节，开始一天的工作和生活。从大学毕业后起，这样的活，傅衡一干就是九年。这并不是一件容易的事，那个年代的大学生，身价、地位都与众不同，非常稀缺，也非常珍贵。

那是一个充满激情的年代，也是一个一穷二白的时代，民智未开，民风未野，各地都汹涌着一股下海风，“万元户”“大哥大”这样的新名词、新理念层出不穷，历史用它独特的诱惑性，挠着每一个人的心尖。不止一个人、不止一次对傅衡说过：“不然，你走吧，去城里试试，创业、做生意，总比留在这里有希望啊。”每当这时，傅衡总会笑着摆摆手，答道：“不去了，我就在这里了，哪儿也不去了。”他热爱家乡，一并连家乡的苦难都热爱着。他知道，此后一生都会继续这样的日子。后来他用几十年的时间证明了他的决心。

就是这样一个人，成为苏小猫生命中遇见的第一人。

此后，傅衡这一生对苏小猫都是包容的，甚至有某种程度的纵容。因为他太难以忘记了，也太震撼了，遇见她的第一眼。很多年之后，傅衡想起那件事，仍然会不自觉令心底的那一个场景鲜活起来：那一天，那一个小孩子，那个地方……

一个小女婴正在草丛里，被一只老猫护着睡觉。

傅衡看得一怔，连脚步都停住了。

正巧，那小女婴醒了，不似寻常小孩，睁眼就是哭闹，她瞪了一会儿眼睛，身边的老猫也醒了，去舔她的脸，她咯咯笑了，伸手去拔它的胡须。

傅衡几乎是看愣了。

半晌，他终于认得，那是附近刚失去小猫的老猫。母性未失，竟将这小婴儿当成孩子一样来爱护。傅衡心里惊叹，这小孩子是有机缘的，被人遗弃，也能得兽类爱护。傅衡当下走过去，将小女婴和老猫一起抱起来。小女婴脖子里掉出了一根细细的红线，半个核桃上刻着一个“苏”字，傅衡了然。这苦难的年代，这样的事并不少见，这苏姓人家的孩子，怕是已遭人遗弃。傅衡左手抱人，右手抱猫，就在这样一个清晨，将两个生命都救下了。

那一日，福利院的护工将一人一猫清洗干净，问年轻的院长：“这个小女孩，叫什么名字呢？”

话音未落，刚清洗干净的一人一猫又打闹在了一起。

莫名地，傅衡有些心动。

天下但知少女好，一半灵性在江南。

他有预感，这个小女孩将来长大成人，以她的灵动性，必将会惊世动劫。

护工见他不答，又追问了一遍：“院长？”

傅衡沉吟，念出了一个名字——

“苏小猫。”

苏小猫从小就是个问题儿童。

按理说，从小被父母抛弃的孩子多多少少会有这样一种倾向：内向、害羞、自闭、不热爱生活。可是苏小猫不是，她不仅热爱生活，还热爱得不得了。

从会跑会跳开始，苏小猫就表现出了某种匪气。遛狗逗猫，爬树下河，连看电视都不学好，只学会了古时候有钱人家的公子上街欺男霸女的姿态，摸着小女孩的脸蛋调戏道：“你就从了我吧，哈哈哈。”

当摸爬滚打所有的坏事做尽之后，苏小猫终于无所事事到去找书看了。

俗话说得好，不怕流氓懂温柔，就怕流氓懂文化。

苏小猫这么一看，彻底改变了她的人生轨迹。

书中自有黄金屋啊!

苏小猫看的第一本书就很有深度——《毛主席语录》。那个时代的福利院最多的就是这类书，各地各区每当组织捐书本时都捐这样的书，有句口号是这么说的：思想要从娃娃抓起。

苏小猫学会的第一句名言是：枪杆子里出政权。

苏小猫学会的第二句名言是：一切反动派都是纸老虎。

从此以后，苏小猫写检讨的频率和她看书的数量完全成正比。在福利院这一个宽容的地方，苏小猫做足了坏事。去厨房偷吃食物、指挥小朋友一起约架，等等，数不胜数。也因此，福利院每个月都会有乖巧的小朋友被善良的家庭领养，而这样的事从来落不到苏小猫头上。久而久之，苏小猫就成了福利院有名的钉子户。

倒是有一晚，护工女士与院长闲聊，笑着低声问：“其实，是你不肯放人吧？”

傅衡淡淡一笑，没有否认：“这里适合她。去了人家家里，哪里有人受得了她这个个性，她会吃亏的。”

他舍不得她吃亏。

能护多久，他就护她多久。

但苏小猫还是重伤了一次。

她的老猫死了。

这是她的猫，她的亲人，她的命。没有它七年前的一护，没有它那一晚用体温为她抵挡这世间的冰冷，这世上不会有她苏小猫。这七年，她和这一个生命体共生共存。谁说黑猫无情？这一只老黑猫，会在傅衡训斥她时去挠他的脚，会在她和人打架时扑上去帮忙。它和她用七年的生死不离，结成了自然界最原始也最强大的共同体：不认人，不认兽，我只认你。

老猫死得很快，几乎没有痛苦。

它本来就很老了，连走路都颤巍巍的，“跳跃”这样的动作对它而言都已成了高难度动作。但苏小猫仍然不能接受“死亡”这一个概念。

她太小了，尚未成人，“死亡”这一件事还离她很远，她不能接受老猫的死，更不能接受老猫的横死。

她的老猫，是被人用弹弓打死的。

质量上等的钢珠，直直击中了老猫的头颅。它甚至来不及“喵呜”一声，就已经倒了下去，自此以后，再也没有站起来。

打它的人是一个十岁的小男孩，身份却很有来头，是南方沿海一个著名家族集团的独生子。孤僻、内向，甚至有自闭的倾向。他的父亲是福利院常年的资助方，这一年他见天朗气清，江南风和日丽，就执意带了独生子一同来。这一位父亲是有私心的，他忙于工作，疏于家庭，当他发现有些事不太对时，已经太晚了，他的孩子向他封闭了世界，拒绝他的探寻。从此以后，一有机会，他就会带着儿子一同出行，或多或少，想拉近已经疏远的距离。

苏小猫听见老猫哀号的声音，三步并作两步狂奔了过来。

她跑步很快，这是常年被罚跑的结果，苏小猫如果没有往记者这条路上走而是选择运动员生涯的话，她很可能会进入国家田径队。她擅长短跑，耐力也不错，在跑步这一个领域几乎打遍这一带无敌手。此时她心里装了她的猫，更是飞奔而来，十岁的宋彦庭就是在这一刻，转身第一次看见了苏小猫。

他从来没有见过这么小的小女孩可以跑这么快的。

他被她吸引了。

或者说，是被一种生命力吸引了。

他出身在背景雄厚的宋家，见过了精致、奢华、尊贵、完美，唯独没有见过生命力。宋家上至宋家家长，下至管家侍女，信奉的皆是“周到”二字。周到的礼数，周到的服务，周到的风度，周到的面貌。这些周到令他沉稳，也令他沉默。

他看见苏小猫飞奔而来，飞扑在老猫身上，它头上的血沾了她满手。她震惊、痛彻心扉，紧接而来的就是愤怒，滔天的怒意在她七岁的脸上极速蹿起。宋彦庭虽比她年长三岁，论身高、论体力，完全在她之上，但仍是被她脸上的怒意震得倒退了一步。

苏小猫放下老猫，转身，煞气滔天："谁干的？"

宋彦庭左手还拿着弹弓。

这是一个虽自闭但不坏的孩子，他张了张嘴，又落了下去，没有为自己辩白。自此，这世上只有他一个人明白，他的本意是将弹弓对准树上的果子，当老猫晃晃悠悠地出现在他的视线范围内时，他刚射出去的武器已经收不回了。

良久，宋彦庭只低声说了一句："对不起，我不是故意的。"

苏小猫不会知道，这是被诊断出有轻微自闭症、已经一个月没有开口说过话的宋家小少爷主动开口说的第一句话。

苏小猫几乎是猛地扑向了他。

他愣怔，回神之时已经被人打了一拳，左脸火辣辣地疼。打他的人丝毫没有停手的意思，苏小猫骑在他身上，一拳一拳落下来，声音阴狠不已："杀人偿命，十倍奉还，跟你故意不故意都没有关系。"

这几乎就是一个野性的生命。

不认法律，不认道德，只认她心里的那一个"道义"。

宋彦庭只挡，不还手。

他几乎有些震惊，一个七岁的小女孩，哪里来的力气和野性，能将他打到浑身都痛，几乎以为自己会死。

苏小猫最后是被傅衡绑住双手拉开的。

宋董事长扶起独生子的时候，发现他身上已经没有一处完好，唇角、鼻孔、脸上、腿上都在流血，宋董事长心疼不已，问他有没有大碍，又抱起他，心疼地哄他"爸爸在这里，不要怕"。傅衡又气又惊，见宋彦庭有骨折迹象，傅衡扬手，作势就要往苏小猫的脸上打去。

不远处，老猫的身体躺在残花败叶中，无人问津。

苏小猫忽然仰头，毫无征兆地仰天长嘶。

凄厉、悲伤、愤怒、不甘心，似有很多很多的仇，很重很重的伤。

没有落泪，只有嘶吼。若非亲眼所见，不会相信这个声音出自一个七岁的稚子。傅衡那尚未打下去的巴掌就这样停住了，再也打不下去了。

天下有悲，稚子懂情。

他终于明白，这是一个怎样重情的生命。

Chapter 02

不理庙堂，不理江湖

每一个小孩子生命中都有那么一两件称得上“从此以后”的意外。这样的意外，构成转折，也构成命运。从这个意义上讲，很难说命运这回事究竟是连贯的，还是上天信手一挥的断章。

老猫的意外并没有令苏小猫异样太久。

傅衡甚至没有见过她哭。

苏小猫只是把老猫埋了，堆了个小土丘，采了些花放在四周，然后每天来把花换成新摘的新鲜花。她做这些事时一声不吭，也不要旁人帮忙，有凑热闹的小孩子起哄跟着她，七手八脚地要和她一起堆土丘、放鲜花，苏小猫立刻赶他们走，赶不走就打，这是她的强项，这几年都打出名声来了，旁人也不敢招惹她，都挺顺着她。

傅衡悄无声息地跟在她身后，静静地看了她几天。

他这才明白，这个小家伙是有占有欲的。是她的，她要，且死也不要别人来碰。

这让傅衡很意外。

苏小猫很少表现出占有欲。她已过早明白，自己是一个被父母“不要”的存在，这样子的“不要”令她无奈之余也生出了许多潇洒，要得太多，苦得越多，这个小生命太明白这个道理，以至于这些年，苏小猫从不在意自己有过什么，又失去过什么。

是要到这一天，傅衡才明白，她不是没有占有欲，她是太聪明，聪明到令自己不要太在意。除了老猫，她动了感情，没有办法让自己再聪明下去。

这以后，苏小猫惹事的频率急速下降，看书的数量急剧上升。老猫的土丘旁长出了些许小树苗，她常常躺在那里，手里拿一本书，一看就是一整天，看久了就把书朝脸上一盖，以天为幕，一顿好睡。

苏小猫看书的速度很快，跟偷似的。某一天她的政治老师将她在宋代历史课上的无故旷课告诉了傅衡，傅衡问她为什么要这样做，她带着困意对他讲，宋朝有很多文人和思想家，但还真找不出一个像样的政治家，书本上那一套，她不见得会认同。傅衡看她良久，有些明白，这个小女孩已经独自向人生的前方大步迈进那么多了。

苏小猫已有属于她独有的、果断而锋利的思想。

上高中前，傅衡带她去看了一次心理医生。

他常常对她有一些担心，担心她太聪明、会受伤，而心理医生的检查结果表明一切正常，女医生甚至对傅衡笑道：她的心理情况非常良好，甚至可以说，是很少见的优秀；自愈能力、自控能力、自我把握能力，都是一流。傅衡拿着这份检查报告，放下了一颗心。他知道，他有勇气送她朝人生路的前方继续走了。

高中、大学、工作。

当苏小猫再次回来时，已是一个亭亭玉立的女孩子了。倒是她自己有些郁闷，从不正视“亭亭玉立”这个词，因为过了初中之后，她的身高就赌气似的不长了，卡在了一米六的关口，她每晚回去坚持跳高，蹦跶了一年，也没冲破一米六的极限，这让野心勃勃的苏小猫多少有些英雄气短。

苏小猫这次回来，告诉傅衡，她进入了著名的新闻机构《华夏周刊》，当中过程轻描淡写，一笔带过，只说笔试后面试，就完了。然而傅衡几乎不用她讲，都能想象那些场面：过五关、斩六将，舌战群雄，拿下漂亮的 Offer。这是他的小猫，他懂她的实力。头发已有些白的傅衡拍了拍她的肩，告诉她：做记者要注意安全。她有些惊讶，她还尚未告诉他她的职位，傅衡却只笑着道，看得出来，你适合这个，也只有这个，入得了你的眼。

傅衡已经料到，她会因为“记者”这两个字遇到很多人、很多事，然而连傅衡也没有料到的是，这里面，竟还会有一个唐劲。

苏小猫第一次遇见唐劲时，两个人的处境都不太好。

她因一宗调查，暗访时行迹败露，被人追至码头，情急之下苏小猫把心一横，跳进了货仓堆的一个地下仓库。

苏小猫的运气可以说是有那么一点的。三米高的地下仓库，如果不是有货物包在下面垫着，苏小猫不死也必定摔掉半条命。这是一个四面封闭的地下仓库，跳得下来，爬不上去。苏小猫躲过了追赶，但同时发现，她也出不去了。

苏小猫手撑着货物包，想了一会儿，帅气地做了一个决定：既来之，则安之……

她转了一圈，准备坐下休息时，忽然顿住了动作。

一丝血腥味从角落处隐隐散开。

苏小猫定了定神。要不要打手电筒，这是一个问题。黑暗中，她的嗅觉异常敏感，她几乎可以确认，这里有血迹，她不能确认的是，当灯光暴露她的位置时，这一丝血腥味背后会不会有危险指向她。

苏小猫想了想，帅气地做了今晚的第二个决定：还是保命要紧……

她没有打开手电筒，在黑暗中屏息歇了一阵。得益于过去在福利院频繁被罚的经历，苏小猫对黑暗并不陌生，她甚至总结出了一套生存理论，知道如何尽快适应黑暗，如何调整呼吸，如何在视觉有限的情况下保持出色的听觉和嗅觉。苏小猫闭眼一会儿，再睁眼时，她已和这黑暗打成了很好的交道。双眼适应了环境，她也能看清一些状况了。

苏小猫摸黑走过去，直到被绊住。

是一条腿，一个男人的腿。

她停了停，蹲下身，终于打开了手电筒，朝他照过去。

浑身是血，伤痕累累。

他第一次出现在她面前，以一个绝对弱者的姿态。

苏小猫镇定了下，很缓慢地将手里的手电筒一点点上移。当灯光移至他的脸上时，苏小猫没来由地皱了下眉。

好苍白的脸色。

苏小猫心下一沉，明白这是失血的征兆。

她将灯光从他脸上移开，照了照他四周。

纱布、剪碎的衬衫、一颗血染的子弹，还有一把匕首。刀尖血迹未干，腥味煞人。苏小猫几乎是在下一秒立刻明白了这个男人身上发生的一切：他中了枪，一个人躲在这里，用匕首将子弹取了出来，剪碎衬衫包扎伤口，意志力撑到了极限，终于陷入昏迷。

苏小猫关闭了手电筒，蹲在地上不吭声。

救，还是不救，这是个问题。

苏小猫不是那种会“见义勇为、两肋插刀”的人，她略带坎坷的身世给了她最好的历练。在福利院这个地方，她见过了形形色色的人，也见过了形形色色的事。她知道成年人分很多种，有坚持做慈善、收养孤儿的好人，也有借慈善之名行获利之事的恶人。而成年人中还有一种男人，就更复杂了，比如眼前这一个。她知道，这不是一个容易判断的男人。

他的意志力与行动力都令苏小猫震撼，这不是一个普通人做得到的，这是受过某种训练、常年浸淫危险之中的人才会有的行事风格。

他是警察？卧底？逃犯？

他陷入的是警匪之争？卧底互伤？还是……黑吃黑？

这是一个不好判断的男人，也是一个全然陌生的领域，苏小猫踌躇不前。

黑暗中，黏腻的血腥味越加浓重。

苏小猫沉默半晌，似是抵抗不了这血味的侵袭，终于再次打开了手电筒。这一看，不得了，她明白了这血味浓重的原因：他的包扎没有完成，伤口重新裂开，在流血。

换言之，她正在见证一场慢性死亡。

苏小猫霍然起身，走到他身边，一脚踢掉了他身旁的匕首，蹲下身查看他受伤的左手臂。

“朋友，你运气好。听天由命，我救你一次吧。”

她抚上他的手臂，却在下一秒被人反握住了手。

几乎是条件反射，昏睡中的男人猛地惊醒，是不习惯让人近身的本能觉醒。男人翻身将她压在身下，受伤的左手奋力一搏，充当了凶器，一把卡住了她的喉咙。

她的声音几乎是被他掐出来的："不要用力，你的左手会废掉……"

很久以后，苏小猫常常令他失望、伤心、痛苦、彷徨。但只要想起相遇时她开口对他说的第一句话，唐劲就认命了，他什么都可以原谅她。

很难形容那一瞬间，他的感觉。

她被他掐得几乎断了气，他让她几乎没了命，而她让他不要用力，却是为了他。

人在最危险的时候最先想到的事，就是于她而言最重要的事。

生死关头，她的善良闪了光，将他置于她自身之前。

那一刻，她赤手空拳，没有武器，却攻陷了他心底的感情禁地。

一个仓库，两个人。

一个靠着墙壁闭着眼，一个咬断纱布替他包扎伤口，谁也没说话。

一切都在黑暗中进行，苏小猫用嘴咬着手电筒，手电筒微弱的光时而从伤口处闪过他的脸，那一双闭着眼睛的长睫毛，不知怎么好似疲惫至极，令苏小猫记了很久。

苏小猫绑好最后一条纱布，打了一个漂亮的蝴蝶结，关了手电筒。她也不指望他能说声谢谢了，能有理智像刚才那样判断出她是好人从而放开她，苏小猫对这人的评价已经很高了，至少是个有脑子的。而说到底，感谢之类的话，她也根本不稀罕。本就是萍水相逢，不需要情深义重的仪式感。

苏小猫捡起一旁的背包，走到斜对面的角落里往地上一坐，和他坐成了一条对角线。倒不是她小人之心，她明白，这种来历不明还有本事被人追至死地的男人，跟她本就不是一个世界的，帮一把，是道义，帮过之后，还是各走各的路为好。

看情形，至少要等追她的人走了，天亮有人过来，才能将她救出去了。这么一想，她也就不瞎折腾了，还是储存体力为上。苏小猫打开背包，拿出面包和矿泉水，一个人默默地喝凉水啃面包，跟个劳苦大众似的。慢吞吞地吃了一圈，抬起手腕看了看手表，指针才过了五分钟。苏小猫这下是深切体会到了爱因斯坦的相对论：时间可以是短暂的，也可以是漫长的……

黑暗中，对面的男人似乎微微动了动。

苏小猫眼皮抬了抬，装作没听到。

这种时候也只能装作听不到啊。万一他说“我饿了”，要让她怎么接？总不能接一句“那你饿着吧”，虽然她心里的确是这么想的。她的包里本来也就只带了够她一个人吃的口粮，根本没有多余的可以供她救死扶伤。

下一秒，苏小猫却听到了一句低哑的道歉：“刚才很抱歉，我有没有伤到你？”

她动作一顿，微微一怔。

这是一个非常好听的声音，温柔、包容。

苏小猫从来没有听过这样的声音，或者说，她从来不知道，男人的声音原来还可以是这样的。在她自小的认知范围里，男人和男人从来都没有太大的不同，就好像这世上所有的城市一样，轮廓一致，天下一城。

直到这个声音出现。

天时地利都不帮他，黑暗中一副重伤的身躯，单凭一把好嗓音，也可以占尽温柔。

苏小猫开口，几乎有些找不着自己的声音：“没事……”

那个声音重又响起：“谢谢你，为我处理伤口。”

苏小猫喉咙一噎，把自己噎着了。

一个身受重伤的人在她眼前，对她说“谢谢”。苏小猫喝了口水，忽然发现手里这面包她吃不下去了，良心道德都在拷打着她。

苏小猫惆怅地叹了声，拿起背包和水，重又走过去。

尚未散去的血腥味已经不会令她不适，她更多的是担心。血腥味越重，他的状况就越不好。她几乎有些心疼他了，做什么营生不好，为什么非要沾这些打打杀杀的事呢？转又一想，这是别人家的事，他尚且不担心，她又操什么心。

她将手里的面包递给他："吃吗？"

见他没有要拿的意思，苏小猫是个见不得弱者拒绝的人，索性把后路都堵死了："我只剩下手里这个，我没吃多少，还是干净的，你再介意就太过分了啊。"

他靠着墙安静了一会儿，似乎开口说一句话都需要耗费很多力气，半晌，才说了一句："我左手不能动，右手也有伤。"

"……"

苏小猫刚开始还没明白他的意思。当明白过来时，忍不住嘴角一抽："就是要我喂你？"

"……"

他似乎也不适应这样的场面，一时半会儿没接这话。

苏小猫莞尔。

一个身处生死关头仍考虑着男女分寸的男人，至少一定不太坏。

一双手忽然递到了他唇边，他微微转头，薄唇就触到了她的手指。和他冰冷的温度不同，她是暖的，连手指的温度都透着有力度的生命力。她一口一口将面包喂他，怕他渴，又给他喂水，一点一点小心喂进他嘴里，有时不小心，水溢出来，她下意识会抬起手指替他拭掉，会碰到他的唇、他的脸，这感觉好到他都说不出为什么好，这感觉好到他都思考不了哪里好。某个瞬间他终于明白了，她碰一碰他，她的温度沾上他，好似连伤口都不那么痛了。

这一丛生命的火光，不明了，不灭掉，他开始想要。

苏小猫正喂他喝着水，忽然被他一把拖过压在身下。

"……"

苏小猫一个没拿稳，手里的一瓶水骨碌碌掉到了一旁，浪费了一瓶好水。苏小猫匪夷所思：这已是今晚第二次他把她压在身下了，他这是压上瘾了？

“嘘……”他死死按住她的嘴，同时压低身子和她紧紧贴在一起，随手掀起一旁的脏地毯盖住两个人，压低了声音，“不要说话。”

以苏小猫的聪明，细细一听就懂了：有人来了。

脚步声多而杂，声音很重，偶尔有金属撞击的声音，令苏小猫明白，这些人有武器。她沉默着，听见自己的心跳没来由地加快。原来“怕死”的感觉是这样的，苏小猫屏息，不愿懦弱又有些气馁，为了一个无关的男人而被卷入危险的境地，她心里也不是不郁闷的。

一阵谈话，由远及近——

“今天一定要找到他。难得他对外宣称已脱离唐家，没了唐家这个靠山，这么好的机会，不趁此解决这个人，以后恐怕没这么好下手。”

“有消息说，唐易今晚从拉斯维加斯回来。”

“……”

一阵沉默。

半晌，为首的人沉声问：“唐易对这件事是什么态度？”

“不清楚。唐易的为人向来不可捉摸。喜怒不形于色，根本无从下手。”

又一阵沉默。

为首的人下了命令：“好，那就更要在唐易表态之前，先下手为强，除掉我们的目标。”

一声令下，地面上人多势众，分散行动，进行了地毯式搜索。

地下室里，苏小猫扶额，她觉得头疼。

托他的福，今晚她也凶多吉少……

苏小猫头痛欲裂，叹了一口气。

还没来得及把这声气叹完，一束手电筒灯光猝不及防打在了他们四周。

“下面有声响！”

“……”

苏小猫几乎是无语了。不是这么狗血吧，身高不到一米六体重不到四十六公斤的她叹个气能造成多大声响?

伏在她身上的男人不带表情地看了她一眼。

两人对视，都挺无语。本来就凶多吉少了，这下还加速死亡。

苏小猫忍不住低声狡辩：“我不是故意的。毛主席都说了，要给犯错误的年轻小同志多一些机会。”

“……”

男人更无语了。

这种时候了，她还能想起毛主席语录，觉悟真高。

“该抱歉的人是我。”

他忽然这样说。

苏小猫一愣，抬眼对上了他的视线。

四目相对，近在咫尺，他压低了声音更显温柔：“我很抱歉，将你连累进我的事。万一我们落入这些人手里，我会告诉他们你是唐易的人。你什么都不要否认，听我的。这些人敢对付我，也不敢动唐易的人。”

苏小猫几乎是下意识反问：“唐易是谁？”

他没有回答。

他专注地看着她，所有的歉意都在这一道专注的视线里了，他对她许下一个承诺：“你放心，我一定会保住你的。”

原来，温柔是这个样子的。

不理庙堂，不理江湖。

千钧一发之际他挡在她面前，素昧平生，情深义重。她一米六的身躯，九十斤的重量，挡不住一个男人、一份情意生生地要闯进她心里来。

苏小猫嘴角一翘。

真好，没有白白相遇。

地面上，已有人准备跳下去搜索。

“你确定，方才听见下面有人？”

“应该是，我确实听见下面有声音……”

话还没说完，地下仓库里就传来了一阵模糊不清的声音，由远及近，轻微、尖利，又持续。

“吱、吱吱……”

似乎是老鼠的声音。

过了一会儿，又是一阵急速爬行的声音，窸窸窣窣的，声音不大，却连续，一阵又一阵，似浪一般。

地面上的人听了会儿，再开口时，声音有点不稳：“蟑螂……不，是虫……”

为首的人大声斥道：“混账！你还怕虫？！”

“不、不是，这不是普通的虫。”那人像是想到了什么，脸色大变，“是具有传染性的虫。你记不记得，一个月前，就是从这一带发现并且扩散了传染病。后来是政府出手控制了疫情，才稳定下来。这一带一直没有解封，你看下面卸下的那些货，价值连城，但厂家都不要了，就是怕带来感染源。我们是为了找他，才会到这里来，这一带的仓库……至今都不干净。”

说完，场面似乎有些凝固，半晌无人说话。

地下仓库里那细小的声音一阵又一阵，始终不见停。虫鼠横行，不是好征兆。出来做事，多少还讲一点忌讳。

“我们走。”为首的人终于开口，“这脏地方，不干不净，他受了枪伤，伤口易感染，真躲到了这里，恐怕都不用我们收拾他，老天会要他一条命。”

一阵凌乱的脚步声过去，人群迅速撤离。

地下室里，苏小猫竖起耳朵听了一会儿，确定人已经不在了，终于停下了嘴里的动作。她摸着酸痛不已的腮帮，好好按摩今晚她这张立了大功的嘴。嗯，如果能够活着出去，她一定要写本自传什么的，名字就叫《活、着、真、好！》……

目睹了一切的人，撑在她上方，没有动。

经此一役，他望着她的眼神已变了。今晚一场相遇，勾起了他的震撼，陌生的感情扑杀过来，他已忍不住要向她靠近：“你的口技谁教的？”

“随便玩玩的。”

苏小猫摆摆手，不以为意。她的陈年烂账一大堆，福利院的检讨书随便查查就是几抽屉，被关禁闭关久了，她无师自通了很多旁门左道的东西，包括这个。

“玩着玩着就会了。”

“……”

他看着她，忽然想要占有她。

不单想要占有这个人，更想要占有这一份热烈的生命。儒家说经与权，常与暂，他常常怀疑这是否存在，若存在，它的样子是怎样的，他想象不得，时常灰心。这一刻，他终于见到了。五千年的文明涌动的求生意识，危急关头闪现的灵动智慧，一切变与不变，都在里面了。一个灵动的生命降临在他的生命中，他想要做些什么，不知该如何去做，只面目模糊地认定，他要。

他低声开口：“我叫唐劲。”

他的醉翁之意就此开始：“你呢？”

她一笑：“我姓苏，叫苏洲。”

萍水相逢，她并不愿与他亲近。

……

贺四爷那艘奢华邮轮靠岸的时候，苏小猫手里的记者稿已经稳稳地发送了出去。当她回到公司走进老总的办公室做汇报时，化名为“苏洲”的头版头条已经引爆了社会舆论，将公海赌场这一个长期游走在监管边缘的上层游乐场曝光在了大众面前。无数媒体开始跟进，《华夏周刊》牢牢占据引领舆论的位置，苏小猫功不可没。

办公室内，一个陈年之音有力地响起："回来了？"

"对。"

"除了传送过来的稿子，后续呢？"

"录音笔、现场照、录像，都在这里了。后续要做详细剖析的话，这些是最好的素材。"

苏小猫说这话的时候，手脚贴着裤缝，站得笔直。这货在外翻江倒海，见了顶头上司丁延，却规矩得像个小学生。公司上下，管得住苏小猫，也敢管苏小猫的人，只有丁延。

能将苏小猫管住的人，自然也不会是什么好人。

丁延年近五十，是公司的"老资历"。八十年代进《华夏周刊》的时候，这个杂志还是个刚起步的小企业，顶着气势磅礴的"华夏"二字，实际却是个清汤寡水的民营企业。几个新闻系毕业的创始人凭着一腔热情搞起了一个小办公室，东一榔头西一棒槌地搞起了这么个小企业。但说到底，这几个人本质都还是文人，而不是商人，那一代的文人都比较讲骨气，穿着西装到处吹牛拉资金这种事，几个人涨红了脸也干不出来。很快，启动资金就兜不住老底了。就在濒临散伙的时候，大概命不该绝，山穷水尽时，丁延来了。

丁延六岁丧父，八岁丧母，底下还有四个弟妹，可以说是天生地养，真正从苦日子里熬出来的。生存面前，人无尊严，该做的不该做的他都做过，这样的苦日子一熬就是二十年，熬出了一个心理素质十分过硬的男人。

丁延刚加入公司就明白了一件事：办企业，没钱不行。银行贷不到款，民间高利贷也对他拒绝，丁延同志心一横，下了一个十分大胆也十分危险的决定：找广告商。

放在如今这个时代来看，拉广告是个太正常不过的商业行为了，但放在那个年代去看，查一查《华夏周刊》惨不忍睹的销量情况，就能明白这一招实在是兵行险招。往坏处说了，那就是在行骗。

丁延拉广告拉得十分大胆，还十分霸道，每到一处每见一个广告商就缠着人家谈理想、谈前景、谈未来。他天生一副好口才，还很争气地有一副好酒量，往往上来就是三两白酒一口闷，先闷三杯表心意。当时有钱的都是江浙沪的广告商，斯斯文文的江浙沪人民哪见过这样的豪情，一个不小心就被他镇住了，丁延谈起未来的大好前景又是一通天花乱坠，就这样被他拿下了好几宗大型广告。甚至，在当时通用的做法是“先付款百分之三十，广告出来后再付尾款”的情况下，丁延霸道地要“先付全款，后登广告”，外人看来几乎是不可能完成的事，硬是被他完成了，拉来了一笔不小的钱。

有了钱，就有生机。事实证明，丁延同志天生属于那种能够洞察“钱在哪里”的人，每一个行业的暴利崛起，他都敏锐地把握到了。就在那个草莽丛生的年代，在没有互联网冲击纸媒一家独大的情况下，丁延在后来席卷全国的保健品大战、饮料大战等行业混战中，以第三方的身份为各家参战企业提供了最好的广告平台。

丁延打广告的方式可以说是“人有多大胆，地有多大产”，往往整版整版广告打下去。他又是个喝过不少墨水的，写起文案来也是别具一格的土洋结合，挠心抓肝，无往不利，就这样在时代的历史进程中抓住了机会，狠狠赚了个盆满，以金钱与名气双面坐实，一举奠定了后来《华夏周刊》“沿海第一媒体财团”的江湖地位。

此后，丁延在《华夏周刊》一干就是二十五年。他是真正跟着公司成长起来的，手里也有不少的公司股份，几位创始人很多年以前就邀请他进入董事会，都被他拒绝了。这是一个天生要战斗在一线的男人，见一见这大好河山，摸一摸这历史进程，心里才踏实，晚上才睡得着。放在董事会里为了权和利明争暗斗，他会找不到自己的灵魂。

丁延是在一宗娱乐明星的报道中注意到苏小猫这货的。

那时苏小猫已在公司干了一年多。这人大学时没认真上过几天课，考试全靠考前三天突击，她胸无大志，混个及格线上的水平就行，就这样，毕业时的绩点也不怎么样。《华夏周刊》身为沿海第一刊，传媒界重量级的地位，决定了每年招收的毕业生必然是万里挑一。苏小猫混在一群公司新人里，论成绩论身高论颜值她都是吊车尾的位置，一进公司就被分配去了最无关紧要的部门：娱乐新闻部。

苏小猫自己倒是不介意，她是个坐不住的人，天生不适合干办公室白领这种活，只要能天天野在外面东跑西跑，无论跑什么她都能跑出一朵花来。就这样，苏小猫默默无闻干了一年后，暗地里憋了个大招，跟踪某位明星跟了半年，竟然跟出了一宗上市公司内幕交易。稿子一出来，轰动一时，一并惊动了监管层。苏小猫顶着巨大的压力将事实呈现，无数次收到明星粉丝和上市公司公关部门或明或暗的人身威胁，直到当局轰轰烈烈地一查，证据确凿，这才解了苏小猫的困境，也让苏小猫之名一夜天下知。

丁延亲自盯了那一次的新闻事件，冷眼旁观了苏小猫处理事件的全过程。尘埃落定的那一天，丁延直接找了娱乐新闻部的老总周书路，点名道姓要挖苏小猫。周书路一听就说不行，苏小猫这样的记者放在哪里都是个能办事的好货，怎么能给你？说什么都不行。然而他低估了丁延的无耻程度，丁延同志这二十五年的资历不是白混的，直接亮出了公司股东的身份进行强买强卖，不给他就盯着你搞。周书路最后终于顶不住压力把苏小猫让出去了，为这事他心里一直憋着一股气，那年年会发言还骂骂咧咧“我们公司有些老同志，倚老卖老的行为很严重，要纠正”，几个创始人尴尬地笑笑，丁延坐在台下一杯接着一杯地喝茶，充耳不闻。他是个实惠人，想要的人到手了，让你骂两句他也无关痛痒。

苏小猫以前跟着周书路，按着周书路平易近人的性子，苏小猫也比较放飞，常常“老大、老大”地上蹿下跳。跟了丁延后她就不敢了。丁延是真正经历过生死的人，瞪你一眼就能瞪出个生死来，再加上这人经历辉煌，资本过硬，苏小猫这小年轻往他面前一站，不自觉就矮了三分，苏小猫敬畏一切有实力的人，比如丁延就是。

这两年苏小猫跟着丁延，可以说干出了好几件足以名垂经济新闻史的大事件。这一次的公海赌场事件，又可以为她画上漂亮的一笔。丁延胆量十足，心思该细时也细，给她一个化名叫“苏洲”，写稿时不用真名，以保护自己。丁延有时也会想，其实用“苏小猫”这名字问题也不大，一看就像个假名，谁会相信她就叫这个鬼名字。

此时丁延坐在办公桌后，一一检查了苏小猫带回来的后续新闻要素，质量过关。他朝她点了下头，这是他很满意的表示。

“贺四爷很难缠，你有没有受到为难？”

“一点点，还好，能回来就代表没事。”

“辛苦了。”

他对她表示肯定，一抬眼，发现苏小猫正直勾勾地盯着他，表情里写满了“多夸几句”。丁延瞪了她一眼，把她的虚荣心瞪了回去，看她挠了挠头的样子，丁延终于松了口。

“苏小猫。”

“怎么啦？”

“你很不错，我很满意。”

“嘿嘿……”

眼前这货嘴一咧，满足了。这是个不太注重物质生活，但极度需要精神肯定的人，丁延有时会想，注重精神的人通常会很容易受伤，也不知她会不会。至少，他是不希望她会的。

他忽然想到了什么，对她吩咐：“晚上有一个酒宴，你去一下。”

“关于什么的？”

“公司的广告商答谢会，几位公司高层都会到场。”

苏小猫瞪着他：“我为什么要去？”这事跟她有什么关系？

丁延把话说得四平八稳：“你的这篇独家报道，最近正在风口浪尖，会安排你出席也是看中了你最近的舆论效应，对广告商而言，最看重媒体的，就是舆论分量。为了公司下一年的广告收入，你该去这一趟。”

说穿了，就是个招揽金主的红牌。

苏小猫挠了挠头："懂了，我去。"

又交代了几句，丁延就叫她出去了。半晌，丁延拿起办公桌上的酒宴流程表，看着与会流程上的一个名字，想起董事长几天前交代他的一句话——

宋家的现任执行人婉言邀请，在酒宴中，想见一见苏小猫。

"宋彦庭……"

近三年，《华夏周刊》最大的广告商，皆被宋家一门包揽。丁延这才想起，苏小猫刚刚好，进公司的日子也是三年。

苏小猫到达酒宴地点的时候，是晚上七点一刻。

她忙了一下午，中午就买了份便利店的盒饭随便扒了几口，忙完了一看手表已经下午六点半，想起晚上的晚宴，她拦了辆计程车直接来了，下车进入酒店时，才发现这晚宴规格挺高。苏小猫被礼仪小姐领路进入电梯直达四十五层景观宴会厅的时候，她看了一眼电梯里的镜子，这才意识到她的着装大概是有点问题的。

白T恤，牛仔裤，踩了双白球鞋，被人踩了几脚还有点黑……

她看了会儿，电梯门开的时候苏小猫帅气地甩了下背包，心里一把小算盘打得贼精：等一下万一被拦下，正好有借口溜了……

五星级酒店的水准一点都没让她失望，宴会厅门口，四位西装革履的侍者同时拦住了她，为首模样的人礼貌地告诉她："小姐，本次宴会要求在场嘉宾着礼服出席，谢谢配合。"

苏小猫咧开嘴，几乎笑得嘴抽筋："这样？好的！我马上走！"

苏某人两条腿简直都不够跑的，一点都没有犹豫，转身就走！反正人到了，她还装模作样地拍了张被人拦住的画面，明天见了丁延也有借口交差。丁延她还是比较畏惧的，没点证据她还真不敢抬头挺胸。

然而就在苏小猫一脚跨出去的时候，被人一把拉住了。

"等一下。"

来人来不及拉住她的手，顺势拉住了她的背包，苏小猫被拉了个措手不及，本想使蛮力硬着头皮往前跑，心里对自己讲：只当没听见，只当没听见……奈何那人力气不小，力量悬殊之下苏小猫蛮不过他，硬是被肩上这一个包连累了。苏小猫认命地停了下来，郁闷地回头，一眼就看见了一个一点也不陌生的身影。

一个身形修长，气质干净的男人拉住她的包不放，一个用力，将她连人带包一起拉了过来。像是生怕她再逃，他索性一把握住了她的左手，转身对宴会的安保人员道："她是我的朋友。"

门口几位安保人员面面相觑，毕竟是五星级酒店练出来的眼神，形形色色的人和事见多了，看了一眼眼前这两人一个想逃一个不肯放的态度，心里就明白了几分。为首的男人恭敬道："既然是宋董的朋友，那当然是没有问题的。小姐，这边请进。"

没等苏小猫有什么反应，男人拉着她的手就踏进了宴会场。

苏小猫挣了几下，没挣开，很煞风景地对他挑挑眉："朋友，你这牵的是已婚人士的手，不合适啊。"

宋彦庭把她的话当废话，手连松都没有松一下，一路穿行过人群，吸引了全场目光。无声地对人宣告两人"不是外人"的关系之后，他这才解气地放开了她，随手拿过侍者端着的饮料，将一杯橙汁塞进她手中，口气有些冷淡。

"什么已婚人士。和不知哪里来的陌生男人认识半年就结婚了，你这婚结得一点意义都没有。"

苏小猫眯起眼，将手里的橙汁退回他手中："什么陌生男人？你给我放尊重一点啊。人家可是光明正大的美国户口，美籍华裔。"唐劲可是她的自己人，她护短得很。

"苏小猫，你稀罕这个？"宋彦庭盯着她，"你喜欢这个，我明天就去给你办。"

苏小猫双手抱胸，下巴朝他抬了抬，在他一米八二的身高面前，她这一米六的人为了唐劲硬是抬出了个不能输的气势来：“宋彦庭，你把自己当成我的什么人了？”

男人硬邦邦地甩出四个字：“青梅竹马。”

“……”苏小猫整个呆住了。

朋友！没事别装熟好吗！你谁啊？！

苏小猫抹了一把脸，匪夷所思道：“我说，你能不能别……胡说八道？我跟你熟吗？”连“朋友”这个身份都很勉强，充其量也就是“认识的人”……

宋彦庭眉峰一挑：“你七岁那年把我打到下巴骨折，你说我们是什么关系？”

“……”

讲道理，这是深仇大恨的关系吧？

他是怎么将仇恨升华成友谊的……

再说了……

“你那根本不是骨折，是脱臼好吗？”

苏小猫扶额。他根本不严重，你看现在这一位宋董，从上到下有哪个位置不对劲？手长脚长，人模人样。那就证明了，她那一顿打，根本没造成什么伤害嘛。

“我不跟你说了，说不过你。”

宋彦庭转身，将手里的橙汁一口气喝完，消消火。嘴里不说，心思却挂着她，刚喝完，又把一杯橙汁塞进她手里。好似一个小朋友，好东西一定要两个人一起分。他又将她带去了餐桌，一人一个餐盘，把食物统统朝她盘里夹。

苏小猫是真饿了，这会儿也不跟他废话了，她人都来了不能白来这一趟。五星级的宴会自助餐非常不错，她这人对食物的要求不高，碰上了这一顿就像是老鼠掉进了米仓，宋彦庭夹给她的她照单全收，嘴里也不闲着，典型的小市民心态：“给我挑贵的，好不好吃无所谓，关键是要吃回本。”

宋彦庭也是个内心戏丰富的家伙，一见她这饿死鬼的模样，不知她被唐劲怎么虐待了，深深揪心。

他对唐劲没有一点好感。那一个不知从哪里冒出来的男人，忽然就遇上了苏小猫，缠上她、勾上手、带上床。那不是别的女人那可是苏小猫，聪明得跟个鬼似的，竟然两三下就被人得了手。

宋彦庭心里一直憋着一口气，坚决不承认这是爱情。这哪里是爱情，这分明是拐骗！他期待苏小猫有一天可以回头是岸，认清唐劲的资本主义腐朽真面目。

宴会流程开始，各种环节生产流水线似的走了一遍。作为《华夏周刊》全年广告的最大客户，宋彦庭代表甲方公司上台做了一次演讲，谈理想、谈未来、谈前景，很有二十五年前丁延拉客那一套说辞的感觉。但宋彦庭显然比丁延更适合这一个时代，他外表斯文，内在充满张力，又不大表现，这就给人无限遐想。或许了解他的，除了家人，只有苏小猫。苏小猫坐在台下角落的沙发上，捧着个餐盘吃得慢慢吞吞，偶尔眼皮抬一抬，看着台上那个人，即便是演讲依旧点到即止。她明白，少年时代的自闭症在他身上留下的是长久的后遗症，他仍是一个不爱说太多话的人。能成长为如今的模样，已是奇迹。

苏小猫不知道，这一个奇迹里，她的分量占据了大部分。宋彦庭在她面前从来不寡言，她就是他想开口和这个世界谈谈的全部理由。

演讲结束，宋彦庭下了台，径直坐到苏小猫身边。本就不宽敞的单人沙发，他一个大男人硬要挤一起，一点都不客气："过去一点，挤挤。"

被他烦了那么多年，苏小猫早就练就了把这人当空气的本事，自顾自埋头吃炒饭。她这顿饭吃得很艰难，时不时被人打断，皆是来找宋彦庭的，递上名片想和南方最大财团的现任执行人攀交情。

一见宋彦庭和身边这女孩连吃个饭都要共坐一张椅的关系，各位心里都有数了，伸手就要握一握："这位是？"

宋彦庭也不客气，信口开河："我的青梅竹马，《华夏周刊》的苏小姐。”

苏小猫摆摆手：“不是，不熟。”

他俩一正一反，搞得前来攀交情的同志们十分尴尬，最后一帮老江湖一起打哈哈：“中国人，一家亲，都是朋友，哈哈哈。”

苏小猫低估了宋彦庭如今的身家地位，前来主动认识的人只见增多不见减少，苏小猫不堪其扰，端了盆炒饭准备撤。宋彦庭就像是手脚长在了她身上，连体婴似的离不开她，一见她走立刻脚步跟了上去。他看穿了她的心思，抓住她的手臂就往外边走。

“跟我来。”

四十五层空中酒吧，全城夜景尽收眼底。灯火一城，人景共存，真正身临天下之感。

仅对 VIP 客户开放的空中酒吧此时正在营业，总经理站在门口，见到前来的男女，女士手上甚至还端着一盘未吃完的炒饭。总经理一愣，旋即见到了一旁的宋彦庭，当即懂了，恭敬致意：“宋董，欢迎。”

宋彦庭端来一杯清水给苏小猫的时候，苏小猫正靠在栏杆旁，把一盘炒饭吃光了，撑着下巴站得歪歪斜斜，啧啧感叹：“还有这么腐败的地方。”

宋彦庭把玻璃杯递给她，夜风将他的声音都渲染出了几分低哑的味道：“这次你的报道，有没有被为难？”

“我能站在这里，你看不出来？”

“贺四爷不好惹，你能全身而退，我是不大信的。”

苏小猫一笑：“是有点小麻烦。”

宋彦庭转头去看她：“你可以找我的。”

苏小猫双手抱胸看他，把话说得理所当然：“我连唐劲都不找。”言下之意就是，你？就更不可能了。

宋彦庭生气。

从她口中每听一次那个名字，他就生气。

“他才认识你多久？你拿他和我比啊？”

“你等等。”苏小猫皱眉看他，“这事能用时间来比吗？再说了，我跟你除了打了一架的关系之外，其他还有什么关系吗？”

“是不是我那句话，让你不愉快？”

“……”

苏小猫倒是没想到他会说这个，看了他一眼。

一年之前他俩吵了一架，她烦他跟着她，他仍然死性不改地绕着她打转，最后两人都生气了，他发了顿少爷脾气对她吼：苏小猫你这个野人，你都不懂感情！

她的回应是将他冷处理了一年。

她是了解自己的。享受人生，不要较真，这就是她喜欢的方式。每当她享受这世界的简单时，它就以复杂的面貌一次又一次地震撼她。纵情使性，这是大型动物的特权，她不想有，她只把自己当成一个小人物。

他看着她，目光里有隐痛的温柔。

对于他而言，不占有自己有欲望的人，是世界上最难的事。他却把这么难的事，一做就是二十年。

“是不是那时候，我那句话令你不高兴了？”他低声问，需要一个答案，“所以你拿一个陌生男人来试自己，也试我说的那句话？”

苏小猫笑容渐隐。

人的一生有一半是在面目模糊、掉头离开以及另起一行中度过的。

她的另起一行，究竟是真心，还是罪恶？

两个人不知何故，一时皆沉默，各怀心思，所为的未必是同一件事，呈现的沉默却是一样的。苏小猫抬手喝着手里的冰水，杯不离口，宋彦庭也没有再追问，陪在她身旁，站成了一个并肩的姿势。

谁也没有发现，身后一个人影站在不远处，看了这一幕许久。

他看够了，在夜风中突兀地出了声，单凭一把好嗓音，占尽上风。

“宋董如果有问题，我太太回答不了，为什么不直接来问我呢？”

Chapter 03

为女孩子受的伤，死不了

宋彦庭几乎是下一秒就看见了苏小猫脸上的表情。

惊喜、愉快。

不知何故，她看见唐劲总是愉快的。苏小猫跳下栏杆旁的小台阶，连蹦带跳地去到了唐劲身边，一米六的身高需要仰头才能跟一米八五的唐劲对话。苏小猫仰起头，眼里都是星光：“这么巧，你也在这里呀？”

唐劲拿起随身携带的白手帕，伸手替她擦了擦嘴角：“吃什么了？这么油腻。”

苏小猫一眼就瞅见了眼前这块手帕右下角的花型 logo，奢侈品的身份昭然若揭。这是一个很精致的男人，带着深藏不露的张力。她被他吸引而不自知：“今晚公司在这里有一场广告商的答谢酒宴，我过来露个脸，为公司拉拉客户。”

唐劲拭去她嘴角的痕迹，声音悠悠：“有宋董在，《华夏周刊》的广告收入不成问题。”

“……”

被公然点到名，宋彦庭转身朝他望去，凉飕飕地开口：“你把我查得很彻底啊？”

“没有特别想要查你。”唐劲笑容清浅，不疾不徐，“宋董每年都把广告阵势打得那么大，明眼人稍微算一算，就能算出一个大概了。”

“……”

宋彦庭被噎了下，一时还真没法反驳。

唐劲收回手帕，对她伸手，做出一个邀请的姿势：“我正好要回去了。你是继续留在这里，还是跟我一起回去？”

苏小猫咧开嘴。

她一把抱住他的手臂，整个人挂在他身上，一张油腻腻的脸不客气地蹭蹭他的西服：“我当然是搭你的车回去啦！”

唐劲含笑点头：“好。”

他牵起她的手，脚步一旋，转身离开。

宋彦庭的声音从身后传来，急促、不安：“苏小猫！”

两个人齐齐站住，苏小猫转头，莫名其妙："干吗呀？"半夜三更不要喊她的大名好不好。

宋彦庭看了她一会儿，赌气似的转身不去看她了，背朝着她挥手赶她走："走走走，我不想跟你说了！"

"……"

这人，也是神经了。

苏小猫"嘁"了一声，没再理他，走了两步想起什么，转身朝他交代了一句："你晚上喝了酒，别开车！"

交代完，觉得自己这境界真的很可以，是个大好人，苏小猫心情愉悦地抱着唐劲的手臂一路腻歪地进了贵宾电梯。

直到一声清晰的电梯关门声传来，宋彦庭才回头看了一眼关闭的电梯，他转过身，望着眼前这灯火一城，肩膀微微陷了下去。

他很担心她。

"你连他是谁都不清楚，你怎么就敢嫁给他？"

旋即他又自嘲："不过也对，连我都查不出来他是谁。"

那个叫"唐劲"的男人好似没有历史，当下见了他，不知他是谁。宋彦庭明白，这世上有一种人是不能惹的，那就是在信息社会还可以隐去面貌，让人无从查出痕迹的人。

可是偏偏这样一个人，遇见了苏小猫。她落入他的掌中，随他起舞，不知等待她的会是何种旋转，离心力将她迷惑，也使她有失控掉落悬崖的危险。

宋彦庭眼神落寞。

他为她担心，不知如何是好。

苏小猫在酒店门口看见一群人正等待着唐劲，西服革履，公文包在手，一个个位高权重的样子。

唐劲让她先上车，转身对为首的人简单交代了几句："改天再谈好了，今天不行。"

那人吞吞吐吐，奋力争取："二少爷，资金等不了啊。"

唐劲没理他，把话说得很死："今天我没心情，想不了这事。"

"……"

扔下几位目瞪口呆的西服同志，唐劲上车，关上了车门。

苏小猫来回看了两遍眼前的人，忽然明白他方才说的"我正好要回去了"恐怕不是正好，而是他的临时起意。

回家的路上，唐劲开车，苏小猫坐在副驾驶的位子上，眉飞色舞。

苏小猫自己也说不清楚为什么，和唐劲在一起，她总是特别喜欢说话。上到天文地理，下到民生百态，指点江山，挥斥方遒，什么都能谈。唐劲是一个非常好的倾听者，也是一个非常优秀的聊天对象，无论她谈什么，他都能接下她的话，话不多，却很准，三两个字直点要害，在她心尖撩一撩，令她长久地心神动荡。

苏小猫正绘声绘色地描绘着今晚各路好汉与宋彦庭攀交情的壮观场面，唐劲忽然出声，问了句："今晚的酒宴，是宋董邀请你去的？"

"当然不是呀！"苏小猫正色，宋彦庭算个什么，唐劲也太看不起她了，她可是官方特派，"是我们丁总派我去的。丁总你知道吗？声名赫赫呀！"

苏小猫说这话时尾音上翘，那是她特别骄傲的表现，她的老大声名赫赫，身为手下的她也与有荣焉。

唐劲从后视镜里看了她一眼，一只骄傲的小公鸡，看得唐劲忍不住一笑："知道，丁延丁总，《华夏周刊》一把手之一，董事会欠他一个席位。"

苏小猫双手抱胸，眯着眼看他："你知道这么多？"

"连你都说了，丁总声名赫赫。要知道这些事，不难。"

苏小猫嘴角一翘。

她常常被他吸引而不自知，有很大的原因，大概就在这里。这个男人，历史成谜，底色太重，摆不稳一个她的心。这个男人所有的过去与历史、经历与沉淀，都化成了她现在看到的样子：有能力，却不争第一。

苏小猫倾向他，献宝似的贡献一个秘密：“那你知道，丁总的夫人吗？”

“这个还真不清楚，听说他至今未婚。”

“是已婚，二十五年前就有了夫人，不过结婚那一年，夫人就过世了。”

“啊。”

唐劲礼貌地表示默哀。

苏小猫压低声音，继续告诉他：“丁夫人出身名门，家族经营传媒事业，但可惜，后来遭遇资本弹劾，败落了。丁夫人没有遵从家族意愿商业联姻，和丁总结婚了，后来目睹家族灭亡，内疚不已，最终郁郁而终。”

唐劲听了一会儿，明白了：“所以二十五年前，丁总会义无反顾加入《华夏周刊》，也是为了夫人的生前志愿。他是把夫人热爱的传媒事业当成了自己一生热爱的事业。”

苏小猫感慨万千：“丁总，好男人啊。”

唐劲看了她一眼：“苏小猫，这些事你从哪里知道的？”

“嘿嘿。”

这货跷着二郎腿。跑车空间有限，影响她这两条腿耍帅的发挥，苏小猫意思意思地跷了跷，向他抬抬下巴：“我以前干的可是娱乐记者……”

唐劲笑了。

他喜欢的就是这样子的苏小猫，一个很狡猾的女孩子，刁钻又认真，无论做什么，都能将之做到最好，做到最热情，做到世界因她而花开起。

苏小猫被他这一笑，笑得几乎有点看呆了。唐劲是一个很“适度”的人，适度的笑容、适度的对话、适度的动作，偶尔他加深笑容，会让苏小猫心尖一颤。原来他也是一个很生动的人，她希望他可以永远生动下去。

她靠近他，带着点狡黠："那你又喜欢什么样的老婆呀？"

唐劲看了她一下，很快回应她："我喜欢能干的老婆。"

苏小猫垮下脸："啊？"

男人一般不都会说"你这样的我就很喜欢"这样子的经典把妹语句吗？他没按套路走，她一时半会儿都接不下去了。

苏小猫撇撇嘴："你也太喜欢挑战高难度了，竟然喜欢女强人。"她胸无大志，只想当一条咸鱼怎么办？

唐劲从后视镜里看了她一眼，看到她撇撇嘴的样子，他笑意加深，不紧不慢加了一句："我说的'能干'，不是字典里的那个意思，是字面上的意思。"

"……"

苏小猫想了三秒，意会过来时，整只猫都窘了。

"唐劲你这个流氓！"

苏小猫进浴室洗澡前，听见唐劲的电话又一次响了起来。

这一晚唐劲电话不断，总不见他接，苏小猫想起他在酒店门口对人交代的那句"今晚没心情，想不了事"，原以为他是随口敷衍，如今看来倒像是真的。苏小猫抱着浴衣进浴室时，眼风一扫，见他又把电话掐断了。她收回目光，不理江湖，不问红尘。

雾气氤氲，苏小猫在淋浴池中伸展四肢。

她不喜欢泡澡，她喜欢站着淋浴，仰头一脸的水，洗净欲望，洗净贪念。赤条条地来，赤条条地走，浴室是每一天从头再来的地方，最俗的地方有最好的开始。

身后一双手忽然环住了她的肩，一个用力，她倒退一步，落入一个怀抱。

能进这里的只有一个人，苏小猫嘴角一翘，她知道，他会来。

她背靠着这一个胸膛，肌肤触到他的衬衫。他衣衫整齐，淋了一身湿。

一个有心事的唐劲。

她一笑："流氓，我要害羞啦。"

他够高，低头看她："你会吗？"

苏小猫戳戳他的手："你连衣服都不脱，我什么都没穿，气势上就输了。"

"这不是害羞，这是比输赢。"

他的左手忽然放开她的肩膀，顺着她的腰线往下游移，探入她的腿间停下动作，手指摩挲，在她白皙的肌肤上引起一阵战栗。

"我不要跟你比输赢。"

苏小猫猛地倒退一步，与他紧紧贴合，喉间一声轻喘被她硬生生压了下去。她回头看他，脸色通红，一个带着水光的眼神给他，什么都没有说，又什么都说了。

唐劲收回手，满意了，俯下身咬了一口她的耳垂："这才是你害羞的样子，我喜欢。"

一室的氤氲，有情潮涌动。

他更像是一个温柔的阴谋，要她臣服。

男人伸手，解开她绑起的头发。之前她为了调查，剪短了头发，如今发梢只垂到肩膀，他的手从她的发间穿过，用一把低回好嗓音诱惑她："小猫，把头发留长，像我刚见你的那一晚那样。"

她"嗯"了一声，少见的乖巧。

苏小猫气息不稳。内裤真是一个神奇的存在，虽然只是一层布，但少了它莫名就气势不足。他一身整齐，什么都没说，把她往怀里一带，圈紧，已经把心事都说了。

"你在为宋彦庭和我的关系生气吗？"

感受到他抚在她发间的手稍稍顿了下，她知道她说对了。苏小猫莞尔："你不适合做自寻烦恼的事。我不信你没有查过他。"

身后的人悄无声息。

他猛地将她转过身，顺势压向淋浴间的玻璃壁。

一个略显本性的唐劲。

“对，我查过他。”他看着她，动作暧昧，目光清冷，“你在意吗？”

“我在意的是……”她对他盈盈一笑，“你既然查过，就该知道我和他什么故事都是没有的，你还在意什么呢？”

“在意我遇见你太晚。”

苏小猫怔住，朝他望去。

水流洒下来，顺着他的发梢，顺着他的脸，顺着他的颈项，淋湿了全身。腕间精致的手表未摘，撑在她上方，价值连城的机械零件与水流奋力抵抗，他无心去保。他的白色衬衫、黑色长裤，浸了水，缩起来，委委屈屈地贴紧了他的心。

这是一种动了感情的软弱，寻求解脱又谁都救不了的沉沦。欲望太盛了，她太美好了，其他男人太多了，他被自己的欲念困住了。

“今晚他对你讲的那句话。”他抚上她的脸，不肯放过她，“什么叫作，拿我来试他，也拿我来试你？”

……

唐劲是在遇见苏小猫的第二天就确定了自己的心意的。

邵其轩为他处理伤口的时候，处理出了一身汗，结束时心有余悸地对他讲：“你运气好，遇见一个肯为你包扎止血的人，手法还不错，你这手臂才保住了。再晚一点，受伤再重一点，你就会因失血过多而残废了。”

邵其轩是唐劲的多年好友，又是唐家的私人医生，他说的话，唐劲信。想起昨晚遇见的人，他不禁莞尔。

邵其轩瞪着他：“你是不是脑子坏掉了？”

都这样了还笑得出来，他提醒他：“多少人看不惯你退出唐家，他们这是要你的命啊，朋友。”

“唐家的事，我有分寸，不说了。”

他无意再提，他心里有了人：“正好，你帮我查一个人。”

邵其轩是聪明人：“昨晚救你的人？”

“嗯。”

“那个姑娘救了你之后，尹皓书他们找到你时，她早就跑了，连个招呼都没有打，大海捞针啊。”

唐劲一笑：“昨晚她帮我包扎时打的蝴蝶结，我留下来了。那个手法很特别，应该是有人特地教过她的，更像是某种课程训练。你查一查，应该能查出来谁会这种包扎手法，再去查这样的组织教过谁，比如公益活动、福利院义务医药培训等。我猜得不错的话，她会在里面。”

“……”

邵其轩盯着他看了半晌，无语。

“唐劲。”他诚心实意告诉他，“你退出唐家真是可惜了。你这脑子，不用在唐家的刀光剑影里，用在泡妞这回事上，你浪费不浪费！”

“没关系，唐家不只有我一个人。”他摸了摸左臂的伤口，跟过去告别时，隐隐作痛，“唐家不适合我，迟早是要走的。”

邵其轩一时也说不出什么，唐劲的情况他了解，走到这一步确实是迟早的事。善良的邵医生既说不出“想开点”这种根本想不开的废话，也说不出“你还有我呀”这种站队的态度。唐劲说得对，唐家不只他一个人，还有另一个人，邵其轩身为两方的熟人，思虑之下还是保持了中立的态度。

他收拾了一下医药箱，腹诽他：“然后呢，轰轰烈烈地退出了唐家，大好人生就用来追女孩子了？”

邵其轩话里的责怪，唐劲听得懂，他没有生气。事实上，这个男人很少生气，言简意赅地给了两个字：“意外。”

这就算是解释了。

邵其轩叹气，为他担心。

“人啊，在身体和意志双重脆弱的情况下，特别容易被感情左右，以为那就是喜欢了，”邵其轩站在医生的角度，泼他冷水想让他清醒，“你要追女孩子，当然没有问题，追不追得上，你损失也不大。但人家女孩子就不一样了，唐家出来的，手段都了得，你这么一追，你不当真，女孩子会当真的。”

“呵，我没那样的运气。”

“嗯？”

想起最后她告诉他的那一个名字，看她的表情他就知道，她在说谎。

“是我已经当真了，她没有当真。”

苏小猫连续一个月神经过敏。

晚上九点，做完现场采访回到公寓，苏小猫在楼梯口猛地回头。小区门口不远处即是繁华的主干道，车如流水马如龙，人人都可疑，人人都像是她的自寻烦恼。

“……”

苏小猫抓了抓头，有些烦躁，无法解释心里“似乎被人盯上了”的阴郁感觉。

她盯了一会儿，眼中有煞气，连小区里散步回来的哈士奇都被她的目光震得倒退三步，硬要主人抱着走。

苏小猫收回目光，回房间后掏出《毛泽东选集》，大声朗读：“没有调查就没有发言权……”中气十足地念了三遍，这才把心魔压了下去。放下书，苏小猫呼出一口气，关了客厅的灯进房。

她不会知道，灯灭的一瞬间，楼下一个人，点燃了手里的烟。

一辆黑色幻影停在楼下多时。唐劲手里的烟徐徐燃着，视线始终不曾从她的窗口抽离。他跟了她一个月，不得不佩服她身为记者的本能与直觉。他是从唐家出来的，要跟一个人，易如反掌，但即便如此，竟还是被她发现了。他看得出来，她在尽力找他，他生出些玩味，这么好的直觉，做记者真是可惜了，如果做警察或是别的，比如加入唐家，她势必会一夜成名。想到这里，唐劲有些珍惜，真好，一个有灵性的女孩子，在尚未入世太深的时候，被他遇见了。

他的手上有一份关于她的调查资料，详尽完整，囊括了她二十七年的整个人生。打架胡闹，嬉笑怒骂，她有一份好热闹的人生。

"苏小猫……"

当唐劲第一次看到这个名字的时候，一阵莞尔。相比"苏洲"这个假名，"苏小猫"这个名字显然更像假名。但不知怎么的，他内心不由得生出一种"就应该是这样"的感觉。是的，这个名字才像是她，狡黠得近乎狡猾……

唐劲下车，靠站在车门口，低头吸了一口烟，在夜风中仰视这栋公寓的二十楼。就是那里，她在。他忍不住去想她现在在干什么，这么晚了，普通人该是睡觉了，可是如果是她，那就不一定了，说不定在搞什么不为人知的小秘密。

手机振动，他接起。

跟了他很多年的尹皓书在电话那头问他："您要的宋彦庭先生的资料已经发送至您的邮箱了。至于宋氏，您需要查吗？"

"不用了。"男人给了指示，"就先到这里好了。"

"二少爷，公事的话，还是查周全一点比较好。"

"不是公事。"他开口，直面自己的心，"是私事。"

苏小猫开始陆续收到唐劲的礼物。

唐劲送礼物送得很有技巧，不挑最贵的，挑最有用的，时机也选得很精准，让苏小猫收也不是，不收也不是。

苏小猫收到的第一件礼物，是一台单反相机。

那天她和摄影组搭档小林外出采访，小林人不错，就是做事不行，空有一腔热情，能力赶不上野心，一个没拿稳，把相机摔得稀巴烂。苏小猫当场就无语了，传统媒体跑现场注重的就是一个质量问题，没有相机还了得。

苏小猫临场救急的水平一流，出来跑江湖靠的就是这点本钱。眼珠转了转，她四下一望，看见旁边就有一家单反相机店，苏小猫二话不说，对小林吩咐道："我去找相机，你守着，踩好点占好位置！"一溜烟就跑了。

别看她腿短，跑起来倒是挺快。

一分钟后，苏小猫已经趴在了旗舰店的专柜前，眨了下圆溜溜的大眼睛，先卖个萌：“老板，江湖救急呀。”

她跳下专柜，开始说正事：“《华夏周刊》听过吗？排名第一的财经类周刊啊，出来办事把相机摔了，能不能先把你们的展示品借我用一下？一下就好！我都不会多用两下。”

店经理很为难：“这个……万一你们用坏了，这个责任我担不起的。”

苏小猫把胸脯拍得咚咚响：“我们堂堂《华夏周刊》，用坏了你还怕我们跑了不成？我以人格担保！”

她常常拿自己的人格出来做保证，把她那点人格用得颇为铺张浪费。这些年说了太多类似的话，别人信不信不知道，反正苏小猫自己都信了。

店经理仍是摇头，说不行不行。

苏小猫屁股一坐，赖着不走。她有经验，这器材是真贵，耗一耗也是要的，表示尊重嘛。

事情却出乎她的意料。

副总经理上前，向总经理耳语了几声，对方看起来很意外，对苏小猫说了句“苏小姐，您稍等”，不一会儿就给她拿来了一台包装精美、最新款高端配置的单反相机。店经理笑容可掬道：“唐劲先生送您的，钱已经付过了，您拿走就可以。”

“……”

唐劲？唐进？还是唐竞？

哪个她都想不起来是谁……

店经理适时对她道：“唐先生方才在这里，这会儿已经先走了，说不想打扰您工作。唐先生让我转告，他是为了感谢那一晚苏小姐对他的救命之恩，所以一点薄礼，还请您收下。”

“……”

苏小猫眼睛瞪圆，终于想起来了。是那一晚，那个受重伤的人！

“这个……”

她正踌躇着，小林这个败事有余的家伙像一阵旋风似的刮了进来。一见她面前的相机，火急火燎地拿了就走，顺便将她一同拉走。

“小猫你发什么呆啊！赶紧来啊！同行火力太猛，我一个人占位占不住了！”

“……”

当苏小猫反应过来时，只看见小林已经像对待前一台相机那样粗暴地对待着这一台相机，咔嚓咔嚓一通狂拍，在人群中被挤得又摔了好几次。苏小猫嘴角一抽，知道这台相机差不多也是该撞的地方都撞了，她不想收也还不回去了。

苏小猫就这样稀里糊涂地收了第一件礼物。

傍大款是个罪恶的深渊。

有了第一次，就有后面的无数次。

苏小猫有一天心血来潮地想：她到底收了唐劲多少礼物？

小猫是个行动派，当即把家里的、办公室的、被小林顺手拿走用的，都要了回来堆在一起，这才发现，竟然把客厅的玻璃桌都堆满了。苏小猫惊呆了：什么时候起，她的生活作风已经堕落成这样了……

他甚至没有出现在她面前过。

在她需要的时候，托人一送，她顺手一用，久而久之，几乎将其视为理所当然。苏小猫这才意识到事情的严重性：她与这个男人不曾再见过，却已让他深入她的生活，习惯了他的存在。

苏小猫舔了舔发干的嘴唇，觉得事情错得有些离谱了。

这一晚，唐劲回到公寓已是晚上十点。

“星辰一品”，这一栋位于市中心的复式公寓是本城的标志性建筑，就价格而言在几年前就已是天价，颇有意思的是，似乎也无人对此有异议。这个世界的规则昭然若揭，一些人需要身份的象征，一些人需要精致的生活，一些人需要有仰望的具体形状，“星辰一品”就是满足所有人的存在。

唐劲从电梯里出来的时候，一抬眼，就看见了那个让他想念的身影。

苏小猫正双手环胸靠在他的公寓门前等他，站也没个站相，整个人松松垮垮，站得歪歪斜斜。唐劲的心情忽然好了起来，她对他而言有一种救命恩人的后遗症，她怎么样他都觉得很可爱。

“苏小姐。”

“……”苏小猫抬头，有一瞬间的恍神。

这是她第一次正面地与他对视。这个男人好看成这样子，令她有些措手不及。那一晚，夜深了灯灭了伤重了她走了，都没有好好看他一眼，只记住了那一把温柔好嗓音，念一念名字就能让人忘不了戒不掉躲不开爱不完。

他存心地让音调越发温柔：“苏小姐是怎么找到我这里的？”

苏小猫莫名地有些喉咙发干：“啊，这个，你送给我的礼物中，我找到了保修地址，上面写着你的住址。”

他莞尔。

那是他故意留下的地址，而她真的找来了。他好喜欢这一种感觉，他好喜欢她慢慢来到他身边。

唐劲看了一眼她身边一袋子的礼物，明白了她的来意，把后路都切断：“苏小姐，送你礼物，我没有打扰你的意思，只想表达那一晚的谢意。所以，若你今日把它退给我，我是不会收的。男人有男人的尊严，苏小姐你说是不是？”

“……”

苏小猫张了张嘴，又闭上了嘴巴。她很少有反驳不了的时候，可是不晓得为什么，每每和他遇见，她一张巧嘴总说不出太多的话来。有时她会怀疑，她是否已被这一把声音诱惑住，有时她甚至无端端会为他担忧起来，他看起来就像一个君子，君子都是先落难后成功的，但大多数君子是落难之后就失败的，她不希望他会这样，她不能想象这一把好嗓音落难时的呜咽。

她沉默了一会儿，似是下定决心，望着他开口：“那，这些礼物，我收下了。但到此为止，可以了，以后我和你没有交集的必要了。你和我是两个世界的人，我没有要参与你那个世界的追求。我这么说，你应该是明白的。”

这就同他划清界限了。

她走得很快，欠一欠身，连一声“再见”都没有，一步跨出去头也不曾回。人到底是奇怪的生物，既有文明体的理智，又有走兽式的欲望，她对自己说做得对，也对自己说不要后悔。无论如何，那一把嗓音再好，她此生仍是没有参与一个被追杀与反追杀的男人人生的欲望。

唐劲看了她很久。

人走了，电梯降了，楼空了，心还没有回来。

“苏小猫……”他念了一声，又在心里多念了一遍。

男人用右手拿着手机拨下一个号码，左手刷了下密码卡进入公寓，关门的时候手机刚好接通，他像是做了决定，终于下了重手：“好久不见，是我。呵，对，有件事我想拜托您……”

夜路走多了，总会撞鬼。

苏小猫虽然明白这个道理，但撞在自己身上，总是郁闷的。

此时她正被人压着，老实地按在椅子上，两个壮汉一左一右按着她的肩膀，她左右来回看了会儿，心里琢磨着今晚从这两个人手下逃出去的可能性估计是不大了。

这是这座城市著名的夜店。高层建筑，全透明玻璃墙。外面，世界安静；里面，酒、音乐、人，纸醉金迷。一个作乐的好去处，却成了她的不祥之地，她有些郁闷，觉得自己也许天生没有玩乐的命。

苏小猫今晚被抓得不冤，她调查一宗新闻事件的主角，调查进了不该进的地方，此刻这儿的老板正坐在她对面，慢条斯理地对她讲道理："苏小姐，你查你的，本来我是不该管的；但你查的是我这里的VIP客户，你搅了人家的好兴致，人家投诉起我来了，说我疏于管理，把场子都开坏了。我是个生意人，底下那么多兄弟靠我这儿养着，客户有意见，我赚不到钱，兄弟们都不干了。苏小姐，你说我该怎么办？"

苏小猫盯了他一眼，不阴不阳地招呼了个调调："曹老板啊。"

没错，这人姓曹，名字和历史上那一位著名的枭雄有异曲同工之妙，叫"曹槽"，圈子里尊称一声"曹老板"。担得起这一声称呼，自然有他担得起的道理。这座城市不缺场子，但能把场子开得这么阔，开到黑白灰通吃，却只有曹老板一个。某种程度上来讲，曹老板是公平的，不认人，不认理，只认钱。是他的客户，他保；出了这道门，他再不过问。犯忌讳的，曹老板会让他明白有些人的忌讳犯不起。苏小猫他是认得的，苏记者的胆量和伎俩都使她这个人名声在外，曹老板是颇为欣赏的，但再欣赏，也容不下她犯忌讳。

苏小猫是清楚这个理的，也不打算卖萌了，似笑非笑了一声："曹老板，保客户也得有个底线。吞人血汗钱的，害人丧命的，这种人你保了，可把一辈子的功德都泼出去了。"

"功德？"曹老板笑笑，"我信这个的话，就没法干这一行了。什么是好人，什么是坏人？人到了一定年纪、一定地位，谁说得清这个？圣人也糊涂。"

苏小猫生出些怒意，挣扎了下："放手！"却又不敌，被人压制了下来，肩膀上一道用力，咔咔一声，她痛得差点以为骨节错了位。

"事情总是要解决的。你在这儿，我总不放心。"曹老板声音幽幽，视她如草芥，转身对助理吩咐道，"这栋楼，二十层的位置，有一块玻璃墙松了，你送苏小姐下去，擦一擦玻璃。小心了，别让她掉下去；当然了，若是她自己不小心摔了出去，就只能打电话叫救护车处理了。"

一宗灭口的谋杀，就此成型。

苏小猫怒目："你敢！"

曹老板是个生意人，追求效率几乎已经成了职业本能，大手一挥一句“处理她”已经到了嘴边，动作却忽然停了半拍，挥起来的手晾在半空顿了下，话也重新咽了回去。曹老板一个眼神，苏小猫肩上的两道力量撤了下去，曹老板脸上的笑容重新又回来了：“唐劲啊。”

苏小猫一愣，迅速回头。

那一把温柔的声音又回来了，他扶起她：“你有没有怎么样？”

苏小猫一句“你怎么在这里”已经到了嘴边，又见他这身衬衫西裤斯文败类的模样，一看就是这里的熟客，苏小猫顿时把话咽了下去，感觉自己在他面前矮了半截。

苏小猫挥挥手：“我没啥。”就闭嘴没话了。

曹老板耷拉着一双鹰眼，来回在这两人间打量，他暂时有些拿捏不准这两人间的关系。曹老板又看了会儿唐劲，心里明白，更重要的是他拿捏不准这个男人现在和唐家的关系。

唐劲视线一扫，看见她背后衣领下的肩膀红痕，开了口：“曹老板，你的人这么做，力道有些大了啊。”

苏小猫缩着。敌不动，我不动。两只眼睛乌溜溜地转，要看清个名堂来。

唐劲这人一看就是个能傍的主。江湖救急，人家都给了她狐假虎威的机会，按着苏小猫平常的个性，一定先把门面撑起来再说，拿来主义借用一下，气势上不能输。但她狐假虎威借用的对象是唐劲，苏小猫莫名地就不想占他便宜。

唐劲快人快语，也不让在场的各位猜了：“不管今晚各位之间有什么不愉快，苏小姐我是要带走的。苏小姐对我有恩，我记在心里。”

苏小猫挠了挠头，有些尴尬。

她现在有些被动，不知为什么，这个男人三言两语，总能让她处于被动的地位。救人一命本是好事，但苏小猫并不想太多人知道她对他在那一晚的情意，她到底还是个惜命的人，怎么也不想和唐劲这种人牵扯不清。但这人似乎是铁了心要跟她不清不楚，嘴里几句话出来，脸上就差没刻字“我俩是一伙的”。

曹老板笑笑："苏记者找了个好帮手。都说名记有名记的与众不同，原来是在唐劲你这里。"

唐劲眼色一深，心有不快。

老江湖就是老江湖，要一个人不好过，除了动武，还有攻心为上。

苏小猫的性格，他了解一二。这些年她一个人风里来雨里去，用女孩子不该受的苦，换来了女孩子很难得到的荣誉。这些荣誉大过她的生命，这是一个活在世上需要有意义去证明自身的生命，若有一天这荣誉不值了，这意义不见了，这一个生命也将不复存在。

唐劲扶住她肩膀的手暗自用力，将她清瘦的左肩裹于掌中。他希望她不要冲动，不要为了对手小小的伎俩，就失了理智。

苏小猫却一笑。

有一点无赖，有一点横。她不打算否认，反而顺水推舟，点点头承认："曹老板，羡慕呀？出来做事，不给自己找点帮手，您这好地方，我也不敢来啊。"

曹槽像是没料到她这反应，一时吃了个闷亏，没说话。

唐劲今晚似乎没什么耐心，拉了她的左臂举步就走，留下一句话："人，我带走了，曹老板有意见，冲我来好了。"

曹槽没有伸手阻拦。看着他的背影，暗自权衡。

手下却有人会错了意，抽出匕首，从背后往苏小猫的肩上刺了过去。

曹老板一句"不可"尚未来得及喊出口，这一刀已经落了下去。刀风冰冷，唐劲并不陌生。他将苏小猫往怀里一护，抬起右手替她一挡。匕首落下，唐劲右臂一道口子绽开，鲜红血迹淌下来，这一晚终究是见了血。

苏小猫脸色一变，握住他的伤处，血染了双手。

"唐劲！"

曹槽急怒攻心，一步上前，连话都没有，反手夺过匕首用力反刺，直直刺入手下的左肩，一声惨叫之后被人控制住。曹老板丢下匕首，拿过纱布将唐劲的右臂用力包扎住，正色道："今晚对不住，手下人没规矩，我马上派人送你去医院。我的人犯的错我不会徇私，还请唐劲你……网开一面。”

苏小猫看着唐劲。

他应该是很痛的，脸色都比方才灰白了几分。

她喉咙一紧，有私情起了。

她与他已是为彼此见血的关系，仿佛这就是她的第一个男人了。

唐劲握住伤口，声音镇定：“曹老板，这一刀我不追究，就算是给苏小姐以后在你这里买一个席位。从今往后，若苏小姐在这地方遇事了，这笔账，我都算在你头上。”

唐劲没有去医院。

苏小猫态度强硬，不许他对自己不负责任。这责任里有她的一半，她脱不了干系，就此将他视为她的责任之一。她执着地问他为什么不去，唐劲缠不过她，对她讲了一句“不方便”。

三个字的解释，分量却不小。

苏小猫是一个记者，最擅长的就是透过现象看本质。唐劲只说了三个字，苏小猫心里已是翻江倒海。这是一个怎样的男人？连去医院都不方便。她开始担心他了。对一个女孩子来说，担心一个男人不是好事，这就意味着，她心里有他了。

苏小猫送唐劲回了公寓，唐劲拿来了医药箱，见她沉默，眉头紧锁，他轻声安慰她：“我懂如何处理这样的事，你的包扎手法我也是信得过的，所以不会有事的。”

她难得正色：“你不能让一个记者三番五次对你做医生该做的事。”

他对她笑了笑：“为女孩子受的伤，死不了。”

“哦？”

见他拿受伤开玩笑，苏小猫挑眉，闻到一丝惯犯的味道：“看来你是经常为女孩子受伤了。”

唐劲笑了。

那一个机灵又不好惹的苏小猫，回来了。

这样的生命力才适合她，他喜欢这样子的她。

“没有。”他声音低回，存心要用嗓音诱惑她，“你是第一个，以后也不会有了。”

苏小猫正在替他包扎的动作顿了顿，没有抬眼。

她有心事了。

唐劲莞尔，他已是能给她心事的人了，这一刀，他替她挡得值。

两个人像是有默契，谁也没有说话，彼此沉默着，却又好似什么都说了。苏小猫专心地为他处理好了伤口，她的手法很好，令他的痛感都少了很多。她又在医药箱里找了下，拿来消炎药，端来清水给他喂了下去。忙完这些事，她去客厅给自己倒了杯冰水，仰头一饮而尽。冰冷直灌胃里，她需要一点刺激，来让自己清醒。她知道，她将要做一件没有把握的事。

苏小猫放下水杯，再次走进卧室的时候，带了点匪气。

唐劲正吃完药，靠在床头休息，见她进来，刚要说什么，就被她的动作打断了。

苏小猫长腿一钩，钩来一张椅子。她气定神闲地坐下，双手环胸地看着他，朝他抬了抬下巴：“说说，你是不是缠上我很久了？”

唐劲顿时就笑了。

“‘缠’这个字用得不好。”

他温柔地看着她，声音缠绵：“我是喜欢你很久了。从那一晚你救我一命，我对你的感情就开始了。”

“……”

苏小猫一愣，像是没想到这人会坦白成这样，整只猫都呆住了。

事实上，苏小猫虽然外表看着很放飞，内心还是很纯情的一个猫。对男女感情之事丝毫没有经验，可以说在两性问题上是白纸一张。她这家伙的心思都在努力工作、努力揭露社会黑暗、努力保家卫国这种大主题、大概念上，对“他是不是喜欢我”这种问题根本毫无探究的兴趣，要不是这回唐劲做得太用力，令她感受到了压力不得不面对，苏小猫本打算对他冷处理不理他的。

就这样稀里糊涂地收到了人生中第一次告白，此时的苏小猫很有“不好，这事没经验，打不过他”的憋屈。她倒吸了一口气，样子不像是被人喜欢倒像是被人用枪指着脑袋，搞得她都紧张起来了。她抓了抓脑袋，马尾上的散发都被抓乱了，苏小猫一时之间竟有点如坐针毡。

她这样子一看就是没经验，唐劲却不一样。

在唐家，他有过的经验太多，包括女人。如何同女人打交道，他经历得不算少。有些是利益，有些是感情，这里面相同的只有，他不曾动过心。

唐劲有些莞尔，终于明白原来动心的感觉是这样的。

她是命，他只想走过去，不讲兵法，不讲成败，对她认命。

他缓缓开口：“我知道，这件事对你来说有些突兀了。我明白，你在那一晚并不愿亲近我，所以最后连留给我的名字都是假的。”

“……”苏小猫抓着脑袋的动作停了停。

他的声音能不能不要伤心，他的表情能不能不要温柔。她不是一个习惯带给别人悲伤的人，在感情上欺负人，她更是不曾做过。这一刻她看着他，看见他求而不得的寂寞，她就开始心疼他了。他刚为她手臂上挨了一刀，又为她在心上挨了一刀，短短一晚她这就欠他两刀了，她快不知该如何还他了。

“那个名字，我骗过的也不只你一个……”

干巴巴地开口说了一句，苏小猫就住了嘴。她明明是想安慰他的，她给陌生人的都是“苏洲”这个假名，但话说一半陡然发觉这一点都安慰不到人，她不仅不爱他，她还把他当成和别人一样的陌生人，唐劲听了恐怕都会想打她……

她有些尴尬，干巴巴地继续尝试解释：“那一晚，我也不是存心要救你，换了别人，恐怕我也会救一次。还有我这个人，其实没你想的那么好……”

“苏小猫。”

他忽然出声截住她，声音清冷。

苏小猫不知怎么的，听见他的声音响起来，头皮一紧，就没了声音。

唐劲看着她，声音里的温度降了几分，不怒自威：“不喜欢，也没有关系。不要讲其他话，会很伤人的。”

苏小猫脸一红，像干了天大的错事，差点一句“对不起”都说出来了。

人与人之间的关系，真的很奇妙。从小很少有人制得住她，工作了之后也只有一个丁延稍微能制住她一点，但丁延也只能在工作上压着她，生活上的事丁延的手是伸不了那么长的，所以这些年苏小猫都野惯了，就像一个小波西米亚，无忧无虑，自由自在。

因此，唐劲这个人实在太神奇了，他一出现，她就被他克制得死死的。第一次用恩情，第二次用感情，苏小猫晕得有些找不着方向，某一天猛地发现，他已经是以一个男人的身份，要参与她的人生了。

想起那一把温柔好嗓音，也许从此就要变清冷，他对她快要无情意了，苏小猫心里一紧，对他讲：“也不是不喜欢。”

唐劲心弦微动，抬眼看着她。

苏小猫被他这样紧迫盯人盯得压力太大了，气势上就弱了一截：“唐劲，你知道，像我这样的小人物，过日子但求一个平安，不想惹太复杂的人，也不想惹道上的一些事……”

言下之意很明显：老大，你看上我哪点，为了我宝贵的小命着想，我改还不行吗。

唐劲懂了。

“苏小猫，我没有想到你是这样……的人。”非常怒其不争的语气。

小猫囧了下。

那个省略的形容词是什么？总之，应该是个贬义词，大概就是“贪生怕死”之类的近义词吧。

唐劲像是人格受到了侮辱，连声音都有些变了：“苏小猫，你认真问过我吗？调查过我吗？你知道我的过去是怎么样的吗？退一步讲，就算过去不合你的意，你有问过我将来的打算吗？你什么都不问，就定了我的罪，对我公平吗？”

嫌弃一个人的出身，本身就不是什么光彩的事，苏小猫本来就立场不坚定，被他这么严肃地一愤怒，苏小猫更是动摇得不行。

唐劲看着她，很是痛心：“那一晚你还对我说，毛主席说，要给犯错误的年轻同志多一点机会。你懂毛主席的这句话，怎么就没记住毛主席的另外一句话呢？毛主席还说了，没有调查就没有发言权。苏小猫，你连问都不问，就对我定了罪，你这是非常恶劣的本本主义啊。”

“那个……”

苏小猫抹了一把脑门上的汗，心理压力太大了。

唐劲根本不给她辩白的机会，用悲愤的、被侮辱的语气一口气说了下去：“你是一个记者，追求正义、行侠仗义。这些年，你牺牲了很多，以身犯险，做常人不能做的事。你在我眼里，善良、热情、有原则，我以为，这就是全部的你了。可是我不知道，为什么唯独对我，你会心怀成见，认定我的出身配不上你，会给你抹黑。苏小猫，你对我公平吗？”

苏小猫自惭形秽得简直想拿块豆腐撞死算了。

她败下阵来，羞愧难当：“我错了，我错了还不行吗？”

唐劲握住她的手。

小猫一愣，愣怔中被他用力一带，她一个趺撞，被他拥在了怀里。

“哎，你别用力，你的手刚受了伤……”

苏小猫心里也是苦，就这么被他占了便宜，她还不敢反抗，怕伤了他的手，毕竟这一刀他是为她挨的，她怎么样都舍不得对他狠心。

“我叫唐劲。”他的声音重又变得温柔，拥紧她，在她敏感的耳边低声讲，“我这里有一份感情，需要你和我合作完成。我负责将它拿出来，你负责收下它。苏小姐，意下如何？”

情意开场，故事不完，她放不下他了。

她就在这一把嗓音里这一句喜欢里这一个拥抱里想得她好慌。

唇边覆上了一道冰凉的触感，她意识到他在吻她。

这是她的初吻，而她没有推开他。

这一刻，苏小猫绝对不会想到，后半夜她睡着以后，唐劲独自去了书房，打了一个电话。

“曹叔，今晚麻烦你。”

曹老板的声音在电话那头听起来很爽朗，一听就是熟人了：“哪里，举手之劳而已。之前你说，必要的时候当着她的面对你动手也可以，我还担心会弄巧成拙。伤了你，我怎么向唐家交代。看起来，你说的对，不这样做，她根本不信任你。”

“呵，我对她，不能不小心。”

曹老板笑了：“对唐劲你，就更不能不小心呀……”

四壁有僧衣，心事照佛面

Chapter 04

自目睹苏小猫和宋彦庭在酒店谈话那一幕之后，唐劲就落了心事。

昨晚在浴室里对她进行了关于宋彦庭的质问之后，苏小猫也只是笑吟吟地反问一句“你要听吗”，他忽然生起气来，对她，也对自己，就此放任一回情绪，讲了一句“不要听”，将人压上墙壁就要了她。

他有讲不清道不明的薄怒，没有把爱意做足，硬生生进入的一瞬间分明感受到了身下的人因痛感而蜷缩了身体。他当即以深吻封住了她想要说出口的反抗，抱起她的腿令她除了承受之外别无出路。她被迫仰起头，发出一声喘息，终于明白眼前这个男人一旦放任自流，她远远不是他的对手。

一夜缠绵，苏小猫睡得沉，唐劲一夜无眠。

失眠的夜晚，男人捡起掉落在地的衬衫穿好，轻轻带上卧室门，去了书房。

书房有上好的檀香，黑暗中燃着清幽之味。皓月当空，众响渐寂，好似四壁有僧衣，心事也可照佛面。唐劲跪坐于茶桌前，手势柔凉，借茶道寄心事，他需要静一静。在唐家这些年，他练就一身静定的不坏之身，就是凭这一身静定，得以走过地狱。

他想起很多事，恍然间这才记起，他也不是全然无辜的。

比如在最初的日子里，他拜托了私交甚好的曹叔，设了一点不好不坏的局，将她诱入局。再比如，在她一开始的拒绝里，他表面坦荡，对她讲“没关系，不喜欢也不要紧”，实则步步紧逼，对她调查详尽，不达目的绝不罢休。在遇到她之前，他作过恶，但从未对女孩子作过恶，在遇到她之后，他做了一生最大的恶事：用深情，也用阴谋，将她占为己有。

这样子一个唐劲，如何去对她质问？

男人缓缓放下茶杯，眼底清明。

苏小猫醒来的时候，全身酸痛。

她趴在床上，头埋在枕间，微微睁眼，就看见肩头一道深色痕迹，那是被人用力咬出来的。她记起了昨晚唐劲是怎样不容她反抗地占有她，记起了他最后朝她肩头咬了一口时她对他喊“痛死了啊”他也没有放开她反而用力将她抱得更紧。

这个男人，温柔、不争，常常会令她忘记了，他到底还是一个男人，且是从唐家出来的，本性中的暴力与占有欲始终存在着，他只是有意压制着，不轻易让之苏醒。一旦见了光，对手是她，一样开杀戒。

“占有欲这么强……受不了。”

苏小猫腹诽了一句，撑着手坐起来，捡起地上的衣服慢吞吞地穿好。

唐劲正在厨房煮粥。

餐桌上放着已经煮好的咖啡，以及鲜榨的橙汁。他在美国很多年，习惯了精致又简易的西式料理，苏小猫倒是无所谓。八十年代的福利院资源有限，一日三餐的标准是“饱”而不是“好”，在苏小猫那单薄的营养价值观里，每天一个白煮蛋就能保证她一天的营养。事实上，这些年，苏小猫确实体现出了“好养”的强烈个人特色，饥一顿饱一顿的，竟也能常年保持活蹦乱跳，体力和意志永远处于一个巅峰的状态。倒是某一天，她尝过一次唐劲做的奶味燕麦粥之后，就再也戒不掉了。唐劲的奶味燕麦粥很有功夫，恰到好处的奶香，刚刚好又不会腻，这是常年在国外一个人生活时用耐心练出来的，苏小猫对此毫无抵抗力。当然，唐劲也不是省油的灯，往往抓住机会就擅加利用，所以两人之间一到晚上常常会出现这种情况——

唐劲：“一次。”

小猫：“不要，今天累死了。”

唐劲：“好吧，那明天的奶味燕麦粥就没有了。”

小猫：“Why？！”

唐劲：“我也累死了，心累。”

小猫：“那就一次哦。”

每每这种情况，最后都以唐劲含情带笑的一句“成交”以及随之而来的压倒性占有而结束。

苏小猫悄无声息地走进厨房，一下趴在唐劲的后背上，以精神上的居高临下对他道："今天要多吃一碗，被你害的。"

唐劲动作一顿，笑了下。反手将她拖至眼前，单手搂腰将她一手抱了起来。

"被我害的？害成什么样了？"

"你还说。"苏小猫眼睛一瞪，瞪得圆溜溜的，耳根却不自觉地红了，"肩上都被你咬疼了。"

"哦？"唐劲一笑，反问，"只有肩上吗？应该不止才对。"

苏小猫深吸一口气。

越和这男人相处，她就越发现，唐劲在某些方面其实是没有底线的。他轻易不表现，寻常人没有太多机会见到，往往会以为他不会，但其实他很擅长。比方说，欺负女孩子。

苏小猫抬手，一下一下戳着他的胸口："你、这、个、流、氓！"

他似乎意犹未尽："你不喜欢吗？昨晚你的声音可不是这个意思哦。"

苏小猫耳垂都红了，一把推开他："讨厌，放开我！"

唐劲将她抱紧，又担心她动作幅度太大会不小心烫到，语气终于软了下来："好了好了，我不对，不说了。"

他也不放开她，就这么一手抱着她，一手端着粥走了出去。将粥放在餐桌上的时候，唐劲兴致不减地压低声音又问了句："昨晚我那样对你，你其实不讨厌，对吧？"

苏小猫脸色红一阵，白一阵，倒吸一口气简直想以暴制暴了。唐劲大笑，终于放下她，不再招惹她了。

"OK，吃早餐吧，我不说了。"

苏小猫当真是饿了，吃得飞快，喝完两碗粥又要了一碗，唐劲端给她第三碗的时候抬手擦了擦她的嘴角，将沾上嘴角的米粒放入她口中。苏小猫一时不察，顺势吮吸了一下他的手指，回过神来猛地发现自己又被调戏了。苏小猫终于受不了了，拍拍桌子抗议："你够了哦！"

唐劲笑笑，一脸无辜："我又怎么了？"

这家伙，一看就是很会玩的类型，区别只在于他想不想玩而已。苏小猫不再理他，埋头捧碗吃饭。以前她真是眼瞎了，怎么会认为他无害，怎么会认为他温和甚至还很好欺负？

吃着饭，苏小猫像是忽然想到了什么，对他道："周四你有空吗？"

唐劲不答，反问："你有什么事吗？"

"周四我去趟S市，有个采访，关于'遥乡'福利院的。"顿了顿，她又补充道，"我就是在那儿长大的。"

唐劲点点头："我知道，怎么了？"

小猫吃得快，讲话也很快："本来这个采访不是我负责的，但有感情嘛，总不想让别人做，所以就找丁总把这事揽下来了。然后吧，我就被丁总讹上了。"

唐劲笑笑："他怎么讹你了？"

"压榨啊，强迫加班啊，丧尽天良啊！"小猫很唏嘘，一股劳苦大众的味道，"有些采访记者只负责'采'，不负责'写'，一环扣一环，都有明确分工的。丁总就讹上我了，从采访到成稿再到送审，一条龙服务都要我包了，我拿一份工资，干一个团队的活。啧啧，真会做生意，做新闻真是亏了他了。"

唐劲给她倒了杯橙汁。

"那么，你需要我做什么？"

"晚上你得过来接我一趟。"小猫也不跟他客气了，这种时候还客气她是不是傻，"活动采访要到晚上八点结束，郊区交通不方便，我还要回来写稿，所以你要来接我才行。"

"好。"唐劲答应，"可以，到时候我会去接你。"

小猫高兴了一会儿，喝了几口粥又回神了，怀疑地看着他问："工作日你都不忙的吗？"

她似乎从来没有认真了解过他是干什么的，做什么工作的，只隐约在他接电话时听出他似乎在做投资业务，但具体投资什么，小猫也从来没问过。第一次见到他的样子实在给小猫留下了太深刻的印象，后来几乎都快成心理阴影了，她总觉得他活着就很不容易了，被追杀、被欺凌、被压迫，怎么好意思再去问他赚多少钱呢。那次在贺四爷的邮轮上，她倒是看见了他的名片，看了一眼那上面写的“浙江小西村商品城营销经理”，苏小猫顿时就瀑布汗了，真有传销组织的既视感。

唐劲还是一贯温和：“我不忙。”

“哦哦，这样。”

苏小猫想了想，又想不出什么头绪来，索性不想了，飞快地再扒了两口粥，洗好碗就兴致高昂地上班去了。

唐劲不赶时间，慢条斯理地回房间换了套衬衫，扣手腕处的扣子时手机响了，唐劲接起来听了下。

电话是跟了他很多年的尹皓书打来的，唐劲听了几分钟，听懂了意思，声音清冷地朝那边下了吩咐：“周四的谈判会议替我推掉，推不掉的话就往后延。对方要等就等，不想等就告诉他们，不和我合作，可以，那么我就只能想办法吃掉这一块了。做不成朋友，那就只能是我们之间留一个，你让他们考虑好。对我而言，无论是哪一个决定，我都没有问题。”

周四，苏小猫背着单肩包，胸前挂着一台相机，一身清爽地去了S市。

她每次回来这儿，都会在隔夜里给自己准备好一条洗得干干净净的牛仔裤、一尘不染的白T恤。还有她那一双被踩得黑黑的球鞋，也被她洗得干净极了，此刻正穿在她脚上，衬得她朝气蓬勃的，活脱脱一个大学生模样。

事实上，傅衡带给她的，不只是童年，还有整个人生的价值观。傅衡从小对她讲，女孩子天性爱漂亮，这很好，但比这更重要的，是一种“气度”，干净的气度、洒脱的气度；天性是人人都会有的，后面的这一些，却是努力后也不一定会有的。

很难说苏小猫的价值观是否就此成型，但不可否认的是，现在的苏小猫显然已经变成了傅衡所期待的那样。苏小猫曾听过一句话，一个人的前二十年在哪儿，他的故乡就在哪儿。对于苏小猫而言，这里就是她的根，她的家，这里就是将她生命中所有的温柔都留住的地方。

苏小猫径直去了这次采访所在的酒店。

踏进酒店大厅，一眼就望见了气势恢宏的指示牌：会议主厅，遥乡基金年度股东会新闻发布专场。

苏小猫站在大厅指示牌前，定定地看了一会儿。笑容可掬的酒店侍者过来问，是否需要领路，苏小猫有些冷淡地回应了声“不用”，将侍者打发了。

她的眼神落在了这一座气势恢弘的大厅里。在五星级酒店的主厅会议室发布新闻会，这里面宣告的意思，苏小猫懂。

她的遥乡，她的家，已经今非昔比；身价难以估量，令她震撼。

主会议室前，五星级酒店的安保流程严格有序。苏小猫递上邀请函和名片，又在登记卡上签字，工作人员核对无误后，一位侍者上前，将她引进会场。近千人的会场座无虚席，数盏水晶灯投下华丽的暗影，苏小猫就是在这人声鼎沸中，对上了傅衡的视线。

他有些老了。

人总是会老，模样总是会变，她明白这个道理，但仍是不愿接受。傅衡正招呼众人，一件羊毛背心穿在他身上，穿久了衣服都起了毛边。今日四方来者甚多，政府要员、资本集团、福利机构，傅衡身为创始人、一院之长，这一天忙得脱不了身。

苏小猫冲他一笑，挥了挥手，意思是“我到了，不用招呼我”，傅衡却仍是过来了。

他给她拿来了会议室的点心和水，拍了拍她的肩，交代道：“从公司到我这儿，估计又没时间吃饭吧？快吃点，照顾好自己最重要。”

三言两语说完，他又被人叫走了，走了几步还不忘回头叮嘱她：“快吃。”苏小猫就在这两个字里泛了酸。这世间，只有她的老院长，会一生一世将她当成孩子，永远揣在心上疼一疼。

苏小猫深吸一口气，压下了私人感情，打开电脑开始做事。

客观来讲，遥乡这些年的变革，几乎称得上是一个“模板”。近些年资本崛起，四处猎寻，遥乡以长久的历史、良好的口碑借力踏上了这股东风，成了各方资本众星捧月的对象。资本做事是需要“故事”的，傅衡悲天悯人的情怀和宗旨给了遥乡最好的故事性，这几乎如同“本原”一般的存在，令各方资本为之兴奋、激动，这其中，就包括了傅衡拒绝所有资本也拒绝不了的一个人——他的独生子，傅绛。

傅绛是在各方掌声中踏着步子上台的。

苏小猫看着他，一丝不乱的台风，笔挺的衬衫西服，面带谦虚而又相当享受的笑容，一边上台一边朝台下伟人似的挥手，苏小猫就明白：这是一个极具野心的年轻男人。这一刻，她是相当困惑的。为什么傅衡那样的质朴天性，带出来的独生子，却会有这样一副精明强悍的模样？

即便以专业性的眼光来看，苏小猫也不得不承认，台上的这一位傅公子，已是相当具备某种顶尖生意人才会有的特质。懂得寸步不让地进攻，也懂得适可而止地退让；懂得笑容可掬地揽客，也懂得冷若冰霜地拒绝。这是一个已经经历了成功，还未尝过失败滋味的年轻人，在他这一个年纪，能有这样的成绩，是可以被允许自傲的。此时的傅绛正握着麦克风，声音透过话筒穿透到了全场每一个角落，宣布一个惊人的数字：“截至今日零点，遥乡基金会管理规模正式突破一百亿！”

全场哗然。

苏小猫心中震动。

一百亿，这不是一个小数目。资管规模达到百亿级别体量的产品，在国内屈指可数。撇开银行、公募基金这一类公有制经济为主体的大型个体不谈，在其他个体中，一百亿，绝对是一个十分惊人的体量。苏小猫几乎是天性般的直觉猛然有些惊醒：她的遥乡，她质朴的老院长一手带大的人间净地，什么时候开始，竟也被拖进了凶猛异常的金融世界？

整场发布会持续数小时，又在媒体提问环节耗费了相当长的时间，时近傍晚，发布会才正式结束。主办方准备了精致的自助晚宴，地点位于高层观景台，餐后还为每一位参会人员准备了伴手礼，礼盒中除了奢侈品礼物之外，还有一个分量不轻的红包，傅绛摆平场面的功夫可见一斑。

苏小猫没有用餐，收拾好背包径直走了出去，迎面就和傅绛来了个狭路相逢。

傅绛看了她一眼，没有喊名字，一看就是熟人了。

“这就要走？”

苏小猫兴致不高的时候，通常不大理会人，闲闲应了一句：“你忙，我就不打扰了。”

傅绛有些兴趣，追着她不放：“方才在提问环节，也没看见你举手。苏小猫，你这是在给《华夏周刊》消极怠工啊。”

苏小猫一笑：“这么多人围着你不放，怎么，你还缺我一个？”

“当然。你很有名，有名到连我都不得不在意你。”

一句恭维，真心却深不见底，辨不清真假。

“是吗？”

苏小猫面色不动，她是见惯了场面的，当真有心应付起来，各种情况都游刃有余：“谢谢，我当这是一种鼓励。”

两人你来我往了一番，苏小猫找了个借口：“我还有事，先走了。”说着她背着单肩包举步就走。

身后传来一声冷淡的声音：“苏小猫。”

她停了停，没回头，放缓了脚步，意思是她在听，有话就快讲。

傅绛淡漠地问了一句：“你不喜欢我对遥乡做的这些事吧？”

苏小猫没有回头，也没有说话，脚步却停了下来，沉默以对。

两人隔了一段距离，傅绛的声音听上去没有感情，公事公办地告诉她："可是我很喜欢。"

两个人沉默许久，直到苏小猫开口，打破沉默。

"我没有特别喜欢，也没有特别不喜欢，发展和改变，永远是一个时代避免不了的趋势。"

她举步离开，头也不回地留给他一句话："只不过，傅院一生的心血，你不要给我把它搞砸了。"

苏小猫去了趟遥乡。

两年前开始，傅衡的身体就不太好了，常常是中药不离手，苏小猫每次见他，都闻得到他身上不散的中药味。这是累病的，被遥乡累病的，她是从遥乡走出来的，这里面的责任也有她的一份。于是每当见了他，苏小猫就喜欢塞钱给他，常常出其不意往他抽屉里、口袋里、包里，一把塞进去，动作熟练得一看就是个惯犯，她是在用别人偷钱的手速给傅衡塞钱。不这样做，傅衡根本不肯收，苏小猫塞出去了就绝不肯收回来，两个人都倔，最后当然是傅衡倔不过苏小猫，以一句"好吧，就当我帮你存着"收尾。

自那年开始，傅衡就没有太多力气管理遥乡了，所有的事都交给了傅绛。也就是从那一年开始，遥乡脱胎换骨，从一个小型福利院转型成为公司制管理。不仅如此，傅绛更是乘胜追击，一举成立了遥乡基金会，进而在随后的两年里以基金的名义成立了私立小学、图书馆等数类实体，成了今日以"善"为名的一方资本巨头。大刀阔斧、一夜成名，傅绛的手笔令人不敢小觑。

她曾经的遥乡已经不复存在，宿舍、教室、食堂、操场，都没有了。楼塌了，平地起，旧的过去，新的开始。苏小猫明白，伤感不由人，历史总是浩浩荡荡地往前走，不为任何一个人停留，但她仍是有一瞬间的失落，仿佛她的家没有了，她又成了二十多年前那一个被人遗弃的孩子。

傅衡是在庭院里找到苏小猫的。

她正围着一株玫瑰，东转转，西转转，看这枝花看了很久，最后蹲下身，伸手拍了拍根部的土，旁人见了，也不知她在搞什么鬼。

傅衡却是知道的。

这里是老猫的埋葬之处，是她的老猫的安息之所，也是她从稚子成为独当一面的成年人的地方。风雨如晦，鸡鸣不已，世间万顷风浪，她仍是找得到这一个地方。这不是人的直觉，这是兽的本能，她身体里流淌着天生的原始兽性，只待苏醒。

“傅绛把这里变成这样，你不高兴了吧？”

听到声音，苏小猫一愣。

她起身拍了拍腿上沾上的尘土，转身笑了。

“怎么会，傅院。这里变得更好了，是好事啊。”

“呵，我了解你，不必瞒我。”

他走过来，眼中带笑。苏小猫抬眼就见到了傅衡已白透了的鬓边，她心里一软，内心某个角落迅速塌陷。苏小猫不是一个念旧的人，这样的人一旦念起旧来，才是真正生死不顾。傅衡对她而言就是这样一个存在，在她的老院长面前，苏小猫的心哪能叫心，根本就是一个烂柿子，经不起一丝旧情的蹂躏。

“傅绛很厉害，很聪明，甚至可以说，比当今这个社会上绝大部分人都厉害。”苏小猫抛开私心，安抚她的老院长，“我明白要支撑这里有多么不容易，尤其在越来越市场化的今天，没有钱，没有利益，只谈‘善’，是谈不了的。傅绛的选择，是对的。”

傅衡眼中有笑意。

虽然淡，却很暖。他是明白的，如今的这一个苏小猫不只是他一手带大的小猫，更是业内声名赫赫的记者，她的态度就是《华夏周刊》的态度，她说傅绛“好”，就可以引领舆论风向令旁人也觉得傅绛“好”。

“小猫。”他拍了拍她的肩，衷心地道，“谢谢你能体谅。”

到底是独生子，妻子又早已过世，父子相依，他终究忍不住动了私心，拜托她：“可以的话，帮一帮傅绛。我没有力气了，也没有能力了，已经帮不了他了。”

“好，您放心，我会的。”

苏小猫离开的时候，傅衡送她到了门口。夜色中，一辆黑色幻影低调地停在路旁的香樟树下，车顶落了些白色的小香花，令人明白它已停了许久。

苏小猫唇角一翘：她的唐劲，君子守时。

车门打开，他下了车。一地月色，一身风流；立身行道，始终如一。苏小猫在夜色中看着他迎面走近，在不自知中已有笑意漾开在眼底。

“好久不见，您身体可好？”唐劲伸手，谦敬而有礼，同傅衡交握，“今日有劳您照顾她，改日我一定登门拜访谢过。”

傅衡含笑，与他握手、应答。这个男人握手的力度、开口的风度、站立的身形，都令傅衡明白：这是一个已经有过某种故事性、经历过风浪的男人。

他目送这个男人单手搂过苏小猫的肩，与她并肩离开的背影。

当唐劲的车稳稳地滑入夜色中的时候，傅衡身后响起了一个熟悉的声音：“爸爸？”

“嗯？”他转身，见是傅绛，“怎么了？”

傅绛刚应酬完晚宴，开车来这里接他回家。车子停在不远处，似乎是停了好一会儿，这会儿他才下了车，走过来。

傅绛问得很突兀，也很直接：“刚才那个人是？”

“是小猫啊。”

“不，我是问来接她的那个人。”

“那是她的先生，半年前，小猫结婚了。”

“这么快？”傅绛挺意外，转而一问，“爸爸，小猫介绍过他给你认识吗？”

“简单介绍过。结婚前，特地带他过来看过我。”傅衡不疑有他，回忆道，“他姓唐，叫唐劲，当时给了我一张名片，是私企的营销经理。”

傅绛一愣，沉默半晌之后，突然笑了。

“这么巧，竟然姓唐……”

傅衡有些奇怪地看着他：“怎么，你认识他？”

“不。只不过我恰巧知道，有一个地方，也有一个人叫这个名字……”

“哦？那很巧啊，说不定是同一个人呢。”

“呵。”

年轻的男人长身而立，在夜色中，神情玩味。

“我知道的那位，可绝不是什么营销经理……”

苏小猫关于遥乡的特稿经过头版头条的运作，一夜占据舆论高峰。

据说，审核那晚，丁延拿着她的稿子，意味不明地笑了笑，评价道：“苏小猫，新闻人有心偏私起来，可是了不得的作恶。”

苏小猫站在他面前，背挺得笔直，不知哪来的胆量，忽地生出一团勇气，把话挡了回去：“不是偏私，是立场。我记得，新闻人是可以有自己的立场的。”

丁延扫了她一眼。

这是人性，她过不了这关，情有可原。

“好吧。”他难得地妥协，不再与她纠缠，“这稿子过了，我一个字都不会改。”

苏小猫呼出一口气，关上门走了出去。

丁延独自坐在办公室，再次拿起桌上那份成稿。文字相当漂亮，但最漂亮的不是这个，而是苏小猫配稿的一张照片。照片上，会议结束，傅绛正端着一份精致的自助晚餐给父亲，他自己则接过父亲手里尚未吃完的饼干，几口将它吃完，那是在会议期间被人剩下的茶水点心，傅衡舍不得，傅绛替他舍不得，于是他将父亲的舍不得都解决了。一个年轻的男人，身家刚刚过百亿，下了聚光灯，仍是父子相依，没有比这更动人的瞬间了。

丁延放下稿子，抬手在其上敲了敲，忍不住一句腹诽：“这么会挑角度，挑这么一张照片。苏小猫，你有心偏私起来可真是了不得……”

那天以后，苏小猫却沉默了不少。

唐劲看在眼里，没有点破。她是成年人了，成年人可以被允许有自己的不快乐，他并不介意，尽管没有活力的她让他也感到了些许不愉快，但唐劲仍保持了礼貌的不打扰，他知道，苏小猫的不快乐是需要时间一点一点去释放的。

这一晚，跟了唐劲很多年的保姆任姨得了他的吩咐，特地来这儿做了一顿螃蟹宴。清蒸帝王蟹、酒香大闸蟹，还有熬制许久的蟹粥。苏小猫对螃蟹完全没有一点抵抗力，唐劲曾见过她吃螃蟹的样子，肉都吃光了蟹黄都没有了她还捧着个蟹壳翻来覆去地舔，把唐劲心疼得不行，觉得这孩子实在是太惨了，这是几辈子没吃过螃蟹了？任姨跟着他在唐家很多年，这些年她老了，唐劲不太劳烦她，但事关苏小猫，他仍是会请她过来一展厨艺。任姨老了，心却没有老，明白唐劲的心思，准备好了晚餐就离开了，给他和小猫独处的时间。

然而这一晚，却是连苏小猫最爱的螃蟹也引不起她脸上的笑容了。她心不在焉地喝了一碗蟹粥，又意思意思地啃了两只蟹脚，苏小猫的眼神和声音都是飘的，吃完洗手，晃晃荡荡地就飘去了卧室一头趴下再也没起来。

唐劲看了她一眼，收回目光。

他将手里的蟹腿剥完，完整无缺的蟹肉抽条而出。男人将它搁在了一旁，没有吃。他不好这个，很多时候他其实没什么爱好，直到遇到苏小猫。她有很多爱好，每一种都耗费了她巨大的感情投入。他觉得有意思，所以后来常常做的，就是将她的爱好当成他自己的爱好。

拿起一旁的餐巾，唐劲擦了擦手。他有些洁癖，不太能闻腥味，起身去洗手，再出来时他手上已经没有任何腥味。他望了一眼满桌的螃蟹，脸上没什么表情，举步走去了卧室。打开门，一眼就看见了床上正趴着的人，趴得毫无生气，整张脸都埋在天鹅绒的被子里，一动不动。

唐劲眼色渐深。

苏小猫是不可以这样的。

这是一个天性灵动的生命，铁打的一具身体、打不死的一腔热情，绝不能这么瘟。

唐劲缓步走过去，伸手朝她腰间一搂，用力一抱，将她抱了起来。苏小猫就这么趴在了他的腿上，连声哼哼都没有，软趴趴的，一个病猫。

唐劲摸着她的后脑，指尖在她的长发中穿梭，一下又一下，声音低沉："我不喜欢你这样。"

苏小猫趴着没有动。

他淡淡道："心里有事，对旁人不肯说，对我也回避。苏小猫，你都不知道我会担心你的吗？"

这条罪状太具分量了，压得苏小猫当场良心发现。她在他腿上翻了个身，搂住了他的腰。

"没有啦，我没有特别要瞒你的意思，只是不知道该怎么讲。"她抓了抓脑袋，事实上，她没有说谎，她被自己的情绪困住了，而这种情绪她并不太能用语言表达。整理了许久的思路，苏小猫没头没脑地问了一句："你懂金融吗？"

"……"

唐劲像是没料到她会问这个，一时还真被问住了。

他没有想要对她摊牌历史的打算，对这一类问题也总是避而不谈，如今迎面撞上了，唐劲颇有自己给自己挖了个坑不得不跳的惆怅。

最后，他给了个模棱两可的答案："还好。"

苏小猫"哦"了一声，没有听出他的深意。她的心思暂时不在他身上："坦白讲，我并不排斥金融。但遥乡是不一样的，遥乡不适合这个。可是如今，它身上金融的气息太重了，我很担心。"

"你担心什么呢？"

"我不知道，我只是预感，很不好的预感。你信不信记者会有'直觉’这回事？风平浪静之下的东西，往往都不太好。”

“可是你的预感并没有发生，不是吗？”

“如果明天它就会发生呢？”

“你还有我。”

“……”

苏小猫一愣，张了张嘴，抬眼看着他。

这是一个动不动就拿真心撩她的男人，也不嫌她会笑他。苏小猫常常觉得，当初她救他一命的那点恩情真经用，以至于那以后她对他的伤害、忽视，甚至是不够爱，都消耗不完它。

唐劲的手指描摹着她的唇线：“我一定会保护你的，你明白吗？”

“唔。”

苏小猫支支吾吾地含糊过去。

唐劲只要一这样子，她就不行了。她这二十多年的人生从没有被什么人用力对待过，以至于撞上他的一腔深情，她下意识就会衡量她得拿什么才能回报他。此时唐劲的手正从她的薄唇游移下去，在她睡衣领口问了问路，苏小猫明白他的意思，他想要她了。每当这时她就开始思考应该如何礼貌地拒绝一下以示矜持，她因焦虑而扭了扭身体，殊不知这一个动作将他的手滑得更深了。他顺势握住她胸前的肌肤，俯下身唤了声“小猫”，就这样用力覆上了她，开始做一个男人拒绝不了，也不容拒绝的事。

唐劲抱她去洗澡的时候，苏小猫已经筋疲力尽，由着他照顾了。唐劲将她弄干净，抱她重新躺好，自己洗完澡出来的时候，苏小猫已经拖着条被子呼呼大睡了。唐劲唇角一翘，真是没心事的一只猫，即便有心事，也心事不过夜。

唐劲看见扔在床边的一台相机。

这是苏小猫采访遥乡的相机，自那天回来后，她经常抱着看，似乎竭力想看清一些事，却不得答案，最终郁郁地放弃了。

唐劲俯下身，拿起相机。带上房门关了灯，男人径直去了书房。

坐在书房的沙发上，唐劲按下键，打开了相机。苏小猫是拍照片的好手，近五百张现场照，无一不清。他明白，她是带了私心、动了感情在做事，拍很多的照片，写很美的文字，权当在回报当年之恩。

唐劲一张张照片翻过去，心中微动。昔年一饭之恩，当结草衔环以报，这么古老的故事，现代人中竟还有一个苏小猫在做，他被她震动。

唐劲看着，动作忽然停了下来。

他的目光停在了一张照片上，遥乡的正门橱窗里，除了孩子们的各种活动照片外，还挂上了一幅画，画中一个变形的世界以扭曲的姿态正展现在一个孩子的面前。这幅画似乎是装饰品，橱窗常年风吹雨淋，没有太好的保护，这幅画挂在上面，也被弄得有些破了。

唐劲忽然记起了苏小猫之前说过的一句话："遥乡正门有一幅画，傅绛挂上去的，说是装饰。傅衡院长本想给橱窗套个玻璃罩，保护一下，傅绛说不用了，反正只是仿冒品，便宜货，傅院也就没再管。那幅画好看是好看，但总让我看了不祥。"

唐劲细细看了一会儿。

"仿冒品？"

他嘴角霍然一翘，懂了。

他几乎是佩服起苏小猫的直觉来了。她并不懂一些东西，却能感受到真相的面貌，这是天性的力量。做记者，她非常合格。

"3.2 亿的真品，就这么挂在门口蹂躏，你在对谁讽刺？"

邵其轩曾经对唐劲有过一个非常微妙的评价：直觉太好。

他是从唐家出来的，唐劲对很多"不是好事"的事都有本能的警觉性，被唐劲暗示过的，十有八九成了坏事。

所以当傅绛不请自来、登门拜访的时候，唐劲吩咐了特助"让他进来"，并未有太多意外。

四十八层的高层办公室，傅绛在落地窗前站定，遥望窗外这一城天下，给出评价："好地方。唐家二少爷的品位，只此一家，别无分号。"

唐劲微微一笑，没有否认。

他拿出两个杯子，走到办公室的吧台边，问得随意："喝什么？"

"酒，谢谢。"

"什么酒？"

"你这儿的酒，都是上品，都可以。"

唐劲从冰桶中抽出一瓶威士忌，给他倒了一杯，把酒瓶放在吧台上，转身给自己倒了杯清水，连冰块都不放。

傅绛拿过威士忌酒杯，若有所思地盯了他一眼。

"连陪客人，都不赏脸喝一杯？"

"我不好这个。"唐劲拒绝得轻描淡写，话锋一转，话中带味，"何况，你是客人吗？"

傅绛大笑。

他仰头一口饮尽一杯威士忌，"啪"的一声放在了吧台上："唐家的二公子，和传闻中一样，说话痛快。"

傅绛坐在吧台边，自己给自己倒了一杯威士忌，眼风一挑："苏小猫还不知道你的来历吧？"

唐劲一笑，不紧不慢地喝水。

"这是我和她之间的事。怎么，我房里的人和事，你也有兴趣插手？"

"当然不。"傅绛意犹未尽地看着他，"我只是好奇，苏小猫那么精明的一个人，怎么会被你骗过去了。"

"说到这个，你不是比我更擅长吗？"

唐劲端着玻璃水杯，慢悠悠地喝水："3.2亿的真品名画，被你一掷千金拍走了，就那样挂在父亲创立的遥乡门口，任它毁坏。你在见证什么，讽刺什么？你在看着它和遥乡一同被毁灭，是不是？"

傅绛笑了。

"我说呢，谁的眼力这么好，能看出那幅画的真伪。我差点忘记了，那年那场拍卖会，你也在。哦对了，你在那场拍卖会上拍下了全场最高价，拍走了钟家大小姐钟文姜一生死守的祖宅，听说钟文姜后来找过你求情，你心软了？真是处处风流。”

唐劲放下水杯，声音很淡：“傅先生如果对这些有兴趣，可以去《华夏周刊》娱乐新闻部，那里更适合你。来我这里，你走错地方了。”

“见笑，话题扯远了。”傅绛气定神闲地撑着下巴，言归正传：“唐劲，我今天，还真是非来找你不可。”

男人不置可否，走向冰桶从里面拿出一杯冰块，放了几颗在水杯里，应声拒绝：“你要我帮的事，我帮不了你。”

傅绛神色未变：“我还没开口，你怎么知道我要你帮什么？”

唐劲笑笑，将冰水置于吧台，等它化开，声音和冰水一样冷：“傅院长一生的心血，你不珍惜，拿它来讲故事，缔造你想要的金融帝国。可惜你的帝国尚未建成，骨子里各方面的窘态已经渐渐显露。但你有一天忽然发现，你已经被缠进去了，身不由己。金融就像雪球，一旦滚下去就停不下来，只会越滚越大，你的雪球不是实心的，是空心的，最后撑不住重量，毁灭就是一瞬间的事。你那过百亿的帝国里面，有多少杠杆，有多少杠杆中的杠杆？一旦没有新的资金进去，后果会怎么样，你比谁都清楚。”

傅绛扯了扯嘴角，扯出一个比较难看的笑容：“所以啊，我来找你帮忙。”

他露出了无耻的一面，并且自认为这并不算是一种无耻。这只是，一种手段。

“唐家声名赫赫的二少爷，唐家令人退避三舍的资金链和风控体系，都是你曾经一手缔造的奇迹。只要你肯，伸手帮我一把，我这点问题，绝对不会是问题。唐家那么恐怖的体量，你都能摆平得干干净净，何况我这一点点量？”

唐劲居高临下盯着他，眼底有些讥诮：“怎么，不仅有杠杆断裂的危机，还有更严重的问题？钱洗得太多，洗不干净了？”

“话不能这么说，这是犯法。”傅绛笑笑，“我台面上的，可都是合法的。”

“傅绛，你找我，找错人了。”

“一点小忙，都不肯帮？我的事，总比不得你们唐家来得恐怖。”

唐劲笑了。

“你哪里来的自信，敢和唐家比？”

对于这种脑筋拎不清的人，唐劲连劝都不想劝了，打开天窗说亮话：“唐家后面的世界，有的是什么、有的是哪些人，且不说是你，就算是我，直到今天也没有弄清楚过。那样的世界才配得起另一种生存之道，那种法则不是适用你我这里的。你把这点都搞错了，还指望谁可以帮你。”

唐劲看着傅绛，奉送一句话：“自首吧。或者向监管层坦白真相，或许你还有重新再来的一天。”

傅绛喝了一口威士忌，森冷地盯着他：“唐劲，你不怕我把你的底细告诉苏小猫？”

“请便。你动苏小猫，我就动你。”唐劲偏头一笑，“到时候，我们看一看，是你的闲言碎语厉害，还是我们唐家要解决一个人的决心厉害。”

很快，苏小猫嗅到了一丝不寻常的气息。

这一天，她在公司被叫去了会议室谈话。

负责对她谈话的不是丁延，不是公司任何一位领导，而是不明身份的三个人。三人穿着便衣，一人负责把守会议室门口，连丁延都不允许进来，一人拿着录音笔全程录她的话，一人负责问话兼记录。她进去的时候，丁延拍了拍她的背让她放松，像聊天那样谈话就好了。苏小猫一坐下，见这阵势，心中腹诽，这天还真聊不起来。

苏小猫朝椅子上一靠，眼睛轮流在这三人脸上转了一圈，打开天窗说亮话：“警方？还是监管层的督察组？”

负责谈话的为首人员对她道：“苏小姐，我们问什么，你答什么。

其他的，你不要多事，明白吗？”

谈话进行了整整四个小时。

内容详细得就像惯犯落网，把身家性命全盘托出。从出身情况、家庭人口、抚养经历、社会关系，一直问到收入来源、工作经历等等。谈话的人很有技巧，也很有隐蔽性，什么都问，什么都查，令苏小猫找不到重点。但对方始终忽略了苏小猫的记者天性，她也是一个盘问人的好手，他们用惯的技巧，也是她用惯的。苏小猫沉着应对，谈足四个小时，心里明白了：这些人，是为了遥乡来的，他们要从她嘴里听到遥乡的一些真相。

令苏小猫心下一沉的是：她不知道，这些人的最终目标是遥乡后面的谁。傅衡，傅绛？

四个小时后，会议室的门被重新打开，一行人收拾好记录本、录音笔，准备离开。苏小猫站起来，声音幽幽地忽然说了两个字：“傅绛……”

那三人立刻脚步一顿，为首的人转身，神色加深，似有话问。

苏小猫缓缓接上三个字：“出事了？”

被她耍了。

那人面色不善地瞪了她一眼，警告意味甚浓，转身立刻走了。丁延神色不明地盯了她一眼，往她额头敲了一下，告诫她：“这种时候还耍手段套话，你嫌命大？”

苏小猫彻底明白了。

真的是傅绛出事了。

苏小猫离开公司的时候，丁延对她耳提面命：“不该你管的事，不要管；不该你查的事，不要查。听到了没有？”

苏小猫空头支票乱开：“知道了，知道了。”

丁延朝她后脑勺就是一顿打：“注意态度！你听进去了没有？”

苏小猫抱着脑袋，官大一级压死人，她又拿出她那不值钱的人格乱保证：“以人格担保，真的知道了。”

苏小猫暗自查了几天，天罗地网，凭她一介平凡人的力量，离真相很远。但有时命运就是这么微妙，架不住真相自己上门找她。这一个傍晚，苏小猫背着个单肩包走出公司的时候，一眼就看到了正站在广场台阶下等着她的傅衡。

他应该是已经等很久了，进入七月，天气渐热，户外站一会儿，烤得人从上到下的闷。苏小猫看着她的老院长，后背衬衫被汗水浸湿了一片，苏小猫都听得见她的一颗心软软地瘫下去的声音。

苏小猫带着她的老院长去了附近的一家精致粤菜馆。“精致”二字不是人人用得起的，用得起的都是绝对的好地方，店内小桥流水，每一个位置旁都盛开着百合和铃兰。傅衡一边走一边踌躇，只说“随便吃点就好了”。苏小猫怎么肯，她平时一日三顿确实都是“随便吃吃”或者“干脆不吃”，和傅衡在一起她就不肯了，这会儿走得虎虎生风，一脸“老子现在可阔了”的摆阔样。

两人坐下，苏小猫给傅衡倒茶。傅衡一看就是有事要说，刚开口说了句“我……”又住了口，拿起茶杯喝了一杯，意思是“先不说了”。于是苏小猫只能一杯杯地给他倒茶，傅衡一杯杯地喝，喝得很沉默，很孤独，弄得苏小猫也不敢出一声大气，闷声不吭。

侍者在一旁手法熟练地切好片皮鸭，又由另一位侍者摆盘上桌，笑容可掬地说：“二位，请慢用。”苏小猫如蒙大赦，第一次觉得这服务真到位，终于来了个声音打破了沉默。苏小猫一块一块地夹给傅衡，说来说去就那么几句，“傅院多吃点”“傅院再吃点”。

傅衡不知滋味地吃了一会儿，放下筷，认真地看着她，终于道：“小猫，有个事，我想请你帮一帮。”

他把调子起得那么郑重，苏小猫都快不知如何是好了。眼前这人是她的救命恩人，对她有养育之恩，说“帮一帮”都生分了，她和他就是那一种“让她去死，她绝不苟活”的关系。

苏小猫重重点头：“嗯，您说。”

傅衡抿了抿唇，字字千斤重：“傅绛出了点事，希望唐劲出手帮一帮他。”

“……”

苏小猫那重重点下去的头，忽然静止不动了。

她抬头，一脸不解：“谁？”

“唐劲。”

“我认识的那个？”

“嗯。”

苏小猫不说话了。她的力气有限，都用在脑子的飞速思考上了。半晌，她问了一句：“傅绛……到底出了什么事？”

“我不知道。”

傅衡没有说谎。然而也正是这一句“不知道”，令他仿佛一夜老了二十岁。

“工作上的事，傅绛这些年从不同我说。他以前不是这样的，总是喜欢等我回家，和我说一说……大概是从他母亲过世之后，他就不再同我说了。连这一次也是一样，不断有人上门找他，说是情况越来越不好了。我问他究竟是什么情况不好了，他也不同我讲。直到前几天，我见他开车回来，车里放着唐劲的名片，我才知道他去找过唐劲。问他为什么去找人家，他也只是笑，说人家又不肯帮，问这么多干什么。”

一口气说了这么多话，他似乎有些累，没来由地咳了起来。苏小猫立刻叫来服务员端来一杯清水，给他喝了一口。又见他伸手去包里拿了两片药，就着水喝了下去。苏小猫看着她的老院长，私情浩浩荡荡地就起来了。这些年她心里不讲理的念头一个个地来一个个地灭，但从来没有一个念头像此刻起来的这一个，似刀一样扎在她心里，流血了她也不拔了，誓死要成全它。

“您放心。”她给出承诺，“我一定会想办法，让唐劲帮他的。”

苏小猫把这事从头到尾想了两天。

这两天唐劲出差，家里没人管她，她又活成了一条单身狗，自在得很。洗完澡，苏小猫趴在卧室的地毯上，旁边有一副围棋，棋盘上面摆着一个残局，是唐劲出差前和她没有下完的。苏小猫看了它一会儿，拖过棋盘，自己和自己下。

她很喜欢和唐劲下围棋。和他结婚这半年里，常常一到晚上两人就开工下棋，仿佛两个老年人，挥霍半生终于遇到了生命中能吃掉自己半个子的对手。这会儿苏小猫一个人下，室内沉静得听得见抬手落子的声音，苏小猫终于明白了为什么她喜欢和唐劲下。因为唐劲不只陪她下棋，更在陪她“谈”。

唐劲陪她谈的事很多。

有一次她问他，唐家是什么地方？

本以为他会避而不谈，谁想他却没有，抬手落子时总结成了一句话：“唐家是一个，由一个人说了算，万千人认同他说了算从而赴死达成目的的地方。”

她一愣，颇为不赞同：“那岂不就是强人政治？”

唐劲当时就笑了，他并不反对她的看法，只是立场不同，对她道：“强人政治没有什么不对，在历史上，秦汉到隋唐之间，也常有强人政治出现，甚至于有些新的朝代，也是由强人主导篡取天下而得。放到现在来看，唐家所谓的强人政治，不及历史的万分之一。”

她玩味地看着他：“你是因为不认同这一位强人，所以才走的？”

他答得很快，是那一种只有发自真心才会有的本能反应：“不，我认同他，我只是不适合，所以才走。”

没等她再问什么，他已经看着她，悠悠反问：“你是在把我当成摸底对象，调查我吗？”

她“哈哈”了一声，不好意思再问下去。记者瘾上来了，要做到适可而止才行，这个道理她太懂了。

这一晚，苏小猫同自己对弈，想起那个男人，连落子的动作都停顿了下。

一直以来她都明白，他们两个是有别于普通夫妻的相处的。

她没有父母，他也是；她没有家，他也是。唐劲在向她求婚时，说过一句话：我一直在等，等一个我不需要有太多自卑和自信，就有勇气拥有的亲人。

几乎没有旁人可以理解他的这句话，严格说来这根本不像求婚的话，倒像是认亲。苏小猫却懂，她几乎是下一秒就明白了他的意思。她被他的话中话而感动，仿佛只用了一瞬，这就是她的亲人了。

对于原生家庭不健全的人而言，结婚、与另一个人结合，会本能地带着敬畏之心去审视对方的原生家庭。苏小猫有过太多这样的经验。去同事家做客，同事的父母、兄妹，出来迎接，将她接待得礼貌、周到，苏小猫往往会很无措，因为她明白，她没有办法回馈这一份礼貌、周到，她没有亲人可以为她做到这一份回馈，她只有自己。

天生地养的小孩子，除了自己坚强一点之外是没有其他任何办法的。

所以她喜欢唐劲。

或者说，她根本喜欢不了别人。因为只有唐劲和她是同一类人，是真正能懂她的人。

也因为这样，他和她之间的相处非常大而化之。她又是颇有江湖气的女孩子，不爱刨根问底，也不爱将生命的重量挂到一个男人身上去，以至于他们两个之间说过爱、上过床、交过心、结过婚，也从没有一个人率先问一句“你过去是怎样的”。

苏小猫放下手里的白棋，在这个深夜终于直面了一些问题。

比如，唐劲是什么人？

比如，唐劲在做什么？

再比如，唐劲在傅绛的这件事里，扮演着怎样一个角色？

Chapter 05 花未全开月未圆

夏季的清晨五点，天空已经破晓，下飞机时唐劲揉了揉太阳穴，缓解时差没倒好的困意。

他坐的是经济舱，还是特价票的那种，跟个劳苦大众似的。唐劲对很多东西都没有追求的欲望，他是喜欢站在背后做事的那种人，不习惯成为焦点，只有在被人踩了底线时才会上前一步令人明白，这种人存心要成为焦点时也无人能挡。

这会儿，唐劲正站在行李提取处，在一圈圈自动旋转带旁等行李。九个小时的飞机，他没休息好，有些蒙眬的困意，不经意间一抬眼，看见出口处的苏小猫正趴在栏杆旁朝他热烈挥手。唐劲愣了一下，以为自己出现幻觉了。

栏杆旁那双手还在热烈地挥着，唐劲看了会儿，顿时就笑了。真有她的，这么好的体力，大清早不睡觉，跑来这里守株待他。唐劲看着自己的行李箱慢慢转到眼前，拿出行动电话给前来接机的特助打了个电话："回去吧，今天不用接。"

尹皓书的声音听上去很震惊："我已经在地下停车场等您了，车上还有张总等着向您汇报工作。"

"改天吧。"唐劲回绝得很果断，一点也不给劳苦的下属们退路，"今天不行。"

挂了电话，男人拖起行李箱往外走。

一段长路，就在他缠绵的视线里变短了。

当苏小猫无赖一般扑到他怀里，挂在他身上对他说"欢迎回家呀"，唐劲忽然觉得他什么都能给她。

他从来都是一个适度的人。

不过度醉酒，不过度爱人，但到这一刻他才明白，他前半生所有的"不过度"，都是为了遇见她以后的"过度"。

苏小猫的热情来得快，去得也快，热烈拥抱了一下感觉就到位了，一点都不留恋地从他身上跳了下来。唐劲却是个慢热的人，这会儿感觉才刚起来，不肯放人了。他搂过她的腰，将她再一次贴向自己："你怎么会来？”

苏小猫理所当然：“给你惊喜呀，不然还能为了什么？”

唐劲沉思：“我没有给过你航班信息。”

苏小猫眯着眼，很有被人看扁的不爽：“你确定你要跟一个当过狗仔的记者来谈如何挖掘信息这件事？”

唐劲顿时就笑了。

“苏小姐，你总是能给我另类的惊喜。”

苏小猫拉着他往外走，她这机接得马马虎虎。心意到位了，工作却十分不到位，也没开辆车来接他，准备排队去等出租车。唐劲暗地又给尹皓书打了个电话，叫他人可以走，车留下。尹皓书在电话那边听得匪夷所思。在遇到苏小猫之前唐劲从不干令人无语的事，遇到苏小猫之后他干的事里面十有八九令人无语。

两人上车后，苏小猫热烈要求回家，亲自做顿早餐给他接风。唐劲回应说心意领了，吃就不吃了吧，去酒店解决一下好了，他等一下还有事。苏小猫想了想，大方地说那也行。两个人都挺满意。

发动车子去酒店的时候，苏小猫暗自呼出一口气。终于不用吃方便面了，她买了几包方便面，还特地买了进口的，能做的早餐也只有这个，幸好唐劲没问吃什么，否则她还真有点惭愧。另一边，唐劲开着车，也暗地呼出一口气，他不用脑子都能想到，回家靠她那点厨房里的本事，除了吃方便面还能吃什么。

圣古斯都酒店一向以餐饮的精致与奢华而闻名。苏小猫对一切无限量的吃饭方式都抱有巨大的热情，唐劲是这里的尊享会员，两个人结婚这半年来，苏小猫没有拿过一张唐劲的信用卡，倒是整天盯着他手里这张酒店自助宴打折卡，盯得两眼乌溜溜地转。

唐劲很喜欢和苏小猫一起吃饭。

他以前也和不少女性吃过饭，她们通常会表现出一些习惯，比如在男性面前保持特有的优雅、礼貌、节制，并且大部分人吃得不太多。

他看着她们清瘦的面貌，常常会有一些不太赞同的念头冒出来。刻意的礼节在他看来就像是一种老化的文明，他不能明白，为什么还会有如此多的女性为之前赴后继。模仿一段老化的文明，人也会变得很老了。

苏小猫就不会。

在某些方面，她是典型的利己主义者，不高尚、不优雅、不节制。连吃饭也有一套她自己的准则，吃得快、吃得多、吃得好，三板斧使得呼呼作响。

所以唐劲特别喜欢和苏小猫吃饭。

此刻她正坐在他对面，一大口牛奶一大口面包，面前的空盘一个一个地堆起来。餐厅侍者服务很到位，替她拿走一个又一个空盘。苏小猫的饭量和她讲话的热情几乎是成正比的，吃得越多，越有热情，饿着的时候她通常不理人，拿眼风瞥瞥你，意思是“没力气，不想说话”。这会儿唐劲又叫来侍者，给她上了一份水果，再替她要了一杯橙汁。他自己就吃得比较少了，陪她吃完后就要了一杯咖啡，喝了一口就放下了，也不见他再喝一口。

苏小猫咕嘟咕嘟喝了半杯橙汁，盯着他：“你就吃这么点？”

“我不饿。”唐劲言简意赅：“刚才在飞机上已经吃了一点。”

苏小猫托着腮看他，放下橙汁，用手拿了一颗餐盘中的草莓，直直地递给他：“快点，一口吃掉它。”

唐劲笑了：“不用了。”

他虽然也不太讲究礼节，但到底还做不出光明正大要人喂这种事。

然而下一秒，苏小猫倾身，手指灵巧地一送，将草莓送入了他口中。唐劲不防，被她得逞，他张开嘴让她进来，吮到了她的手指，令他一瞬间仿佛置身相遇的那一晚。那一晚，她也是这样，坐在身受重伤的他身边，给他喂面包，手指触到他的唇，令他在这微妙的肌肤之亲中刹那深陷。

他私情一起，在她收回手指的瞬间伸手握住了她的手。

苏小猫一怔，抬眼去看他。

他摩挲着她的指尖，不紧不慢地开口：“你有事找我？”

苏小猫愣了下，哈哈一声干笑：“没有没有。”

“真的没有？”

“当然没有啦。”

“好吧。”唐劲放开她的手，点了点头，“我本来还有事想对你说的……”

苏小猫“嚯”的一声站了起来。

“是不是傅绛找过你？”

“……”

两个人一个站，一个坐，一高一低对视了一会儿。他知道，她紧张了，苏小猫在紧张的时候总会不自觉地瞪大眼睛。她有一双很漂亮的大眼睛，瞪起来圆溜溜的，看着很凶，精神奕奕的，连凶起人来都充满生命力。他就喜欢她身上的这股生命力。

唐劲笑了下，喝了口咖啡，开口说：“我知道你迟早会为了这件事找我。苏小猫，你可以开口问的，我不是外人。”

苏小猫坐下来：“傅绛也不是我的外人啊，也没见你答应帮他。”

“但他是我的外人。”

他看着她，语气不重，意思却很深：“对我而言，不是外人的人，只有你一个。旁的人，和我都没有关系。”

“……”

苏小猫瞪着眼睛看着他，看得心里纠结来纠结去。

唐劲这货实在是太坏了。她就没见过哪个男人像他一样，拒绝一个人的要求和向一个人表白都能在同一句话里达到目的的。搞得她进也不是退也不是，完全被他将了一军。

苏小猫喝了口橙汁，沉默半晌，终于抬头对他道：“傅院来找过我。”

唐劲听着，没说话。

苏小猫挺直了腰，这一个姿势比任何动作都让唐劲清楚，她是不达目的不罢休的。

“他老了很多，我从来没有见过一个人老得那么快。他是一个好人，一个老好人，他总是不喜欢麻烦别人，喜欢什么事都他自己扛。他来找我，他是最难受的那个人，不是因为要开口求人令他难受，而是他想扛却扛不起了令他难受。我……受不了，当年没有他，今天就不会有我。”

人性的小天地间有一个永恒，这永恒是“道”，也是“理”。这“道”和这“理”是不接受任何反驳的，也不需要任何论证，它或许是错的，却是不可战胜的。靠着这个，人类在这么长的文明时间里，过得有情有义、有声有色。

唐劲明白，他正面对着一件靠“讲道理”无法解决的事。

他叫来侍者，又为她要了一份甜点。

他摸了摸她的脸，看见她的脸蛋上都因为方才一席话有些难过了，他的声音软了下来：“晚上早一点回家，我给你看点东西。”

苏小猫这一晚回家很早，头一次过了回鸽子般的生活，天一黑就往家里飞。

她是个心里藏不住事的，唐劲回到家就被她盯上了，跟到东又跟到西，唐劲被她跟得头都有点晕了。吃过晚饭洗澡时，他挡在浴室门外，看着像一缕游魂飘过来的苏小猫道：“你确定这里你也要跟进来？一起洗？”苏小猫这才发现跟过头了，抓了抓脑袋自己飘走了。

唐劲洗完澡，拿毛巾擦着头发出来，一眼就看到了坐在地毯上的苏小猫，正瞪着一双大眼睛直勾勾地望着他。唐劲深吸了一口气稳了稳，这才把自己稳住了。她这眼神太勾人，若不是今晚还有正事要谈，他还真稳不住自己，脑子里已经满是禽兽的欲念。

唐劲放下毛巾，去了一趟书房。再回房时手里多了一份文件，厚厚一沓，看样子是有不少信息在里面。

他坐下来，将手里的东西递给她，声音有些郑重：“本来是不打算给你看的。因为这里面有一些事不太好，太脏。但是既然事情到了这个地步，我不想和你之间有任何误会，所以，我把这些给你看。”

苏小猫怔了怔，伸手接过。沉甸甸的一沓，她摸了摸文件封面，低头看见了封面上的几个字，“遥乡基金会内幕交易、洗钱、操纵市场内幕调查”，苏小猫脸色一变，仿佛一瞬间明白了什么，没有力气翻开下一页了。

“你……”她张了张嘴，想问什么，却没有问出来。

唐劲明白她的意思。

有时夫妻间就是这样的，即便只做了半年的夫妻，也已有了旁人无法比拟的默契。

他替她将话问了出来：“你想问，我是怎么查到的？你也想问，我给你的这些，是不是真的。对不对？”

苏小猫有些想辩解：“我没有不信任你的意思。”

“我明白。”唐劲点点头，“事关遥乡，你即便有不信任，我也可以理解。”

苏小猫不自觉握住了他的手。

唐劲是一个很具有包容性的人，尤其是对她。很多时候她都明白，她的很多毛病都是在他的包容性中衍生出来的。有时她也会后悔，会不会哪天他就将这一份包容收回去了。每当这时她就对自己告诫“下次再不可以这样了”，但总有下次再犯的时候。男女间的事真是古已有之，即便懂得道理，也总是一犯再犯。

“其实要查这些事，对我来说，不难。”

他反握住她的手，告诉她一些事：“做事做到某一个程度，会有的圈子、人脉、走道，就都会有了。这里面有些事甚至不是我查的，而是听到的。你的那一位傅绛朋友，太不懂规矩了。在某些事情上，胆子太大，弄出的动静也太响，让人不想知道也难，出事是迟早的事。我承认，在这一行做事，有一些说不清、游走在黑白之间的事是常见的，但常见归常见，是否出自本意就是另一回事了。有些人是没有办法，为了活下去，不得不做一些灰色的事；而有些人，是有办法的，他存心不走对的那一条路，非要来走邪道，以为这就叫勇猛，其实错了，这叫自寻死路。”

这些道理，也只有唐劲会对她讲。

“傅绛在遥乡门口挂的那一幅画，是价值3.2亿的真品。这件事，恐怕除了他自己之外，这些年都没有人会猜到。”

苏小猫猛地睁大了眼睛：“3.2亿？！”不愧是脑子好的家伙，对数字最敏感。

“对，3.2亿。”唐劲告诉她，“那幅真品曾经轰动拍卖界，但因为是私人性质的拍卖，所以从未公开过，大部分人不认识也很正常。那幅画真正的主题是‘讽刺’，画它的人用了一生的心血，画完这幅画后抑郁而终，它也成了画家的绝笔。一个人的临终一绝总是带着不一样的气息的，或许是警示，或许是不祥。如果我是你，我会去查清楚，傅绛不惜花3.2亿买一幅真品挂在父亲一生心血创立的福利院门口，用意是什么？或许当你明白了这些，你就会知道，为什么他会犯错，错到离谱的程度，错到犯罪的程度。”

苏小猫摸着这份文件的边缘，轻声问出了一个问题：“为什么傅绛会认为，这么危险的事，你也可以帮他？”

唐劲微微一笑：“错觉。”

“从何而来的错觉？”

“唐家。”

“……”

他对她坦诚：“能帮他的不是我，是唐家。我已经离开了，所以我帮不了他。”

S市的东面有一座山，名字颇有禅意，唤作“目明山”，正应和了此山的特色，登高望远，整座城市一览无遗，耳清目明。

半山处好风光，多年前有眼光甚好的投资人在此处买地建了一座餐厅，整栋建筑费尽心思，与自然融为一体。经营多年，已成城市地标，一座难求，预定位子通常要等三个月以上。苏小猫今晚就在这里，见到了傅绛。

她到得早了，天色还未晚，就一个人先来了。坐在景观位上，苏小猫要了一杯清水。一城山水都在她眼前，她想起了很多事。

她和傅绛，曾经是很熟的那一种关系。

傅绛比她大两岁，童年有一大半时间都在遥乡陪着父亲。那时的傅绛不太爱说话，这并不少见，福利院里的孩子大部分不爱说话，像苏小猫这样热情洋溢的反而是十年才出一个的奇葩。往远了说，那时的宋彦庭也不爱说话，但傅绛的内敛和宋彦庭的沉默是不一样的，后者是在大家族的重压之下得了一定程度的自闭症，是病态的，但傅绛的内敛是完全健康的。他的内敛是礼貌、是懂得退让、是对很多人和事的成全。在童年的很长一段时间里，苏小猫很喜欢和傅绛混在一起玩，小孩子本来就喜欢和比自己大的孩子一起玩，再加上傅绛也不讨厌她跟着。那段时间苏小猫过得开心又无忧，傅绛和她，一个沉稳，一个勇猛，符合当时的小孩对未来的所有想象：明天是会更好的，胆大可以包天，想到就能做到。

所以当后来，苏小猫在某一天忽然发现，她和傅绛没有那么熟了的时候，她是震惊的。

一件不容她质疑的事摆在了她眼前：不知从哪一天起，傅绛不再来遥乡了。

大概就是从那个时候起，苏小猫明白了一件事，人与人的离散是可以很快的，而且可以是没有理由的。人类间有太多不可知的事情了，比如明天会怎样，比如疾病该如何治疗，比如你要走为什么也不同我告别。

苏小猫想了一会儿事，就听见了侍者的声音："傅先生，这边请"。

傅绛一身黑色衬衫，手里拿着西服外套，没有打领带。他是极其注重外表与礼节的，忽略了这一点，可见在他的认知里，和苏小猫之间也不是外人了。

苏小猫却觉得他陌生。

纵有千古，横有八荒，前途似海，来日方长。

她不知道，他是否还是当年那一个有天下抱负的少年。

男人径直走向餐厅的景观位，不等侍者拉开椅子他自己已经一把拉开了，将西服搭在椅背上，声音悠悠："就你一个人？"

苏小猫靠在椅背上，不紧不慢地喝水："对。"

"呵。"傅绛笑了。

想起之前她打电话给他，约他今晚晚餐来这里，用的是唐劲的名义，只说唐劲有话对他说，他听了，自然要过来。

男人坐下，给出评价："苏小猫，不惜用唐劲骗我来这里，这些年你也算是长进了不少。"

"和你一样吗？"苏小猫放下水杯，看着他，"不惜利用我和遥乡的关系，接近唐劲，要他做一些危险的事。"

"看来你都知道了。"傅绛并不否认，只是有点好奇，"唐劲告诉你的？"

"你认为呢？"

她看着他，看出了些许逃避。她将他的逃避挡了道，正面迎战："是傅院。"

傅绛正拿杯喝水的手猛地一顿，杯中的水洒出来一点，被他不动声色地擦去了。

两人无话，席间只有侍者恭敬上菜的动静，声音悦耳，一一上齐了前菜、主菜，退下去时连侍者都不禁多看了两眼，好奇这两人究竟是什么关系，不是情侣，不是亲人，却是熟人，很熟悉的那一种熟人，几乎就是自己人。

菜上齐了，苏小猫却没有动。她看了会儿眼前的男人，轻启薄唇："上午我去了遥乡，把你挂在门口的那幅画好好看了看。这么多年挂在外面，又没有任何保护措施，早已经被淋得不像话，上面画着些什么东西，都已经看不清了。旁人见了，只当是院里谁的陈年旧作，挂在门口，聊胜于无。我也是这么想的，我甚至不信唐劲对我说的，又亲自去查了一遍。你猜我查到什么？唐劲说的，是对的。”

她看着他，几乎不认得他。

“3.2亿的真品，就这样子挂在遥乡门口，挂了这么多年，任它毁坏。你是不是疯了？”

傅绛一笑。

他似乎想过会有这么一天的，因此也并不意外，甚至因为这见了天日的一天，连胃口都变好了。他大口吃完前菜，将餐盘递给侍者拿走，拿起刀叉大块吃着牛排，仿佛老友谈话，问：“苏小猫，你知道那幅画的意思吗？”

苏小猫没有回答。

她话锋一转，反而讲起了一些别的：“十岁那年我想了很久，你怎么就忽然不见了呢。如今说起来你可能不信，那时候能让我有兴趣一起玩的，就是你。你很聪明，即便是玩游戏也懂得讲策略；你也很勇敢，一群小朋友谁也不敢做的探险，只有我和你敢；而且，你还很善良，夏日祭上玩捉金鱼的游戏，你苦练了很久终于练出了很好的技术，在摊贩上捉了足够多的金鱼，最后却都把它们放了。所以当某一天我发现，你再也不来遥乡了，我不适应了很久。”

傅绛无动于衷，姿态优雅地用着刀叉，自顾自吃着牛排。

“你想叙旧吗？真可惜，我不想。”

“对，你当然不想，因为那一年，发生了对你而言非常悲伤的事。”

男人动作一顿，刀叉不小心碰到餐盘，发出一声刺耳的声音。

苏小猫眼前的晚餐丝毫没有动，她看着他，讲出了一个秘密：“那一年，你母亲过世了。”

傅绛沉默，姿态略显僵硬，他没有反驳她的话。

苏小猫声音很轻，做记者这么多年，要探查身边人的秘密，却还是第一次，连她都感到窒息的沉重。

“你母亲过世这件事，不是秘密。傅院当年的难过，我看在眼里，他用了很多年都没有从失去妻子的痛苦中缓过来。而你从那一年起，就去了外地上学。所有人都没有起疑，因为你上的是外地最好的小学、初中、高中、大学，你那么好强，到了该优秀的年龄，当然不可能再回来和我们这一群小朋友厮混。但直到最近我去了你母亲过世的那家医院，才知道一件事，原来你母亲心脏病过世的罪魁祸首，是时间。没有人及时把她送去医院，否则，她不会死。”

“砰”的一声，傅绛猛地将刀叉放在桌上，动作很重，声音震动，惹来侍者快步跑来，询问是否发生了什么事。又见眼前两人气氛诡异，似有剑拔弩张的架势，侍者训练有素，连忙说了句“二位慢用”，就趁势走了。

傅绛声音冰冷：“苏小猫，不要把你当记者的那一套，用到我母亲身上。”

“好啊，那你自己告诉我。”

她的声音没有情绪，苏小猫做起一件事，镇定起来无人能敌：“是不是你恨傅院没有及时救你母亲？所以连带他一手创立的遥乡你也恨。你要毁了他，也要毁了遥乡。”

这些年，她常常觉得他变了，却又讲不出哪里变了。

或许是眼神，他眼中不再有亮光。也或许是表情，他脸上不再常有笑容，总是带着事业有成的那一类玩家特有的傲慢。

后来苏小猫才明白，他变的是心。一个人心里该有的一些重要的“什么”，他没有了。

他心里的寡爱，一如他说话时的样子，淡漠、带着一点恨意：“知道那一天，我父亲在做什么吗？遥乡里有一个小孩子生病了，他没有回家，去为那个小孩子找了医生。那天我也在遥乡，本来我已经要回家了，是他叫住了我，说遥乡不能没有人，要我替他留下来看一会儿小孩子。我听话，已经迈出去的脚又迈了回来，留了下来。就在我留下来的那一个决定之后，我母亲独自在家，心脏病发作，无人救她。”

一席话，说的人、听的人，都沉默了下来。

苏小猫心中震动。

她忽然想到一句老话，折磨人最厉害的一个词，莫如“unknow”。一句“不知道”，悲伤了多少人，悲伤了多少年。

傅绛抬眼，眼中覆薄冰。经年的痛苦造就了如今的这一个男人，他已无法悔改。

“苏小猫，遥乡对你而言，是天堂，是家，对我而言，却是凶手，是地狱。没有它，我就能有一个完整的家。你说的对，我恨这个地方，它不仅绑住了父亲，也在那一天绑住了我，更在那一天，带走了我母亲。从一开始，我就没有想过要令遥乡好起来，用金融的方式令它替我办事、获取巨额利润，让它沾上这世界的污秽，最后看着它一点点毁掉，就是我为我母亲做的一场盛大的悼念。”

苏小猫静坐良久。

她明白，她拉不回这个人了。

他的爱与恨都已走向极端，他的最强音是十二分的最强音，最弱音是十二分的最弱音，他用三分之一的前半生，弹出了一首同归于尽的亡曲。

“监管层已经盯上你了。”苏小猫起身，留下一句忠告，“你多珍重。”

苏小猫从S市回去的时候，天色已晚。明天还是工作日，她一路小跑着去了公交车站，赶上了一趟晚班车。

苏小猫坐上车，脑袋一歪，靠在车窗上，整个人像终于放空了一样，觉得累。

晚班车一路从市郊驶入邻城。S市的市郊有甚好的江南风光，此时正值初夏，万物活泼，蝉鸣与蛙声交相应和，道路两旁的香樟树飘下落叶，飘进池塘里，苏小猫匆匆一瞥，好似心尖上也跟着一同落了叶，落得她心里微疼。

这样的郊外风光总令她想起童年。

夏日，廊檐，蝉鸣，晚风。小镇上有一户人家，孙女和奶奶一同生活，孙女吃着西瓜，奶奶摇着蒲扇，一片好风；二十年后，得了阿尔茨海默氏症的奶奶坐在廊檐下吃西瓜，不记得任何人，孙女在一旁为奶奶摇蒲扇。夏天还在，蝉鸣还在，你我还在，互换了位置又如何。

苏小猫很喜欢这一个故事，微痛又美好。发生在身边，作为旁观者，她曾拿相机悄悄拍下这一幕背影，二十年前的和二十年后的。丁延曾经无意间看到她拍的这组照片，极力要她作为年度重要选题做出来，被苏小猫婉拒了。媒体的力量她太明白了，小镇上善良的人承受不起被推向公众席的压力，很多初心就是这样不见了。最后丁延恨铁不成钢地打了一下她的后脑勺，转身走了。

谁也不会知道，苏小猫心里也有这样一幕场景。她认定可以陪她完成这样场景的人，是傅衡。在她的老院长逐渐老去的时候，她一定会站在他身后，换她成为他的守护。可是这一晚，苏小猫明白她做不到了。

唐劲的电话打来的时候，苏小猫靠在车窗上心事滚滚，拿起手机，屏幕上闪着“唐劲”两个字，苏小猫胸中一暖，接了起来。

唐劲的声音在夜晚更显低回：“很晚了，我打电话回家没人接，你还没回家？”

“我来了一趟S市，现在正在回去的路上。”

苏小猫迅速想到了什么：“你也还没回家？”

“我在外面谈些事，打电话回家就是为了告诉你一下。”他听上去对她很不放心，“你一个人晚上回来可以吗，要我派人去接你吗？”

“不用了，很快就到了。”

两个人寒暄了几句，苏小猫听到电话那边有人在低声叫“劲少”，提醒他有事要做了，被他挡了回去，继续同她多讲了几句。苏小猫心里生出一股被疼爱的纵容，这股纵容令她不讲理了一回，忽然叫住了他：“唐劲。”

“怎么了？”

“真的没办法了吗？”

苏小猫这句话问得没头没尾，旁人几乎听不懂她在讲什么，唐劲却懂。正因为懂，他才更疼惜她。苏小猫是他见过的真正具有某种悲剧气质的人，荡子精神，贤人行径。

“苏小猫，你要记得，你不仅是遥乡出来的孩子，更是一个记者。”

身边的人不断提醒他，酒店会议室的人都在等着了，唐劲伸手示意不要打断他。他走到一旁，找了个安静阳台，边走边讲给电话那头的人听。

“苏小猫，你是聪明人，你很明白的，一个人做错了事，旁人再怎么想帮他，也要让他承担犯错的责任之后才可以帮，否则，就叫倒行逆施。一个人有仁有义是好事，但这仁义被情绪放大之后，就会不合于理想，与道理也不相容。你是一个记者，它赋予你比旁人能够知道更多一些事的能力，这能力用了之后要怎么抉择，全在你。你有的责任，也比旁人更重。你明白吗？”

他说话良久，电话那头才传来一声低低的“我明白”。

他几乎可以想象，她说这话时闭上眼合上的长睫毛，隐下了一整个夏天的悲伤。

电话挂断后，苏小猫软软地没有力气。她知道，事情结束了，唐劲不会插手，傅绛会迎来他的牢狱生涯，她的老院长会悲痛欲绝，她则会做一个记者该做的事，同时也永远欠下傅衡一句说不上哪来的抱歉。

电话又振动起来。

她以为是唐劲又不放心她，拿起看，才发现屏幕上闪着“宋彦庭”三个字。苏小猫实在没力气招呼这一位宋董，按下了一个键，拒听电话。

宋彦庭不自闭后的执着一如他童年自闭时的执着，很快，一条短信进来了，言简意赅的一句话：傅院来找过我了。

苏小猫看着这条短信，脑子慢慢清醒了。她渐渐坐直了身体，意志被这一句话给动摇了。

是什么了不起的痛苦，让她的老院长不惜放下羞愧之情，连亲疏不近的宋彦庭都动用了，亲自去找了一趟，求一求？

宋彦庭的电话再一次打过来时，苏小猫没有再挂断，迅速接了起来：“傅院找你干什么？”

“当然是为了傅绛的事。”

苏小猫咬着下唇，张了张嘴，想说什么，却终究没有说出来。

唐劲说的对，她是一个记者，她知道什么是对的，什么是错的。

宋彦庭却在这一个夜晚，说出了她无法用感情拒绝的另一种选择：“傅绛的事，我能帮。”

苏小猫咬着自己的手背。

人不愿承认自己的力量之微，硬要为一些感情去闯一闯，这是很可悲的事。

她明白这个道理，却仍是动摇了。

宋彦庭这几天来这座城市开会，住在酒店，苏小猫从公交车上一个箭步蹦下来之后直接拦了辆出租车去了酒店。

苏小猫到达酒店的时候，宋彦庭正让泊车侍者把车开过来，一抬眼看见苏小猫从出租车里蹦下来，宋彦庭连忙对侍者说“不用了”，朝她的方向迎了过去，劈头盖脸就是一声问：“你怎么不告诉我你从S市过来啊？我开车去接你，长途公交多累。”

苏小猫挥挥手，不以为意：“接你电话的时候我就快要到了，打了辆出租车直接过来了，也比较快。”

宋彦庭却较真得很：“那也要跟我说，我开车去站台接你，晚上一个女孩子坐出租车多不安全。”

“我说你啊。”苏小猫打断他，每次跟他讲话都酸得她牙疼，“这是正规运营的城市出租车好吧？收起你的想象力，这个世界没你想的那么危险。”

宋彦庭伸手拉过她的右手，把人往酒店带：“先吃晚饭再说。”

皓月当空，他拉过她的手的动作那么自然，敞亮如明月，令她明知这不合适，这十几年的情意她也心领了。

苏小猫跟上他的脚步，不动声色地抽回手，态度疏离：“你知道我不是来和你吃饭的。”

“那你吃晚饭了没有？”

“……”

苏小猫停住脚步，双手环胸看着他。她一直知道宋彦庭有时候会很驴，这人驴起来就钻牛角尖，把劲使大了也要做成一件事，她往往就是他驴的对象。

宋彦庭叹气：“我的意思是，你先吃晚饭，我呢，就在你吃饭的时候跟你谈。你饿了一天，脑子都不清楚了，还怎么思考？你以为我要跟你谈的事简单啊，很复杂的好不好，不吃饱哪来的力气想清楚？”

苏小猫像盯犯人似的把他重重盯了两眼，似乎觉得他没说谎，这才服软了：“行行，那就吃个饭。”

宋彦庭笑了，单手环住她的肩，同她一道并肩走了进去。

五星级酒店的餐厅水准非常经得起考验，苏小猫本来抱着“随便吃吃”的态度准备随意发挥一下就好了，一顿前菜下肚后发现根本管不住自己那个无底洞的胃。宋彦庭很了解她，一顿晚饭都是按着她的喜好来点的，不一会儿侍者就端上来一份蟹粥，以及一份完整的帝王蟹。侍者拿起餐具准备给二位弄蟹粥，宋彦庭吩咐了一声让侍者下去了。他给她盛了碗粥，又动作熟练地为她弄蟹腿，抽出一整条蟹腿肉的动作好似武士拔刀，姿态非常漂亮。

苏小猫不知怎么就想起唐劲来了，想起那一天，唐劲为她准备了一晚蟹宴，她却没心思吃几口。苏小猫在心中忏悔：要改正啊苏小猫同志，不能仗着唐劲喜欢你就爱吃不吃，多么严重的小资产阶级错误！

正想着，一张支票被一双漂亮的手推着，推到了她面前。

苏小猫一愣，当看清楚上面有多少个零时，苏小猫猛地被一口蟹粥呛到。

她咳得不行，宋彦庭像是被吓了一跳，站起来给她拍了会儿背，又叫来侍者给她倒了杯清水，苏小猫这才缓过一口气，声音颤巍巍地道："一、一个亿？"

虽然她胸无大志，常常眼巴巴地对老天乞求"给我钱吧，给我好多好多的钱吧"，但真当有那么一天的时候，苏小猫却不干了。不收不义之财，这点道义她还是有的。

"小声点。"看她没事了，宋彦庭才坐回去，轻声对她道，"被人听见了，你就不怕被人抢？"

苏小猫简直匪夷所思："你是不是疯啦，拿这么多钱出来干什么？"

宋彦庭声音很淡，对她交代："你把这个给傅绛。"

苏小猫一愣。

宋彦庭解释得很简单："金融的事，说到底，就是钱的事。"

苏小猫却另有一套想法："宋氏是实体财团，做的大部分事业是实体经济，对虚拟经济并不擅长。你来掺和这事，对你不利。"

宋彦庭双手撑着下巴，忽然有些高兴："苏小猫，你对宋氏挺了解的啊。原来这些年，你也一直关注着我家？"

"……"这人，真是给点阳光就灿烂……

"你醒醒。"苏小猫对他简直毫无想法，"我是一个记者好吧？该知道的信息不会少的好吧？"

宋彦庭撇撇嘴，他的心情好得快坏得也快，全由苏小猫一人牵着。

这会儿言归正传，他也不瞒她了："宋氏虽然是从事实体经济为主，但该有的融资、股权、利益借贷等等环节，却是一个都不会少。我爸爸作为董事长，从五年前起具体的事情就不太管了，所以这里面的事都是由我在管理。里面有些什么规则、什么游戏，我大概是明白的。"

他重新把支票递给她，不容她拒绝："傅绛现在最大的问题在于资金链断裂，他的游戏是一环扣一环的，一个环节断掉了，所有的环节都会崩溃，所以，堵上一个环节的漏洞，其他环节就有喘息的机会。我不敢说我能解决所有问题，但至少，我能为他争取一些求生的时间。"

虽不能救，但求一缓。

她明白，这不是他对傅绛的情分，也不是他对遥乡的情分，这是他对她苏小猫的情分。

正因为明白，所以她才更见不得他一掷千金，只为这一“缓”。

苏小猫开口，声音很干：“不要了。傅绛最大的问题不是这个，是……”

顿了顿，她用了很多勇气才告诉他：“是洗钱。傅绛他，已经……犯了事。”

“我知道。”

“……”苏小猫猛地抬头看他。

宋彦庭的反应出乎她的意料。他沉着的样子，没有波动的情绪，柔和看她的目光，无一不在说着一件事：他已经知道了，傅绛这件事有多严重。

换言之，他决定踏入伸手帮一把，也早已有了生死自负的心理准备。

“我会去找一些人，看一看能不能解决。”

“怎么解决？”

“任何的‘错’、‘罪’，如果可以用‘功’来抵，即便无法全部抵过，也总能在将来受审判的时候，给自己争取多一点的机会。政、商都是讲功绩的，如果我可以帮傅绛，替一些人完成一些功绩，那么这些人也许就会给傅绛多一点机会。”

他把话说得平平淡淡，苏小猫却听出了一身冷汗。

“不行。”她很清楚，“你一旦这样做了，就等于和傅绛是同一个集团的，将来你会被一并算账，被彻底拖进这个局里。”

“如果没有一定的把握，我是不会在电话里对你说那句话的。”他笑了下，告诉她，“一个男人对一个女人说出‘我能帮’这句话，就是已经做好了准备，万死不辞的。”

苏小猫霍地起身。

她不要再和他纠缠这件事了。

“我走了。”她拿起背包，连最爱的蟹粥都留不住她了，“我不要你帮这个忙。这也不是帮忙的问题，是对错的问题。”

她的右手被人一把拉住。

“苏小猫。”他开口，似乎很高兴，“你在担心我吗？”

“……”

苏小猫思想斗争了一会儿，转头去看他。

宋彦庭一点都没有即将被拖入危机的危险感。以身犯险，换她对他紧张一次，他觉得值。

“听说，你拜托过唐劲帮忙。那个时候，你怎么没有想过他会有危险？”他看着她，唇角一翘，“还是说，你比较担心我，从来没有担心过他？”

“……”苏小猫对他的不要脸感到匪夷所思，刚要说什么，手里已经被宋彦庭塞进了那一张支票。

“不要拒绝，”他没有起身，动作却是坚定的，将她的右手紧紧包裹在掌心，“就当是我在对你还情。还很多年前，对你欠下的‘老猫’的情。”

苏小猫目光闪烁。

她有些不明白自己了。

她一直是一个明白人，洞察世事，珠玉随风，又不大有野心与欲望，故可随性啼笑，心中自有莲花绕座。可是遇上了宋彦庭，一个认识了几乎一整个前半生的人，她再不在意，到底做不到来往各西东。

两人踌躇沉默之际，一个声音彻底打破了场面。

“不行。”

苏小猫抬眼，宋彦庭皱眉。

两个人同时看见了，一个男人，正站在不远处，目光沉沉地注视着这一个场面。

他缓缓走过来，步子不紧不慢，那一把属于唐劲独有的好嗓音在酒店华丽的餐厅内，先声夺人地亮了相：“我不准。”

唐劲走过来的时候，苏小猫的洞察力几乎是立刻就位了，她看到了他的面沉如水。

苏小猫心里没来由地“咯噔”了一下。

她从来没见过唐劲有这么森冷的一面，因此，连她自己也从不知道，在面对这样一个森冷的唐劲时，她下意识会害怕。

苏小猫猛地从宋彦庭手里抽回被他握住的手，动作力道太大，以至于宋彦庭塞到她手里的那张支票，也因这一个动作而孤零零地飘落下来。

这薄薄的一张纸仿佛通人性，忽悠悠地飘下来，正好飘到了唐劲的脚下。

“……”

一时间，场面陷入沉默。苏小猫的性子是受不了这样的沉默的，她很想说些什么，比如“偶遇真巧”，但一触到唐劲脸上冰冷的表情，苏小猫就不行了，她怂了。

唐劲扫了一眼飘到脚下的支票，弯腰捡了起来。

他单手拿着支票，盯了一眼上面的数字，唇边绽出一抹入骨的讥诮。

下一秒，他抬手，将这张价值连城的支票撕得粉碎。

“……”

在场的其余两个人都有一瞬间的震惊。

宋彦庭霍地站了起来，声音含怒：“唐劲你！”

苏小猫却没有说话，或者说，是话到嘴边又滚了下去，她想说的也不过是一句想阻止的“哎哎，别”，但就是这么一句简单的话，这会儿她对上唐劲森冷的视线，怎么也说不出来了。苏小猫怕的人有那么一两个，头一个就是唐劲。

唐劲手一松，手里被撕碎的纸片从他指间掉落，纷纷扬扬落了一地。

他没心情去管宋彦庭，只盯着她，盯出了一种陌生人的寒意：“苏小猫，身为一个记者，你知道你在做什么吗？”

他看着她，目光冰冷：“我给你看过这件事所有的前因后果，我以为你会懂，所以我不惜去调查，也想第一时间让你明白。我信的是你身为记者的操守，信的是你作为一个有底线的人会有的正确的是非观。

我更信的是，当我拿出诚意告诉你这件事是怎样的、我为什么无法帮你所谓的‘忙’，你会有的判断力。但是现在，你看看你自己，你在做什么？你利用你身为记者，比旁人多知道的内幕，转而告诉局外人，接受旁人不可以有的好意，包庇傅绛的罪行。你把你自己当成什么人了，又把我当成什么人了？”

唐劲从不对她说重话，这是第一次。

苏小猫的八哥嘴忽然就失了灵活，一句话都说不出来了。

她知道，她错了。

当她心里始终不灭“傅绛不能出事”这一个念头的时候，她就知道，她这回会错得相当离谱。傅绛一错再错、罪行累累、玩弄权术、法网难容，这些她都明白。作为一个记者，她也相当明白她需要做什么，她需要耐心地等待事情发展，以局外人的身份用冷静的眼光记录这一场灾难，尘埃落定之时将之公诸于众，以作为一个深刻的警醒，提醒世人要做一个好人，万不可被仇恨蒙蔽双眼。

可是当傅衡那一张苍老的面孔、那一副天塌下来有他顶着现在却怎么也顶不住的身子，出现在她面前的时候，她所有的理智、道德、判断、坚守，就都没有了。

她在不排斥，甚至接受宋彦庭的提议时，生出了些悲壮之情。为了她的老院长，为了遥乡的养育之情，她牺牲掉了自己的坚守，牺牲掉了世间的公义，只为了报一饭之恩，她不悲壮谁悲壮？

直到这一切被唐劲横加干涉，一力粉碎之际，她感受到了犯错的羞愧，但同时更可怕的是，她因这份羞愧而更不理智、更受情感影响，甚至生出了一股不被理解、不被疼惜的愤怒。

“如果唐家出事，你也会这样袖手旁观吗？”

苏小猫眼神冷了下来，直视他的内心：“不妨再问得直接一点好了。如果是唐易出了事，你也会这样置之不理吗？”

“……”

宋彦庭眼神一凛，陡然间看着唐劲的眼神就变了。

他查过唐劲很多次，但这一次还是超过了他的承受力。他从来没有想过，唐劲会是来自那个地方。

唐劲负手。

他有些意外，她竟然记得“唐家”。他确信她是不明白这两个字真正的意思的，但她记得，本身已经令他震撼。这就是苏小猫，过目不忘。在救他的那一次听过了这个名字，她就记住了，现在，她凭着本能将这个名字拿出来一用。

唐劲沉声问：“你知道唐易是谁吗？”

苏小猫冷着脸，没有回答。

唐劲几乎生出了些面对稚子的无耐心：“你连唐易是谁、是什么样的一个人、背后有怎样的利害关系都不清楚，你就拿傅绛的事和唐家比，你怎么比？苏小猫，我原本以为，你是一个有判断力、有是非底线、有勇气承认错误就去改的人，我喜欢的就是这样子的你，但今晚再看一看，你还是我认识的那个苏小猫吗？”

苏小猫忽然愤怒，猛地推了他一把。

“你双重标准，不可理喻！”

唐劲冷不防受了她一记，脚步没站稳后退了几步。他当下不痛快，心里有微怒生出来。一抬眼，看见宋彦庭正拉回苏小猫，拉住了她的手不让她冲动，唐劲顿时收不住心里的怒意，火光蔓延开来。

他冷眼旁观眼前这两人，一声讥诮：“宋董真是好兴致，总是不肯放过已婚人士，爱好也算是特别了。”

宋彦庭被“唐家”两个字震得还有些晕，这会儿尚未缓过来，对唐劲的讥诮也没太大反应，只辩驳了一句：“我十岁就认识小猫，我们之间是什么关系，相信你一定查过。”

唐劲几乎是笑了：“三更半夜，拖着她来酒店，不肯放人，拿出一个亿拱手相赠。宋彦庭，你来试试看，站在我的立场，你会怎么想？”

苏小猫生出了怒意。

她可以累，可以错，但就是不可以脏。

尤其是在他眼里，她更是脏不得。

苏小猫愤怒的时候通常都不太讲理，像她这样身世的人，太讲理是活不到今天的。苏小猫几乎是下一秒就冲了过去，重重地推了唐劲一把，推得他一时不防，倒退了好几步，她的声音因为愤怒而变得异常尖厉："你走！谁稀罕你喜欢！"

唐劲看着她，怒意四生，一股许久不见的杀性沉沉地被唤醒。

他们认识了几百天，吃过了无数顿饭，在一个屋檐下做了那么久的亲人，在一张床上做过了数不清的亲密的事，到了这一瞬间，却彼此陌生了。

这陌生令唐劲收不住火光。

"好啊，随你。"他脚步一旋，转身离开，毫无拖泥带水的留恋："今后你的事，我不会再管。"

苏小猫自那天起，兴致就不太高。

当然，她很好地提了一股劲，把自己的兴致给提了起来。每天进办公室就吼一嗓"这天气真不错"，中午吃饭时就算捧着个没几两肉的外卖，也啧啧夸一句"这饭真香"。苏小猫是个干什么事都带着高度热情的人，这会儿就算是提劲也提得掷地有声，把办公室氛围带动得火热火热的。

这一晚，丁延开了一个会，开得有些晚，晚上十二点多从办公室下班时路过新闻部，发现苏小猫这货这么晚竟然还没有回家，像个钉子户似的正蹲在办公室熬夜写稿。苏小猫的实力丁延是懂的，她有几斤几两，丁延掂量得很清楚。这货摆明了是在拖拉，平时从不见她装努力，一到下班点立刻就往外面飞。

丁延走进去，敲了敲桌子："你怎么还没走？"

"写完再走。"苏小猫这会儿赖着不肯动，装模作样的理由找了一大堆，"有句话怎么说来着？中国人不怕辛苦，苦一苦接着搞社会主义。"

"瞎扯淡。"丁延抬手就给她脑门来了一记，把她往家里赶，"走走走，别在公司浪费空调浪费电。”

苏小猫闷着不吭声，那提了一整个白天的劲忽然就松松垮垮地瘫了下来。在丁延这种经历过风浪的人精面前，苏小猫知道装也装不像，她连装都不想装了。

“我不想回去，回家没意思。”

唐劲自那天后，就没有回过家。恋爱、结婚和吵架这三件事，苏小猫是一点经验都没有，这会儿这三件事却撞在一起在一夜之间全发生了，她有些招架不住，本能地想躲。

丁延是什么人，风浪里过来了一生的人，这会儿听了这么一句，就什么都懂了。他觉得有意思极了，不厚道地落井下石：“哟，还学会跟唐劲吵架了啊？能跟唐劲那样的人都吵起来，你很有本事啊。”

唐劲这个人，丁延是知道的。

不仅知道，某种程度上讲，他对唐劲并不陌生。他是一个新闻人，还是一个有着大半生新闻经验的媒体人，几乎是跟着新中国的新闻事业成长起来的，在这片土地上，各类消息都会通过他们这一个渠道，有的可以说，有的不可以说，有的只能听，有的最好连听都不要多听。而“唐家”这两个字，就属于最后这一种。

唐劲来公司接过一次苏小猫下班。

他很低调，这种低调里面又隐含着力度。开一辆款型过时的好车，穿一件不张扬的定制衬衣，连停车的位置也在公司门口靠边的地方，不占人视线，不引人注意，只有极少数有眼力的人侧目，才会发现，一个进退有度、隐于世的人正存在着。

丁延就是这极少数的人之一。

他和唐劲之间有过很短的寒暄——

“苏小猫经常提起你，她叫你‘唐劲’，我还以为是重名，没想到真是你。”

“丁总抬举了，我不过是一介普通人而已。”

“呵，抬举，怎么会？唐家风控体系的缔造者，你很有名。”

“丁总连对江湖之事都如此了解，是我不敢小觑才对。”

“哦？这么说，你也承认唐家之事，带着江湖的不干不净了？”

那天，唐劲一笑，没有回答。

两个人在那一席话后握了握手。丁延在这一握的瞬间，有些意外他对苏小猫的真心竟然有这么多，多到连对待她的上级，也谦恭以待。毕竟，当他还是唐家的二公子时，待人曾有过怎样的冷淡，他也是有所耳闻的。

思此及，丁延难得有劝解的心。当然他劝解的方式比较粗暴，抬起脚就往苏小猫的屁股上踢了一脚。

“苏小猫，够聪明的话，就不要在无意义的事上和自己人生气，回家去。”

苏小猫闷着不吭声。

她不是不想回家，她是不敢。

习惯了家里有人守护的日子，她已经习惯不了一室的冰冷。

唐劲是那一种认定了一个人之后，从不对之冷落的人。他是从唐家出来的，经历过一些事，沉淀过一些历史，这些事和历史如同生生不灭的水，江湖汇海，最终形成了他独有的价值观。在这一种价值观里，他思虑周全，细致入微，并且有刚刚好的情意。在唐家，唐劲就是那一种能托三尺之孤、寄千里之命的人。如今离开了江湖，这样一个人，对待起女子来，尤其是他认定的女子，做起情义两全来，更是本能所为。

苏小猫被这样的情义两全对待了整整半年，陡然失温，连她自己也骗不了自己，她已回不到从前。夜晚在卧室躺下，侧一个身，都会从梦中惊醒，恍然间会想为何身后没有了唐劲温柔的拥抱。他是连入睡都会将她拉进怀抱守一整夜的人。

某一个瞬间，她有些恨他。

花未全开月未圆。

人生这样才好。

她懂得这个道理，遇见他之后，还是被他一力毁了。

“主任，”苏小猫开口，说的话却是另起一行不相干的事：“上面已经有要求了，需要我们配合监管层，对遥乡基金会的事做相应的舆论导向，是不是？”

丁延看着她，眼色很深，没说话。

苏小猫靠在椅背上，身体有些乏力，心却没有，明白得很：“这么大的事件，牵涉这么巨量的资金，一旦见了公众，舆论会很复杂。如果没有相应正确的舆论导向，很容易引发舆论冲突，或许还会被有心之人利用，颠倒是非。”

丁延负手望她：“你怎么知道我接到了上面的指示？”

“呵，猜的。”她一笑，不瞒他，“靠经验，还有判断力。”

丁延嘴角一翘。

这就是苏小猫，这是一个天生要战斗在一线的记者，她的直觉和逻辑，都赋予她今生无法推卸的使命。

“那么，你想怎么样？”

“交给我，我来做。”

她站了起来，黑暗中一双眼睛带着沉默的力量，直视着他：“没有人比我更了解遥乡，也没有人比我更了解傅绛。他是好还是坏，是一力犯罪，还是心魔顿生，只有我明白，旁人写不了这个，也懂不了。我知道您将这件事瞒着我，是避讳了我，担心我有私心。之前，我确实有，现在，我也有，但我有私心和我想工作是两回事，我不会让自己的私心影响工作。如果我连这一点都做不到，那么，记者这个活我也可以不用干了。”

丁延沉默了一会儿，在黑暗中打量着她。

苏小猫明白，这种打量并非善意的，而是好战的。好比战前用人，能不能用这个人，能用到什么程度，这才是考验一个将领的地方，也是真正决定一场战争的关键。她不动声色，只以眼神表决心。她已经令唐劲失望，不能再令其他人失望。

天不负她，等来了丁延的一句回答：“好，交给你。”

Chapter 06

人为什么要有感情

监管层的行动比想象中更快、更迅猛。

一周之后，证据确凿，监管小组携雷霆之势而下，控制局势，带走一干涉案人员。遥乡基金会的七名理事会成员无一逃脱，监管目标之精准、行动效率之快，可见一斑。其中有一名理事会人士试图以出境逃脱，人还没到机场，就已经被监管力量封锁在了机场高速公路上。封锁高速的行动凌厉而迅猛，当事人还未反应过来时，高速外的群众已经闻到了一丝不寻常的味道。自媒体和新媒体的力量在这一刻发挥了巨大的力量，瞬间引爆舆论热点，占据舆论高峰。

傅绛是在遥乡被带走的。

这一日，天蒙蒙亮，傅绛望一望天，就知今日一定会有一个晴朗的好天气。是审判者的日子要来了吗？他一笑，唇边挂着一道经年不散的讥诮。

何谓正义，何谓不缺席？

他口袋里常年携带一串佛珠。在这一行做久了，会沾染上一些习性，随身带一点佛性的东西，会令人心静，否则大开大杀之际，会听不见自己的声音。这一刻，他沉默地走着，不知为何走到了那一丛花苗旁。这底下，埋着十几年前苏小猫心爱的老猫。男人弯下腰，随手把佛珠挂在了花苗的枝条上。

从今往后，他不需要这个了。

他到底还是没有学会佛性，中国像样的哲学理想，都是要人能控制感情，而不是让感情控制了去，他终究成了后面那一种。

三辆黑色轿车呼啸而来，他听见脚步声依次而下，那是皮鞋踏地的声音，节奏那么重，有一股势在必得的气势。

他转身，有一丝令他自己都意外不已的轻松。

苏小猫曾痛骂他，“你疯了”。他究竟有没有，有的话，又疯成什么样了，这些年，他是不清楚的。他只明白，母亲过世的那一晚，他在极度悔恨中生出了一丝痛恨，自此，属于一个男人的意志就抬头了。

遥乡令他失去，那么他也要让遥乡尝一尝毁灭的滋味。

后悔吗？

这是一个他想过，但没有想明白的问题，后来他像一个聪明的成年人那样决定，十年之后的事，不想。

这一晃，就不止十年了。

监管人员来到他面前，无须多言，明白彼此的目的，他反抗无用，也不打算反抗。不用人带走，他率先往前走去。这一个结果，他想过，所以接受起来也不会很困难。

一个苍老的声音从身后传来："傅绛啊……"

男人停了停脚步，却没有停太久。一开始就是明白会有和父亲道别的日子的，他是解脱了，终于从对父亲的责难、伤心、复仇、不舍中解脱了。有"审判者"的存在真好，可以将前尘都斩断。

他没有回头，径直走了出去。曾经他一直想问父亲，家和遥乡，哪一个对他而言更重要。这一刻，他知道，他不必问了。问不问都一样，傅衡的儿子毁了傅衡一手创立的遥乡，这么大的一个悲伤，足够父子俩消耗两个人的两辈子。

监管人员拉开车门，对他道："上车吧。"

他沉默不语，正要上车前，一个身影从他眼前闪过，他分了神。

还是那个苏小猫，还是那个生命力十足的人，背着个单肩包撒腿赶来，用尽一生的力气瞪了他一眼，好似他犯下的罪只值她瞪这一眼，再严重也引不起她第二次浪费力气去瞪他。瞪完了，她跑进去，一把扶住了傅衡，将一句铿锵承诺放在了面前："我在！"

傅绛莞尔，一颗心终于全部放下，没有回头，一步踏入了车里。

傅绛落网，遥乡基金会案件正式进入审判程序，也一并拉开了一桩金融要案的大幕，进入了公众视野。长期以来，金融案件一直以独特的隐蔽性难于其他性质的案件，高智商、高专业性、高犯罪手段，当中每一环的神秘性都足以引爆公众对之的好奇与关注。

《华夏周刊》隔日头版头条刊登遥乡基金会事件，整版篇幅，用最全方位的视角报道了事件的前因后果，用最全面的角度刊登了各方观点。第二版面又针对事件中的主体人物做了跟踪报道，从法律角度，也从人性角度将当事人傅绛全面展现于公众眼前。公开报道一出，舆论哗然，《华夏周刊》稳稳占据引领舆论方向的高点。

丁延放下样刊，视线落在整版报道的最后署名上：苏洲。见识过新闻风浪的男人一笑，他的眼光果然没有错，苏小猫担得起这主笔的重量。

丁延将样刊放在会议桌上，开口道："这次事件引起的反响巨大。就我这边的立场来说，既有监管层配合引导正确舆论风向的指示，也有我们身为新闻人正确摆正立场全方位报道事件的端正态度，所以后续的跟踪报道，也要拜托各位。按照之前的部署，我们专门成立了针对该事件的报道小组……"

顿了顿，丁延扫视会议室，没看到人，问："苏小猫人呢？"

这会儿正开着会，助理提醒他："苏小猫交完这篇稿子就请假了，她赶去了遥乡，听说傅衡病了。"

丁延点点头："哦，这样。"

苏小猫这货他是明白的，放她走了就抓不回来了。这世上没有什么人、什么事，可以和她的老院长一起，在苏小猫心里争一个高下。

傅衡病了，病得情理之中。

他倾尽一生心血的遥乡，毁了；他倾尽一生疼爱的儿子，被带走了；他倾尽一生感情的妻子，早早过世了。他已六十有二，一个真正的孤独老人。旧病复发，新病来袭，不像是病不肯放过他，像是他借着这病，不肯放过自己了。

苏小猫寸步不离地陪着。

她有一副好身子骨，又有一身好体力，最不怕的就是体力活。她有的是力气，跟逆境好好耗一耗。

天一亮，苏小猫就飞奔去菜场买菜。傅衡住了院，医院的伙食质量有限，苏小猫一日三餐都亲自下厨做。傅衡偶尔醒过来，对她说"不要麻烦了”，苏小猫连句反驳的话都懒得说，她和她的老院长之间从来都是“必须麻烦”的关系，一碗营养又美味的麦片粥就被她端着送到了傅衡手里。

医院病房床位紧张，入了夜，护士就来赶她走。一来二去，苏小猫跟护士也混熟了，彻底发挥记者本能搭上了线，又跑去跟医院主任混熟了，出了高价问医院要了一个床位，从此以后苏小猫就有地方住了，白天黑夜都能陪着傅衡。

病房的生活孤独又无望，苏小猫嘴巴快又甜，硬是在这寂寞至死的日子里，杀出了一条血路。什么都谈，连傅绛这个名字都不避讳。“避讳”是一件不能做的事，多少心病就是一天天避讳出来的。

“傅绛可聪明了，小时候和我在一起啊，我负责冲锋，傅绛就是负责站在后面瞎指挥的狗头军师。太聪明的人总是会有一点苦难，只要这苦难会过去、会结束，就好了。我打听过了，傅绛不会进去很久的，再出来时可就值得期待了，坏毛病都被纠正好了。”

一会儿她又入木三分地补充：“别人都说进去了进去了，其实哪有那么难听，就是换个地方待一待、住一住而已。有人教你学习，教你劳动，教你怎么把身上的毛病改正，教你怎么把犯过的错误捞起来，听说伙食也很不错，看把傅绛合算的！”

傅衡听得哭笑不得，提了一口气要骂她，话到嘴边却变成了一声叹息。抬手摸了摸她的脸，他知足了。所有人都会变，苏小猫不会。

整整十多天，苏小猫都在这间病房里耗着，每天在菜场、病房、厨房三点一线中穿梭，顺便把医院上下都混了个熟。等到十多天之后，苏小猫提着个塑料袋出现在医院门外时，老远就有医生护士招呼她：“小猫来啦”“小猫今天买什么吃的啦？”可见已经是熟人了。

傅衡身体渐渐有了些好转，有一晚入睡前，忽然想起来问她：“最近怎么没见唐劲找你？”

苏小猫冲他一乐：“他忙，我告诉过他我在这里，所以不要紧。”

傅衡在病中，无力去细想，只“哦”了一声，这事就算过去了。

苏小猫那一晚却失眠了。

月光亮堂，一地心事。苏小猫闭着眼睛努力睡觉，态度到位了，能力却不到位，睡下了，却怎么也睡不着。再睁眼时，眼底泛起了一股酸楚。苏小猫吸了吸气，将这感觉散开，又怕吵醒傅衡，轻手轻脚起来了，一个人走了出去。

凌晨两点，万籁俱寂。晚夏的风已经带了凉意，庭院里有白色小香花扑簌簌飘落，落了一地香。她双手抱臂驱散些寒意，想起很多事。

想起有一晚，她在公司忙到深夜，走出写字楼时一眼就看到了那辆熟悉的幻影。他站在车门旁，斜斜倚靠，就那样含笑看着她。苏小猫从来没有见过哪个男人能像唐劲那样的，仿佛一笑就温柔到了底。她常常看不清这个男人，有时会怀疑他的性情温和是否为真。后来她明白了，他是只对她有这样一面，在她看不见的另一个世界里，他有更多不为人知的事需要对付。那一晚，也有这样的好风，吹落街旁的白色小香花，扑簌簌落到他的车顶。待她走近时，他拿起一朵，别于她耳后，薄唇一并凑近，靠在她耳旁轻声道：“你好香。”

做夫妻做久了，会做出很多别的东西来。

一朵花，三个字，足够做好一场盛大的调情。

她在那一天就隐约懂了，这是一个非常会玩的男人，只看他想不想跟你玩。某个瞬间她想，若有一天他乏味了，不想玩了，她会不会寂寞。

时间公平，一力给了她答案。

苏小猫在这一晚同样的夜风里，看见同样的小香花，抱臂寒意生。

一朵小花悠悠地从树梢掉落，落在她发间，她赌气，将它扔掉。走了几步，又像是舍不得极了，仿佛扔掉了花也扔掉了往日的情意，她跑回来低下头去找方才扔掉的是哪一朵，一整个寒夜就这样耗过去了。

人为什么要有感情?

人间多情，她保重不了自己了。

苏小猫被监管人员带走的那一天，她刚从菜场买了菜回医院。塑料袋里一条新鲜的鱼还没杀，活蹦乱跳地溅了她一身水。苏小猫就这么甩着两条湿透的裤脚管，和监管人员来了个迎面相撞。

监管层办事向来有理有据，不透一丝风，公事化地对她道："遥乡的案子，还请苏小姐跟我们走一趟，协助调查。"

苏小猫没有愣太久。她心术不正过一阵子，过不去养育之恩那道坎，很是想过要拉一把傅绛这个伤天害理的王八蛋，如今报应来了，她认了。

苏小猫把鱼交给相好的一个小护士，叮嘱她不准告诉傅衡，她去去就来，末了还特地嘱咐好几遍"趁新鲜，把鱼炖了"。交代完这些，苏小猫抬抬下巴，对监管人员道："走吧。"英勇就义似的大步流星地踏上了监管车。

最先得知这事的是丁延。

他第一时间就收到了上级指示："苏小猫写的所有关于遥乡的稿子，全部撤了。"

丁延眼睛一瞪："凭什么撤？"

他的理由一大堆："你有本事再给我找一个跟苏小猫一样好用的人来？你知道苏小猫这货有多经打耐摔有多好用吗？这样的人我上哪儿找！"

董事长在电话那头直叹气："苏小猫惹祸上身了。在遥乡这件事里，她立场不坚定，涉嫌利用记者身份将所得知的内幕告诉当事人。我刚得到消息，她被监管层带走了。"

丁延一双牛眼瞪得几乎要跳起来："你说什么？！"

很快，丁延就知道到底发生了什么。

隔日，《华夏周刊》的最大竞争对手《朝日新闻》头版头条刊登此事件，用整版篇幅直指《华夏周刊》记者苏小猫在报道遥乡事件时涉嫌立场不公正、信息失真，并且涉嫌试图利用记者身份所掌握的内幕信息为嫌疑人提供帮助。口说无凭，《朝日新闻》放出最大证据，一张照片、一段录音。照片中，苏小猫和傅绛坐在半山的精致餐厅里，面对面看着彼此，眼神表情都看出了一个熟人的距离。录音中，苏小猫沉声的一句话清晰无比，放送到了公众面前："监管层已经盯上你了，你多珍重。"

丁延看了一眼该篇报道的记者：何至渐。丁延气得把报道摔在地上。这人是苏小猫最大的竞争对手，这么多年过去了，始终被苏小猫压制着，这一回，他发了狠，悄悄地跟踪，暗暗收集，终于一局定胜负，将苏小猫置于葬身之地。

丁延几乎有一种恨铁不成钢的愤怒：苏小猫，你身为一个做过狗仔的人，今天反倒被别人跟了一把，你的直觉去哪里了？你的警惕性去哪里了？你的聪明和理智都被狗吃了吗！

事关重大，丁延亲自出马，跑了一趟监管系统。丁延是资深媒体人出身，见证过太多变迁，媒体说到底做的就是一个信息沟通，丁延与人打交道的能力炉火纯青，四方八路都混了个熟。坊间传言当年《华夏周刊》一篇报道得罪了道上的兄弟，丁延硬是单枪匹马以一人赴约的胆量去了鸿门宴，将事情解决了，顺便还跟人拜了兄弟，从此身份不伦不类，黑白通吃。

可是这回，丁延却使不上力了。监管人员礼貌接待，态度却是明确的：不行。丁延瞪着人，拍拍桌子表示：不是来要人的，只是要跟苏小猫见一面，问问这是什么情况，这都不行？对方再次明确表示：不行。

丁延把人脉找了个遍，老江湖的名号毕竟不是假的，很快，一位相熟的高层在电话里悄悄告诉了他情况："苏小猫这事，你别掺和太深。我知道你要保她，但也要看保不保得了啊。《朝日新闻》要搞她已经不是一天两天的事了，人家那是花了大力气、有计划地在搞她，一出手就要置她于死地的。再说了，这回碰上的是遥乡的事，苏小猫立场不坚定是真，被人抓到了把柄也是真，如今上层在严肃整顿金融监管这一块，遥乡的案件是当典型来处理的，苏小猫这回是撞到枪口上了。

别说你想捞她，现在见一见都难，她已经被严密控制起来了。你以为想捞她的人少啊？宋氏财团的那一位少东家，都亲自上门好几次了，也不行，最后上层被他闹得没办法，把宋氏的董事长、宋彦庭的父亲从国外找回来了，亲自把他绑了回去。老丁，你自己掂量下。”

一席话，听得丁延一颗心沉了又沉。

事实证明，丁延不愧是战斗经历丰富的老同志，搬救兵、找援手这事简直是他的老本行，他几乎是下一秒就想到了一个人：“唐劲呢？”

日本，京都。

古刹幽静，时值深夏，满目绿色。

庭院开阔，中央和室四面通透。清茶、枫、纸笔，长桌两边分列坐着两方人马。古刹寂静，人间却处处是战场。这一天，就在这里，二对一，有一场战要开。

客座上的老者姓丸井，身份是日本丸井财阀的现任执行人。丸井董事长人多势众，又是在本土主场作战，浩浩荡荡带来了大队人马，律师团、会计师、战略顾问，俨然是做足了准备，兵强马壮。

主桌位只有两个人。

两个很年轻的男人。

唐劲抬起手腕看时间的时候，坐在他身旁不远处的柳惊蛰正端起茶杯不紧不慢地喝茶。

都是不动声色、单刀赴会的角色。

这两人其实不熟，对彼此的了解却不少。“唐家”有最好的情报系统，“鬼城”有最快的信息网络，唐劲来自前者，柳惊蛰来自后者。数日前彼此一照面，两个人心里都深深地纠结了一下：这下好了，这债要怎么讨？

没错，他们都是来日本讨债的。

唐劲曾经身为唐家风控系统的缔造者，风控意识和水平都是一流，这次会栽纯属意外。无论从第三方机构的信用评级和自身百年历史来看，丸井财阀都是独一无二的优质企业，又有政府背书，在唐劲眼里这简直都可以算是金边债券，做其债权人即使有风险也很低。然而世界总会不经意地幽默一下，就是这么一家优质的百年企业，却深陷政商勾结的丑闻，丑闻一爆发，相关当局人员下台，没有了政府背书，唐劲就明白，这下好了，借出去的钱看来是凶多吉少了。

相比唐劲为数不多的这一栽，柳惊蛰的讨债经验显然丰富多了。这人天生是个水命，哪里起火哪里就有他，这些年在被称为沿海第一财团的“鬼城”内被压榨尽了剩余价值。柳惊蛰讨起债来进退有度，攻守都一流，能耍狠能商量，狠起来扮得了白脸，和气起来又生生一副红脸，人称“沿海第一讨债手”，又被尊称一声“柳总管”，救火队之名赫赫有名。

当唐劲在丸井财阀看见坐着的债权人中还有一个柳惊蛰时，顿时就惆怅了。问题显而易见：丸井财阀内就只剩这么点钱，不够他俩分的。狡猾的财团显然深谙其道，让两大债权人碰了面，意思是我反正没钱了，你们先自己斗上了吧。

两个男人彼此对视一眼，天性的理智都上线了。中国人不搞内战，枪口必须一致对外。几十年前战场上我们对付外敌就是这一套，几十年后商场上必须还用这一套。

当晚，唐劲和柳惊蛰就结成了同盟。

唐劲搞金融风控起家，柳惊蛰搞实体运作出身，天下没有比这样的组合更天衣无缝的商战搭档了。两个苦哈哈的讨债人苦哈哈地研究了一晚，几乎是同一时间找了个突破口。这是一个背水一战、胆量过人、一赌定输赢的突破口，两个人放下文件，异口同声说了三个字：债转股。

债转股是一种很复杂的玩法，赌的是未来，赌的是不仅要收回债还要一口吃掉对方，在一些场合甚至只有国家层面才被允许这一行径。但所谓的救火队就是把不可能变为可能，唐劲是这样，柳惊蛰也是这样。可以说，他们这些人，这些年的成长路径从来就不在既定规矩内，突破规矩又不破坏规矩，做常人所不能做之事，这才是这一类人最终可以站在一个常人难以企及的高点的原因。

那晚之后，两个人各自带人分别从法律、金融、财务等等角度研究了详细战略。柳惊蛰在不经意间发现唐劲有走神的迹象，心下一沉，弦外之音地提醒唐劲："如果你心里还有别的事，我们这件事可以搁置。这一场谈判我的把握不足五成，若你还有其他顾虑，就不用打了。"

唐劲回神，表示不用搁置，继续就可以。

他控制了情绪，尽管一再失控。

架也吵了，话也撂了，她的身影却不容分说地一再占据在他的想念里。

谈判的这一天，唐劲不习惯带人，独自前来赴一场大战，进门时才发现柳惊蛰已经到了，正屈膝跪坐以一种十分标准的古典日式坐姿坐着喝茶，身旁同样一人也无。唐劲顿时就笑了，成竹在胸的柳总管，看来今天这一场仗，不会太难打。

日方丸井财团的一干要员悉数到场，谈判从一开始就呈现白热化的争锋相对。这是一个很折磨人的过程，折磨人的心理、耐性、计谋、器量。

四个小时后，进程胶着，唐劲的手机无声振动起来。柳惊蛰看了他一眼，意思是打仗呢赶紧的。唐劲看了下屏幕，看见一个号码，立刻说了声"不好意思"，起身去外面接了电话。

这个号码他认识，是丁延的。唐劲接起电话时眼色很深：他的这个电话是在日本用的号码，很少有人知道，丁延竟然查到了，可见此人人脉非常广。

唐劲声音玩味："丁总，兴致这么好，查到我的号码打电话到日本来找我？"

意外的是，丁延一点也没像往常那样跟他瞎扯，劈头盖脸就是一顿骂："你还兴致好？苏小猫出事了你知不知道！"

唐劲脸色一变："你说什么？"

"苏小猫被人阴了一把，亏吃大了，人都被关进去三天了！你跟她吵架吵完没？没吵完是不是还要继续吵啊！”

唐劲挂断电话，眉目阴沉。

他转身回到中庭，几乎没有犹豫，低声快速地对柳惊蛰交代：“我有事，要马上回国。我手里的债权筹码给你，你代表我继续谈，所有的决定你拿主意，我没意见，细节方面我们到时候再议。”

柳惊蛰正喝着茶，冷不防听见这么一句交代，不亚于在战场上听到一句“你先顶着！我先撤了”，柳惊蛰思想准备没做好，一口茶差点喷了出来，转头盯着唐劲，匪夷所思到了极点：Are you kidding me？

唐劲知道这过分的事搁谁身上都要喷一口血，势均力敌打着仗他说跑就跑了，柳惊蛰估计都想砍他。唐劲一颗心完全不在这里了，也没心思去管柳惊蛰满脸“你有没有搞错”的郁闷，对他解释了一句：“算我欠你一个人情，我的人出事了。”

柳惊蛰这种人精，听一句就听出了重点：“你的人？”

唐劲大方给了一句答案：“对，心上人。”

说完他就离开，脚步都没停一下。

“……”

柳惊蛰被无情地扔下，还被塞了一把狗粮，一脸蒙。

他心情复杂到了极点，转过身时还没从唐劲的不仗义以及那一把狗粮中缓过神，一抬眼，会议桌对面的丸井财阀连律师、战略团在内十个人，已是虎视眈眈、四面包围了他。以一敌十，柳惊蛰平生所遇的凶险又可记上一笔。幸好他早已习惯凶险，每一种都和他处得很熟，所以这会儿也没慌，也没乱。

“那么，各位，游戏规则变了。”柳总管一笑，兵来将挡，“从现在开始，唐家的那部分，也是我说了算。”

苏小猫的人生迎来了一次全新的体验：被控制住了，调查拘留。

这三天，苏小猫可说是三小时一大审，两小时一小审，轮番轰炸的强度堪比一场大仗。苏小猫的体力和意志到这会儿是真正现出实力了，三天过去，思维依旧清晰，精神状态十分良好。

第四天，一位级别略高的领导亲自审她。领导姓王，人称“王局”，国字脸，大热天也是一身中山装一丝不苟，一派领导层的精神风貌。王局纵横政坛，颇有政治家的风范，这两年已是身居高位，轻易不亲自过问具体案件。苏小猫这个案子因为媒体的渲染，闹得满城风雨，怕是已惊动四方，王局敏锐的政治敏感性几乎是立刻觉醒了：这事搞不好的话，怕是要落人话柄。思此及，王局亲自下了一趟基层，坐镇审问。

苏小猫这人，王局也是略有所闻的，近年几件掀起惊天骇浪的商业报道，都是出自她之手。王局一度以为她就叫“苏洲”，想象中应是一个不惧强权、聪明又十分具情怀的江南女子，直到某一次细细打听之下才知这人真名叫“苏小猫”，无厘头得很，王局一时之间竟想象不出这女子会是怎样一个模样。

审问时间到，大门一开，苏小猫不急不缓，踱步进来。王局眼前一亮，只觉眼前这人颇有大青衣的风范，几步路走得沉稳有力度，青衣似的款款登场。王局不知怎么的忽然就想起她的另一个名字，“苏洲”。苏小猫、苏洲，都该是她，调笑于世，心怀天下。

她拿出苏小猫的一面时，总似没有真心。

“你和傅绛是什么关系？”

“从小认识。”

“也就是感情很好的青梅竹马？”

“呵。你们这边呢，硬要把这四个字扣在傅绛身上；那边的宋氏宋彦庭呢，硬要把这四个字抢去。别人家是不知从哪儿跑来这么多私生子，我是不知从哪儿跑来这么多青梅竹马。”

“在遥乡出事前，你和傅绛通常会聊些什么？”

“普通百姓还能聊什么？花啊，草啊，生活啊。”

她像是说得无奈极了，又在此种境地之下也绝不肯亏待自己，一边说一边指示着一旁的记录员："谢谢，给倒口水！"

王局这一审，审出些真正的兴趣来了。

他又问了个问题："《朝日新闻》的何记者，向公众发布了你和傅绛谈话的一张照片，还有你的一句录音。录音里，你告诉傅绛，监管层已经盯上他了，要他多保重。苏小姐，这件事，你怎么看？"

意外的是，苏小猫没有为自己辩论一句，也没有对竞争对手此种不够磊落的行为置评。她平静良久，表情没有太多纠结，好似云淡风轻之下，一切争执都不存在，所有的未来都是可期的。

良久，她一笑，淡淡地给出了一句："不知如何说的话，那就随意吧。"

审问结束，苏小猫被带走继续收押，王局却没有走。

收押间有监控，王局打发了闲杂人等，一个人在监控器前看了会儿。

外人总以为，这一个在这些年一力扛起《华夏周刊》经济大事报道的主笔人，嬉笑怒骂是她的本性，其实错了，你看看眼前这一个不辩解、不哭诉，端一杯清水就能静等红尘的女子，底色是何等清明，何等明白。

或许，了解她的只有唐劲。就像他曾经评价过的：荡子精神，贤人行径。

这一种好似古希腊才会有的悲剧底色之人，现代社会已不常见了。

真相与分寸，她都懂，都在她心里，说不说都无所谓了。

虽不中，不远矣。

王局看着监控器中的苏小猫，心里生出一股可惜之情。《朝日新闻》与《华夏周刊》这些年的恩怨，他有所耳闻，只是平生第一次知道，媒体人设起局来，会如此致命。

他正可惜着，手机振动起来。王局接起来，神色一凛，是高层，而且是越过他好几级的高层。高层领导对他指示："苏小猫的事，到此为止，立刻放人。"

王局既意外，又有些为苏小猫欣喜。同为局中人，他知道这里面的水有多深，能在此时如此迅速力保的人绝不多。他好奇不已："谁出的手？"

电话那头给了他两个字："唐家。"

王局亲自带苏小猫出去。

推开门的时候，王局忽然停了下手，转身面对苏小猫，一笑，带着弦外之音道："苏记者，身后有那么好的帮手，也不见你拿来用，我很佩服。"

苏小猫一愣。

王局点到即止，不多说，笑吟吟道："苏记者以后的稿，我一定拜读。因为我相信，以苏记者身处凶险之境也一力扛的勇气和磊落，写出来的文字，必不会假。"

说完，他用力推开了门。

月光下，树影摇，唐劲在。

她瘦了。

世间女子这么多，只有眼前这一个，她讲理还是不讲理，他都放不下她。风起了，风停了，她都不在原地了，她还在他心里。

唐劲一步上前，刚想开口说些什么，苏小猫瞪了他一眼，没给他留半点面子，转身就走。唐劲快步上前，一把拉住她的右手，声音里满是诱哄："还发脾气啊。"

苏小猫拼命挣，想甩开他的手："你谁啊？不要随便装熟好吗？"

"……"

不远处本来还想和唐劲攀谈几句的王局此刻见了这一幕，太有身为电灯泡的自觉了，哈哈笑了一声，就站在远处跟唐劲打了个招呼："您先忙，我还有事，这就不送您了。"说完，也不等唐劲回应，自觉地回去了。

唐劲以礼回应，朝王局的方向微微点头，奈何腾不出手，苏小猫挣他挣得太凶，唐劲点了一下头就被拉回了神，将她不安分的手握入掌中，用了力道，一把将她拉近身。

“不生气了好吗？我们和解。”

“谁稀罕！”

苏小猫猛地一挣，将他甩开，头也不回地朝前走。

唐劲被挣得一蒙，看着她的背影，背着单肩包的样子气呼呼的，马尾一甩一甩，唐劲看着看着就不禁莞尔起来。到底是苏小猫，体力真心不错，被关进去折腾了四天，放出来后还有这么一身活力，还有大把的力气跟他生气跟他闹。唐劲想，这挺不错的，不是吗？比一个受了伤，连闹腾都没有力气的苏小猫要好太多。

他跟在她身后，不紧不慢。

苏小猫气呼呼地迈开两条腿，走得虎虎生风，杀气滔天，脚步不停地一连走了三个街区四条主干道。她在小黑屋里被关了整整四天，也被狂轰滥炸似的审了四天，没把她的体力和意志消耗完，把她的一腔无名之火给点燃了。她气自己，气傅绛，气《朝日新闻》给她穿小鞋的何至渐，但她最气的，还是唐劲。这个认知让苏小猫更气，她曾经是一个快乐的小波西米亚，理想是做一个“顶天立地的好汉”，但就是这样一条未来的好汉，竟也抵不住小女子的情肠，在逆境中还不忘跟一个男人生气。这样的认知让苏小猫深深地鄙视自己，也有些隐隐的难过，那心无旁骛的自己，终究是回不去了。

桩桩件件，无一不倒霉，一股脑地都砸在她身上，苏小猫心里一股无名之火烧得噼啪作响。唐劲始终跟在她身后，保持一个适度的距离，随她去发泄。苏小猫就这么走了几个街区，像是要把力气都用完，最后终于累了，经过一个夜市时，随手拉过夜市摊的一把椅子，金刀大马地坐下：“老板，来一扎啤酒！”

唐劲看了她一会儿，拉开她对面的塑料椅坐下，也不阻止，只在老板拿来冰啤酒时道：“不要冰的，给她换常温的。”

苏小猫一把拉住老板：“不行，就这个。”

唐劲盯着老板，神色不改：“换常温的。”

老板："……"

夜市老板不愧是见貌辨色大半生的人，这一来一往一回合就明白了，恐怕这是遇到一对活宝了。老板也是个灵活的，很快拿来一扎冰的，一扎常温的，笑得憨厚至极："二位看啊，有冰的，有常温的，二位随意自取啊。"

唐劲扫了一眼老板，意思是"你很会做生意啊"。

老板被他瞪得心里没来由地"咯噔"一下，多少有点数了，这男人看着温和，内里应该是个不好说话的主，触及他底线的事，他不会让半步。

苏小猫拿过一瓶冰啤酒，给自己倒了满满一大杯，正要拿起喝时，被唐劲一把握住了手。她的掌心贴着啤酒的冰冷，手背覆着他的温暖，她听到他说："不要喝，对胃不好，你会很难受。"

苏小猫一笑："我不怕难受。"

"但是我怕。"

他看着她，神情很专注，将她的手一点点移开。

苏小猫心神一恍，酒还没喝，醉意却来了。

唐劲拿过一个空纸杯，给她倒了一杯常温的啤酒，放到她手里："如果一定要喝，就喝这个。"

苏小猫似笑非笑："一样是酒，你这个样子，不会笑自己五十步笑百步吗？"

"我当然是更愿意你不喝的。"唐劲坐着，夜市嘈杂，似乎也影响不到他身上的半分平静，"但我知道，你不会肯。"

"我是不肯。"她憋屈够了，拿出了满身的对抗劲，"你又能怎么样。"

他并不生气，只作陪，不反对："我会让你喝。因为我知道，你不喝，一样会难受。我说过了，你不怕，我怕。"

苏小猫猛灌一口的气势忽然就消失了一半。

她刚拿出要与他势不两立的对抗劲，碰上了他的几句话，不知怎么的，窝窝囊囊地就化解了。她是从什么时候起变得这么没出息的？她不知道。这段时间她到处憋屈，在拘留室里，在审查室里，在被撤稿时，在被人阴了一把时，她都憋屈够了。但她心里明白，她最憋屈的不是这个，是在唐劲那里。是在他说“不再管你”的时候，是在他丢下她和另一个男人在一起而他转身离开的时候。

从此她就学会了痛苦。

一个女孩子渐渐开始把一个男人看得那样重，总是会痛苦。

她委屈的是，她本可以和这样的痛苦无关，为什么当初，他一定要来招惹她？

唐劲看着她，霍然起身走到她面前，拿掉她手里的纸杯，屈膝半跪，将她拥入怀里。

苏小猫是一个从不会将痛苦显露于人前的人，铁打的一个身体和意志，自己能把痛苦守住。她最大限度地外露的，就是沉默。

笑容褪去，她仰天沉默，眼角没有一滴泪。他知道，她已在心里泪流成河。

“对不起。”他抱紧她，在她耳边低声抱歉，“我让你这么痛苦。”

她在他怀里微微颤抖。

唐劲按着她的后脑，将她按在胸口。那么大的委屈和痛苦，都没有让苏小猫掉一滴泪，唐劲隐隐明白了，她的忍耐力和自我化解的力量，注定会使她成为一个了不起的成年人。

“我想离开这里一阵子。”她在他怀里轻声说，声音平静，“你会陪我吗？”

唐劲拍着她的背，胸膛一暖。

一个坚强的女孩子，一个可以轻易原谅任何事包括原谅他的女孩子，他好喜欢。

“会。”

他声音专注，告诉她一个承诺：“我只陪你。”

·

当一架飞往新加坡的波音飞机飞行在万米高空的时候，苏小猫托着腮，望着云层发呆。

她最近越来越有向咸鱼发展的趋势，能躺着就绝不坐着，能发呆就绝不说话。这样一个苏小猫总能让唐劲揪心挂神，他已经习惯了她待人接物时的高度热情，猛地冷落下来，头一个不习惯的就是唐劲。

他暗自想，他可能有点被虐的属性，她忽然变乖了，他反倒担心起来了。唐劲看了一会儿她的侧脸，圆滚滚的，可爱是可爱，但仍是不及活力四射的样子。有一瞬间他忽然明白了，他见不得她这样是因为他明白，苏小猫这种人不可以乖，不可以弱，乖了弱了，她就病了。

唐劲将耳机戴在她头上。

苏小猫没有防备："什么呀？"

他将眼前的屏幕调至国外的一部著名卡通片："看过没有？"

"没有，小朋友看的，我才不要看。"

话是这么说，没多久，苏小猫就被屏幕上的剧情逗得直乐。这家伙天生笑点低，好奇心又重，曾经有一次在街头看一猫一狗打架都能看半天。这会儿看了几分钟，就把苏小猫看得咧开了嘴，一个人穷乐着她的低笑点。

唐劲嘴角一翘。

这么好骗，可见是受了伤，没有力气了，对人对事都没了防备。

他低声对空姐说了几句，空姐笑着说"好"，不一会儿就拿来了精致的蛋糕和橙汁。他把蛋糕放在她手里，苏小猫正看到兴头上，看也没看手里的是什么，低头咬了一口。许是觉得这样又看又吃太累，苏小猫咬了一口就不要了，放在了面前的餐桌上。她懒劲犯了，连说话的力气都省了，"哼哼"两声表示这个不好吃，她不要。

唐劲笑了下，说了声："好了好了，知道了。"

他又把橙汁放在她手里，顺便给她插了根吸管。苏小猫的动手能力降为零，嘴里不清不楚地"嗯嗯"了两声，咬住吸管就喝了起来。这样既不妨碍她看卡通片，也不妨碍喝橙汁，苏小猫大爷似的打了个饱嗝，表示很享受这种资本主义式堕落。

唐劲捏了捏她的脸："你喜欢这个？那就再给你拿一杯过来。"

空姐再次过来询问头等舱的这位唐先生是否还需要其他服务的时候，只见这个男人抬起手指做了个噤声的姿势，空姐下意识地看过去，这才看到他身边的女孩子不知什么时候已经睡着了。

他正将她头上的耳机摘下来，搂过她的肩膀，将她抱进怀里好好睡。她似乎很久都没有好好睡过了，此刻睡得很沉，打着小呼噜，连飞机颠簸都没有惊醒她。男人将毛毯盖在她身上，她在他怀里寻到了久违的舒适，哼哼了一声。

他俯下身，声音很低："好好睡一会儿，乖了。"

空姐笑吟吟地弯腰小心地收拾掉他面前餐桌上的杯子，低声道："您太太很乖巧，很可爱。"

"她是累了。"

他一笑，纠正道："平时，她可不好惹。"

苏小猫在新加坡落地后的第一件事，就是在酒店睡了两天。

这里没有傅绛，没有丁延，没有她的老院长，没有陷她于不义的竞争对手，这里的一切都是陌生的，人们讲着英文，笑容可掬。苏小猫毕业多年，英文早就被荒废成了半吊子，不刻意去听她几乎听不懂，于是成功地将自己置于一个陌生的境地。

她太喜欢这样的陌生了，不用为谁负责，不用向谁报恩，不用你欠我一点，我还你一点，也不用时刻记着自己是个记者，又时刻忘不了遥乡的恩情。

唐劲按下遥控键，酒店套房内的窗帘缓缓朝两边自动拉开，天亮了，又暗了，一天过去了，他望了一眼床上呼呼大睡的人，苏小猫已经这样子睡了两天。

唐劲心里满是挥之不去的担心，打电话给酒店服务台，叫来了医生。

顶级酒店办事效率一流，一刻钟之后，医生拎着医药箱就站在门外按了门铃。唐劲开了门，吩咐医生看一下她。苏小猫睡得迷迷糊糊的，嘴里说着“不要吵我”，唐劲将她抱进怀里，哄着她：“好了好了，你继续睡。”

医生仔细地做了一个基础检查，起身走到一旁，对唐劲道：“她是典型的劳累过度啊。”

唐劲放下小猫，示意去客厅谈。来到客厅，确定不会打扰她后，唐劲沉声问：“怎么讲？”

医生告诉他：“就是在短时间内，她经受了高强度的工作量，承受了常人难以承受的压力，导致她身体状况急速下降。”

唐劲心里一紧：“她现在要紧吗？”

“一定要多休息，暂时不要工作了，以放松为主。”医生很感慨，“苏小姐的身体素质，当真是不错啊。这种程度的劳累过度，放在别的女孩子身上，大部分都承受不了，至少也会抵抗力下降、发低烧、咽喉肿痛等，严重一点的，抑郁、心脏等疾病都会一并迸发。但我刚才替她仔细检查过了，这些状况她都没有。这是一位对自己很努力在负责的小姐啊，她的意志相当惊人，绝不轻易让自己倒下。”

“……”

送走医生之后，唐劲折返回屋。

男人坐在床沿，俯下身，抬手摸了摸她的脸。

这个家伙，平日那么敢爱敢恨，真是个小霸王。现在把自己累成这样子，却还有意志力让自己不生病，不给他添麻烦。唐劲看着她，蜷缩成一团睡相纯净，如稚子般，当真是让人一点邪念都没有了。

或许这就是他喜欢这个人的地方吧。

用尽生命，热爱红尘，也不追求所谓的成功。所谓的盛世狂欢，也许拨云见日，也许永无来日。

一个刚烈的生命，一个悲情的底色，都在苏小猫这里了。

苏小猫伸了个懒腰，终于醒了。

她揉了揉眼睛，对这张柔软的大床非常满意，舒服地左右滚了几圈，终于把自己折腾清醒了。苏小猫竖起耳朵听了会儿，唐劲正在客厅打电话，她隐约听见他带一丝上翘的尾音，正对着电话道：“柳惊蛰，你这是讹我啊？”

电话那头的人不客气地搬出他的几大罪状：半途落跑、不仗义、为了女人陷同盟于水深火热。听到后来唐劲都笑了，他就知道，柳惊蛰的便宜不好占，唐劲做出了让步：“好了好了，你六我四。你对你家那位声名赫赫的老板也可以交代，这样可以了吧？”

对方似乎满意了，苏小猫听到唐劲接下去跟他谈了一些细节问题。

苏小猫嘴角一翘。

她听明白了，唐劲是为了她，不仗义了一次，这样的不仗义比任何动听的情话都让人心醉。苏小猫爬起来，赤着脚走进浴室，把自己弄出个干净的样子来。

再出来的时候，苏小猫一身清爽，一身宽松的浴袍。她擦了下头发，看见那张舒服的大床，顿时就又不行了，往上一倒把毛巾一扔，又成了一条咸鱼。

唐劲走进来，嘴角挂着一抹笑。见她宽松的浴袍下摆敞开了，露出圆滚滚的白肚皮，唐劲坐在床沿，像挠猫那样挠了下她的小肚皮。而她当真也有小猫的属性，喜欢被人挠肚皮，痒得直哼哼。唐劲像逗猫那样跟她玩了会儿，逗得苏小猫满床滚，最后被他抓住脚踝，像拖只小猫似的将她拖进了怀里。

“睡饱了吗？”

“嗯嗯。”

苏小猫自己摸着自己的小肚皮。此刻她是一条米虫，动手能力降为零：“饿了，要吃饭。”

“好。”

能吃，能睡，她用最简单的方法让自己迅速复原。从商战中复原，从情伤中复原，从支离破碎的遥乡中复原。唐劲摸着她披散的长发，泛起说不上来的隐痛。他这才明白，原来千百年来，一个女子的使命就是要让自己从各种伤痕中复原。女子的二十四史，就是伤痕史，就是坚强史，世上没有比这更坚韧更伟大的生命了。

他拿来一件小礼服，天蓝色，式样简净，又不失高雅，正适合她娇小的样子。

苏小猫笑了："吃个饭这么隆重呀？"

"不只是吃饭。"他站在她身后，替她系好背后的蝴蝶结，"还有，我的私心。"

"哦？"

苏小猫盈盈一笑，看着落地镜中的他，问："你的私心是什么？"

"哄你开心。"他很坦白，君子磊落，"可以的话，还希望你被宠坏。这样的话，下次如果再吵架，你就舍不得离开我了。"

苏小猫一愣，随即一笑，挑衅似的冲他抬抬下巴："我脾气不好，很难哄的。"

"这样。"他点点头，握紧了她的手，"我有的是时间，试试看。"

顶级酒店的高层露台餐厅，有极致的奢华与浪漫。

苏小猫撑着下巴，举目远眺，整座花园城市的夜景尽收眼底。一条宽阔的江流顺流而下，金融区的写字楼群在夜色中熠熠生辉。苏小猫是个不解风情的家伙，但在这个时候，她都为这样的夜景心醉了，真希望自己能懂一点风情。

一声"咔嚓"的拍照声传来，苏小猫下意识地回头，发现一个金发碧眼的外国人正在不远处拿着相机对着她拍人物夜景。苏小猫当即冲镜头一乐，给了他一个恰到好处的笑脸。她这人就是这样，只要对着镜头她立刻就不行了，心里有再多火，镜头一对准她立刻灿若桃花。苏小猫在出任出镜记者时最受编导欢迎，天生的镜头感无人能敌，旁人都需要编导苦口婆心地指导："不要怕，看见镜头要像看见亲人……"只有苏小猫不用，编导用在她身上的话往往变成了"你悠着点，别太激动”。

搞摄影的老外果然惊喜不已，连拍了几张照片后向她竖起大拇指，哇啦哇啦说了一通。苏小猫虽然听不懂他的意思，但他的表情把意思演活了，她一看就知道他是在哇啦哇啦地夸她。苏小猫将中文发扬光大，冲着他回应：“谢谢！”

老外过来，送了一张照片给她。唐劲和他寒暄了几句，老外笑着离开了。苏小猫拿着照片翻来覆去地看，很有脸皮厚度地自夸：“还不错嘛，哈哈。”

唐劲将手里的牛排切成薄片，送入她口中：“好了，你最美了。快吃饭。”

人在异地，苏小猫懒成狗，张口就嚼，脚下也不闲着，穿着高跟鞋朝他大腿踢了一脚：“哎这是什么话。要真诚啊唐劲同志，夸人要发自肺腑，你可只有一个老婆。”

男人笑笑：“你同意的话，我可以不只有一个老婆的。”

苏小猫一愣，反应过来时当即瞪他：“不准！”

大概是觉得这样的威胁力度还不够，苏小猫又把眼睛瞪圆了些，语气加重：“你敢试试？！”

“这就对了。”

唐劲不紧不慢地用刀叉又切下一片牛肉，送入她口中，笑了笑：“我就喜欢看你不准我出去乱搞的样子。”

“……”苏小猫嚼着牛肉，对唐劲这种见鬼的嗜好无语了半天。

她挠了挠头，起身去洗手间。

身后唐劲的声音幽幽地传来：“苏小猫。”

“又怎么啦？”

“不要离开我身边。”

“……”

小猫囧。上个厕所都要这样？

她一脸无语地对他道：“我只是去个洗手间……”

"我知道。"

唐劲慢悠悠地说完后半句："无线 Wi-Fi 在你身上，你一走我就掉线，你先把它还给我。"

"……"

苏小猫大囧。

苏小猫越来越发现，唐劲是一个随遇而安的人。

她原本并不这么认为。

毕竟，平日里的唐劲，身上的某种"执行人"气质是很重的，允许你有反对的意见，但并不允许你有太多，他的"适度"是有界限的，越过了他愿意承受的范围，他就会变得说一不二。换言之，这个男人并不独裁，但只要他想，他也可以很擅长"独裁"这件事。

但这几日，离开了公事，两个人处于一个完全陌生的环境中，他身上不近人情的味道就全然不见了。他将自己变成一个纯粹的观光客，除了陪她游玩，别无他想，并且往往有很多奇思妙想。

比如两个人去看一个艺术展，看到一幅图片，两个裸身的女人背对着画面拥抱。

苏小猫啧啧感叹："罗曼蒂克啊。"

唐劲不疾不徐地提出一丝否定："不一定，你看腿，仔细看，两个人，三双腿，隐藏了一个人，仔细想想，恐怖不恐怖？"

苏小猫拍了拍他的肩，深沉地道："这个时候，不要这么认真。把联想力放在浪漫的地方不好吗？"

"也不是。"他纠正她，"我的注意力在这里，是因为男人从背后看女人，没办法看胸部和脸，一般先看腿。"

苏小猫："……"

另一边，唐劲也重新认识了下苏小猫。

比如这一天，两个人去海边玩，苏小猫从小长在江南地区，见过最广阔的水就是个太湖，一个湖的水量就足以令她激动不已，见到大海就更不行了，拉都拉不回。当她终于肯被唐劲拉着回去时，忽然发现日落了，天暗了，郊区已经打不到车了。唐劲掏出手机，准备动用点私人权力："我打个电话叫人开车过来……"却见苏小猫已经在不远处朝他热烈挥手，边跑过来边喊："我拦了辆车，走吧！"

"……"

唐劲一见这车，脑子里就闪过一排省略号。说实话他挺佩服她的，荒郊野外的地方，她靠一张嘴，竟然能说动陌生人载一程，她这记者当得可真不冤，到哪都能混口饭吃。

苏小猫带他上车时接着说："刚才司机跟我说了，上车后你得把门拉紧，他这车质量不太行，开到一半可能门会掉。"

唐劲："……"

两个人回到酒店时已是凌晨，苏小猫下车时对着车主人千恩万谢，双方各自操着中文和洋文竟也能愉快地沟通。唐劲和车主人握手道谢时就礼貌多了，彼此用英文无障碍交流，最后还各自交换了名片。苏小猫拍拍唐劲的肩，很老道地对他道："收获了一段友谊呀！"唐劲笑笑没说话，牵着她的手回酒店，没告诉她对方将名片递过来时第一句话就是："没想到在这里遇见您，幸会，有一宗合作案还请您拨冗查看。"

当唐劲洗完澡，穿着浴袍出来时，看见苏小猫正把自己平铺在大床上，舒服得一脸咸鱼样。在这样的凌晨，没有人打扰，没有烦恼，他心中的某些欲望悄然复苏了。

苏小猫的两条腿在床上自由摆动，她哼哼道："腿好酸哦。"

唐劲抬眼望去。两条细长的腿，和其他女人的比起来并无不同，但长在她身上就多了很多生动的地方，小动作不断，每个动作都恰到好处地在他心里勾一勾，最后勾得他受不了，她明明什么都没做，他也觉得心里已经被她放了一把火。

他走过去，坐在她身边，动作轻柔地替她捏着小腿："这样呢，有没有好一点？"

她"嗯"了一声，很明显是困了，声音有些惺忪。

他慢慢替她捏着，一会儿之后，终于停下了动作，他的手好似带了主人的意念，从她的睡衣下摆探了进去，在她腰间游移。

苏小猫没有拒绝他，闭着眼睛，半梦半醒地问了一句："唐劲，你以前是做什么的？"

唐劲一愣，停了下来。

随即他就笑了。

真是不可以对她掉以轻心，有力气了，复原了，那个精明难缠的苏小猫就回来了。

"不太记得了。"他微微一笑，"听说男人只有到中年之后，才会怀旧，才会去想过去做过什么。我大抵还不愿承认老了，所以过去的事，不太会刻意去记得。"

苏小猫也笑了，并不追问，仍是闭着眼睛睡着："你现在这样，真好。"

"哦？"他反问，"我现在是什么样子？"

苏小猫脸上有一些淡淡的笑意，没有回答。

答案在她心里。

她心里的唐劲是有一副具体的模样的。长着一张温和的脸，常常令人觉得不够有特征，却经得起细看，并且细看之下会越发被吸引，有时还会有些顾虑似的止步不前，因为这一张脸上的温和，其实并不纯正。就好比他喜欢一个人的方式是光明磊落地对你好，但这也并不妨碍他不喜欢你时会决绝地结束这一段关系。

"不公平。"她有些小伤感，"你的人生充满变数，但我始终如一。"

唐劲笑了："这么说，你从小就想当记者？"

"嗯。"

"理由呢？"

"喜欢用笔写字，但不愿做传统的那一类书生。"

"传统的书生是怎样？"

"无事袖手谈性情，有难一死报君王。"

“……”

她说：“人到难时不如一搏，纵身一跃的刚烈，好过大鼓齐鸣的虚张声势。”

他怔住。

这一个深夜，她的声音很淡，他却被震动了。

是一个女子的英勇理想，令他动容。

说来她真是矛盾，总似不正经，嬉笑起来总令人生气，不将她当回事。但在这一个薄恩残酷的现代社会，她却仍有理想，好似稚子才会有的薄薄的理想，虽薄却坚定，始终有可以为之牺牲的勇气，手中的笔锈了、掉了、被人夺了，空掌仍能握刀。

这就是一个记者该有的样子。

他忽然想将她抱紧，将这一份理想一并抱紧，事实上他也这样做了：“你不会有难。你会很好，我会让你很好。”

她没有睁眼，却是笑了：“女孩子能得到这样一句情话，也该是知足了。”

“不是情话。”

他俯下身，热烈地吻她：“是真心。”

她终究逃不过一个女子的宿命，得了一个男人的真心，总忍不住想去相信些什么。她迟疑了一下，但没有迟疑太久，就在他解开她腰间的缎带的时候，她抬手搂住了他的颈项，做出了一个迎合的姿势。

Chapter 07

四年一瞬，斯人如旧

苏小猫是在毫无准备的心理状态下，再次看见傅绛的。

那一日，她和唐劲吃完晚餐回酒店，唐劲在客厅接电话，处理些公事，苏小猫随手打开了电视机，傅绛的声音不期而遇地从国际台的屏幕中传了出来：“各位还有什么要问的，问。”

故人照面，别来无恙。

苏小猫愣在原地，垂手掉落了手里的遥控器。

这是一场公开的记者采访会。一桩大案落幕，坊间流言纷扰，高层考虑周全，将此案当作典型，决定让案件当事人与公众见面，接受媒体采访，平息各方猜测。这可说是近年来前所未有的透明化举动了。

一位戴着眼镜的男记者正站起来提问：“傅先生，我们调查了您这些年的资金情况后发现，您有巨额洗钱的事实，同时我们也查了最终这些钱的去处，发现您将这些钱全数捐给了医疗研究机构，作为疾病研究的经费。而在您的资金支持下，近些年确实有医疗技术突破，挽救了甚多生命，尤其是在老年病方面，更是收获颇多。我们也查过您自身的资金状况，发现您并没有将钱用于自身生活，请问您在做出这样的举动时的动机是什么？您考虑过有今日的下场吗？”

被质问的人身陷囹圄，昔日的荣光褪去，如今一身素衣，身后站着限制他自由的执法人员，面对着镜头却有了昔日没有的轻松，对这样的问题一笑置之：“我高兴。”

现场一片哗然，为这样矛盾的人喧哗不已。

苏小猫却低下头，笑了，笑着笑着就湿了眼眶。

“这是我为我母亲做的一场盛大的悼念。”

傅绛的话犹在耳边，她就知道，这是一个疯成怎样的男人，将自己毁灭，也要实现年少时的一念之差。

她渐渐就痛苦起来了，聪明如她，这么长的日子里，竟也没有发现他的疯相，竟也没有来得及拉住他，终于眼睁睁失去了他。

屏幕中，一位记者站起来，继续提问：“傅先生，《华夏周刊》的苏记者和你是童年旧识，为了你不惜出卖记者守则，将她知道的内幕信息透露给你。这件事，你怎么看？”

举座哗然。

这是个老熟人了，《朝日新闻》的何记者，与苏小猫缠斗多年，终于连下三路的手段都用上了。

傅绛却笑了。

这样的下三路，怎会在他眼里？他是谁，他可是一恶到底，将自己的性命都推出去不要的人。

“你要用录音和照片来陷害苏小猫，省省吧。”

他盯着场下的人，讥诮入骨：“苏小猫没有出卖记者守则，她没有内幕信息，从来没有人对她讲过谁盯上我了。那句话，她是猜的，在套路我呢，看我会不会被她套出话来。怎么，何记者，贵刊销量比不过《华夏周刊》，要靠这种手段上位了？看来尘世间的下流之人，不只我一个，还有很多啊。”

场面一片哗然，镜头纷纷对准了始作俑者《朝日新闻》。

何至渐当场受辱，无言反驳，起身就走。

千里之外，苏小猫看着看着就笑了。

真有他的，真不愧是傅绛，从小就那么坏，坏到真的犯了法、做错了事，也能在最后一关为她挽回名声，修理对手。

一块手帕递到了她眼前，苏小猫才发现，原来她哭了。

上一次她流泪，还是在七岁那年，老猫意外过世那一天。

总是在失去一些重要的什么时，她才会流泪。

唐劲抬手，一点一点擦掉她脸上的水光，声音温柔：“我请了最好的律师，尽量为他争取重新来过的机会。他提供给医疗研究机构的经费，被司法冻结了，这一笔缺口，我会拿资金填上，正在研究中的疾病治疗方法不会因此中断。傅院那边，我安排了人过去照顾，毕竟是老人了，出了这么大的事，身边没有人照顾不行。其他的，你如果想到还有什么问题，随时可以告诉我，我来解决。”

苏小猫深吸一口气。

从不曾在人前流泪，大抵还不习惯，此刻颇为不适应，她抬起手背在脸上胡乱地擦了一下，快人快语："我没事，你放心。"

唐劲拂过她额前的散发，沾了泪水，有些湿，黏在额头上有些乱。

"若你把我当成自己人，就不会这样说。"纵然声音平静，还是让一丝苦味溢了出来，"我喜欢的人深陷痛苦，却说要让我放心。"

古人造字真是厉害。

你看"情债"中，这一个"债"字。

就是在讲，一个人的责任。

在感情世界里，一个敢于负债的人，就是一个敢于对感情负责的人。

这一场感情，他始终想背负更多，却无奈地发现，她并不愿意让他背负这么多。有时他立在她身后，会不知所措，不知她是否真正需要他。

"唐劲。"

她知道，他是一个敏感的人。

多情而敏感，这样的人，爱与不爱都很累。

"有一年，我去普陀山采访，山中停下歇息喝茶时，听闻一个故事。人人都有心愿，都想求佛，佛心如何助你呢？山里的老人说，如果一个人心诚，感动了神佛，神佛就会化身为这个人身边的某个人，在这个人的人生关口扶一把。"

她看着他，眼底清明："从前我没有那么多信仰，也没有那么多信与不信，只当是一个故事，拿来听听就好。但遇到你以后，我信了。"

苏小猫存心要讲情话，才是高手。

言寡，意足，境无止。

唐劲搂过她的肩，顺势抱紧在怀里："有你这句话，就够了。"

回国前的最后一晚，两个人放纵了一场欢爱。

一开始，只是苏小猫在安安静静地洗澡，将方才的泪痕洗净。后来，浴室的门被拉开，唐劲的身影缓缓走进来，一切都变得不再可控。

他将她抵在大理石墙边，热水冲刷在两个人脸上，雾气让彼此的面目都模糊了。他在她耳边要求:“回去以后,也要像这几日在这里一样,每天心里只有我，每天心里的我都要比昨天更多一点。”

她盈盈一笑，反问:“那你呢？我想你想这么多，这么累，你在干什么？”

“我在被你想。”

唐劲的无耻和调情有时可以是同一种意思:“我负责每天被你想那么多次，我也很累的。”

苏小猫顿时就笑了。

下一秒，他就挺身进入，俯下身，在她白皙的颈项上咬出触目惊心的吻痕，就像是宣告主权，这个人、这个心、这个身体，他都要。

两个人纠缠在一起，这一种关系比任何关系都更复杂。连皮带骨，好似一个阴谋，将彼此都缠了进去，从此以后，好坏是非都成了另一种意义。

情关爱劫，摆不稳一句“我爱你”。

让身体来讲，是最后的救赎。

苏小猫这一晚被唐劲累到了，第二天睡得久了一点，唐劲收拾好行李先去退房，苏小猫没有去，因此，她错过了一件小事。

真的只是一件小事，三言两语，就被唐劲拂开了。

酒店前台的工作人员对他讲:“唐先生，钟小姐已经将您在酒店的一切费用都提前付清了。”末了，还不忘告诉他，“‘金中’资本两年前收购了这家酒店，钟小姐现在是我们酒店的控股股东。”

唐劲动作一顿。

他依稀记得，曾经有一个女孩子伏地向他行大礼，跪求他给她一些时间，她必将祖业起死回生，报他一恩。

原来，她真的做到了。

这是好事，不是吗？只不过，她靠的是她自己，和他没有太大关系。那一个恩情，对他而言，意义并不重，她不记得也无妨，事实上，他更希望她能忘记，毕竟今生他并不打算和太多女人有关系，尤其这一种关系，还涉及他太复杂的过去。

“替我谢谢钟小姐，我心领了。其他的，不用了。”唐劲递上黑卡，用一个礼貌的笑容掩饰淡漠，“我不习惯欠人情。”

还没等苏小猫从傅绛事件中缓一缓，回国没几天，新的舆论爆点开始在坊间如同阴谋般一点一点流传开来。

这次的新闻主角不是别人，正是《华夏周刊》自己。坊间传言，《华夏周刊》面临易主的可能性。

苏小猫在飞机上翻杂志时就翻到了这个消息，这消息传得捕风捉影，言辞间极尽暧昧，苏小猫看了一遍就翻页了过去，压根没当回事。

事实上，不仅是苏小猫没当回事，就连丁延，也没把它当回事。

做新闻的，尤其像《华夏周刊》这样，专门干跟人过不去的新闻的，得罪人可以说是家常便饭。二十多年前丁延刚进公司时就没少干这种事，那时的丁延正当盛年，一腔孤勇，手里只有几个人，但就凭着这几条枪，写出来的新闻稿数量和质量都是惊人的，实在来不及写枪不够用了，他就去别人那里扒点货，专扒耸人听闻、别人写出来也不敢报的那种稿，就这样危危险险地将一个日后的媒体财团带出了个像样的形状。挡别人的财路挡多了，他自己都记不清收到过多少求情和威胁了，偶尔一阵子没陌生电话烦他要做了他，他都会不踏实。

苏小猫虽然没把这件事当回事，但回公司后，却是第一个敢蹦跶到丁延面前，将这篇报导给他看的：“丁总，有人写我们。”说这话时她是典型的打小报告的语气。苏小猫的觉悟比较高，要在战略上藐视敌人，要在战术上重视敌人。丁延没理她，那神情就像是看了一份八卦，他都觉得浪费时间。苏小猫一下子就心定了，安心回去工作了。苏小猫没想到的是，就在这不久，丁延就被董事长叫去了董事长办公室，告诉他一件事：公司面临危机，要举行临时股东大会。

信息社会，最保不住的就是信息。尤其是媒体，这一个圈子都是有着惊人直觉的专业人士，各类信息哪怕只是谈笑间听了几个字，剩下的全部可以用推理和经验将它一一补全。

连摄影组小林都在吃午饭的时候，用一种老警察搞业务的神秘性，向苏小猫悄声说："你知道吗？我们公司被人盯上了。"

苏小猫正端着一碗汤喝得欢，含糊不清地答了一句："你也跟我搭档干过狗仔啊，这种小道消息你也信啊？"

"不是小道消息，是有些苗头的，"小林吃着一盘苦瓜，脸色和瓜一样苦，"你不知道吗？公司业绩不太行了。"

苏小猫干经济类新闻干了几年，对别人家的业绩那是常年盯得紧，对自己家却从没盯过。她根本没想过这事，这会儿被提了个醒，心里猛地沉了一下。

小林吃完自己的菜，又去揩油她盘里的，话说得很快："这些年，纸媒都面临新媒体的冲击，倒闭的不少，我们公司能撑到现在，已经很厉害了。至于能再撑多久，就不好说了。"

苏小猫在这一天下班的时候，走出公司大楼，没来由地转身回望。

属于记者的某一种直觉忽然苏醒了。

在异常风平浪静的时刻，没有痛楚，没有知觉，这感觉对她而言不陌生。这样的时刻她遇到过几次，每一次都清晰地记得那一刻的古井无波，心理和生理的反应都没有。要到很久以后，一切事都发生了，转身回望时才会发现，原来那风平浪静到已经丧失一些直觉的时刻，正是你一生中最凶险的时刻。

据说一对夫妻是否恩爱，就看两个人单独在家、迎面走过时，会不会对彼此进行性骚扰。

从这一点上来说，苏小猫对唐劲的感情很是热情如火。

晚上唐劲洗完澡，正一边擦着头发一边拿着一份文件看，在走廊上和苏小猫来了个迎面相遇，后者几乎是条件反射似的伸手就在他下巴上摸了一把，声音十分油腻腻："小哥，今天很帅嘛。"

"……"

这家伙，可真闲。

唐劲十分无语，随即一笑，捉住她的手，一路向下游移来到某个部位，不介意教她一次："要勾人，手要放这里。"

说完，还用那里不怀好意地顶了一下她的手心。

"……"

苏小猫当即像被烫到了似的一下抽回手，脸蛋上迅速泛起两坨高原红，骂了他两声："下流，不要脸。"

"哎，苏小姐。"唐劲一副正人君子的模样，"是你先起的头，我只是顺着你的剧本走而已啊。"

"我的剧本里没你这段下流的！"

"那你想要加上试试吗？"

苏小猫跳开三步，像只被人撬了老巢的小狐狸似的虎视眈眈："不要。"

唐劲笑了，不跟她闹了，挥了挥手里的文件，对她道："我今晚要看点东西，你有事的话来书房找我。"

末了，从她身边走过去的瞬间，还不忘俯下身问了她一句："真的不要加上试试吗？我教你啊。"

"变态呀！"

苏小猫推了他一把，迅速溜了。跑起来飞快，跟贼似的。

唐劲看着她飞逃的背影，心情很好地放过了她。

这天晚上，唐劲在书房看资料、忙公事，电脑上开着视频连线，时不时连线电话打出去，跟人视频交流工作情况。书房的门没关，苏小猫没一会儿就倚在书房门边，直勾勾地盯着他。唐劲不得不承认，苏小猫是一个很能勾起男人兴趣的人，她那样看着你时就会令你相信，那一瞬间她什么都没干就在看你，那一瞬间她心里什么都没有就只有你。这种专注，放在唐劲身上，勾一勾，唐劲就受不了。

唐劲关了视频电话，手里的资料也没放下，对她偏头一笑："在门口晃了一晚，找我有事？"

苏小猫光着两只脚就跑了过来，趴在他面前的桌上，向他仰仰下巴：“这个嘛，有点小忙，想让你帮一下呀。”

“过来。”

“怎么啦？”

嘴上疑惑着，行动倒是很迅速，她绕过书桌就走了过去。这两年苏小猫在外不畏强权有底线，在家面对唐劲可谓是见风使舵毫无原则。

唐劲伸手一抱，将她抱在怀里，手掌握住她的两只光溜溜的脚丫，对她叮嘱：“家里中央空调的温度被你调得那么低，以后不准光脚走路，穿袜子，穿鞋。”

“好的，好的。”

“你记住没有？”

“记住了，记住了。”

“……”

唐劲扫了她一眼。

苏小猫这家伙，每次想给自己思想上放放假，就跟他开启导航模式。无论他说什么，她都说好的好的，就是不过脑，死不悔改。

唐劲微微用力，将她往怀里带，凑在她唇边语带威胁：“你又在敷衍我了是吧？”

苏小猫迅速回神：“我哪里有呀！”死不承认。

她推了他一把，将手里的一份文件递到他面前：“我是真有事想问问你。”

唐劲扫了一眼文件上的内容。

这半年苏小猫所谓的“有事要问问你”，五花八门得很。她是个吃过苦的，千八百种苦让她练出了一身投机的本事，有油就揩，有门就靠。她向唐劲打听的事多半都带有投机性质，“你知道 ×× 集团的张总吧？你能帮忙搞到他的手机号给我吗？”“红灯区的小姐们，能不能带我去看看呀？”“借我点假发票行吗？我报销不够了。”此类种种，数不胜数。

苏小猫大概也是明白自己过往的行为劣迹斑斑，这会儿严肃地为自己洗脱嫌疑："这回不一样，这回问你的可是正经事。"

"正经事？"

唐劲拿起她递来的薄薄两张纸，低头看了下，确实有些意外："半年报？"

"对呀，你帮忙看一下。"

"哪家公司的？"

"这你不用管，你就帮忙看看它的财务状况就行了。"

"你们公司的半年报？"

"……"

苏小猫一口气没提上来，瞪着他，瞪了半天跳开一步倒吸一口气："你怎么知道？"

"苏小姐，你看不懂，不代表我看不懂。"唐劲指了指上面的数字，"每个行业的财务指标都有特定的特征，正常情况下会在一个正常值的波动范围内，单看数字就能大概猜出所属行业。"

"何况。"他指给她看，"这里的主营业务收入一项，分类项的数字这么明显，懂一点专业的人都会明白。"

唐劲看了她一眼："上市公司的半年报披露时间还有一段时间，这份很明显还是未经审计的初稿，这是你在公司内部拿到的？你拿这个做什么？"

"我就是想知道，我们公司到底怎么样了，它还好不好？"苏小猫拧着眉，每当她担心一些事时，都会有这样忧国忧民的表情，"我想办法搞到的，这还不是完整的，但已经是我能搞到的最全的了，你帮我看看啊。"

唐劲没说话。

薄薄两页纸，被他拿在手里看了几遍。

某个瞬间苏小猫看到他的样子，那种盯着数字仿佛就能洞悉真相与阴谋的样子，她就有种直觉，这个男人是有她陌生的一面的。自古知兵非好战，但若要一战，他也能以一对千。

“是有一些问题。”

唐劲缓缓开口，一并将她的注意力拉了回来。

“现金流状况不太好，正在日益坏死。对贵公司而言，一旦资金流出现问题，在没有新产品跟上、老产品又缺乏动力的情况下，是很容易一夜溃败的。”

苏小猫“啊”了一声，挠了挠头。

她只是一个小人物，在公司也处于塔基的底层，尽管这些年写了几篇热稿出过几次风头，但依然改变不了她仍然只是塔基的一块砖的角色。此刻她知道了这情况，既不能像丁延那样直面股东会力挽狂澜，也不能像公司股东一样集体注资用钱来改变风云，所以这会儿苏小猫有些伤感，既是对公司的伤感，也是对自己无能为力的伤感。

“之前因为傅绛的事，宋彦庭惹出了一些事，惊动了宋董事长，他父亲亲自从国外回来，听说已经把他绑去国外了。现在宋家在国内的主导人变成了他的表兄，而从他的表兄的行为来看，中断了对《华夏周刊》的广告投入，这部分损失不可不说，很有影响。”

唐劲说了会儿，放下了手里的文件，忽然将她按向自己，声音很低：“宋彦庭对《华夏周刊》做得到如此有情有义的地步，是因为你吧？”

苏小猫双手环胸。

这是要翻陈年旧账还是怎么的？

她挑挑眉：“吃醋啊？”

“对。”

“……”

苏小猫眯起眼睛。很坦诚嘛，承认得这么快，搞得她都没有成就感了。

“我说，你可真有意思。”她不怀好意地笑，用手肘撞撞他，“我吃你的螃蟹，住你的豪宅，睡你的人，我再跑去外面，心里装一个别的男人，我是不是傻？”

“哦？这么说，如果你不吃我的螃蟹，不住我的房子，不睡我这个人，你心里就装得下别的男人了？”

“……”

苏小猫瞪大眼。

这逻辑感，无人能敌。男人不讲理起来，一样要命。

她微微磨了磨牙：“你等等，反问句不是这么用的吧？”

唐劲笑了。

“事情就是这样了，苏小姐。不管如何，你今晚得负责说服我，或者，哄好我。”

“……”

苏小猫一句抗议的话还没来得及说出口，就被眼前这个乘人之危的人抬起下颌强迫松开了齿关，与他交缠在一起。

《华夏周刊》的临时股东大会开得十分低调，接近于秘密进行的状态。没有什么比媒体自身更懂得控制舆论的重要性了，公司高层亲自上阵，封锁了信息发布，举行了闭门会议。会议的议题既重大，又简单，概括言之一句话：公司经营状况恶化，面临被收购的风险，怎么办？会议持续了五个小时，中规中矩地议程、发言、总结。最后的结果无非一句话：没有办法，看着办。

事实上，这个结果并不令人意外。当一种事物发展到一定的规模，具有一定的体量时，它就会变得难以纯粹，比如股东会，就是这样一种存在。股东会的组成也已非常复杂，各自为阵，互相牵扯，最终形成了几大利益集团，彼此间的关系错综复杂。这些人对内好战，对外却实行和平主义，能坐下来优雅地谈，就绝不撕破脸。于是毫无意外，这场会议开到最后，也只获得了一个所有人都模棱两可又认同的结果：一同携手，共渡难关。

临时股东大会结束的当天晚上，公司几个创始元老去了丁延家，闭门开会。

这才是真正的“自己人”会议。

一个董事长，一个执行副董，一个内部管理副董，再加一个丁延。当年就是这四个人，把一个清汤寡水的民营小报社硬是拉扯大了，成为今日的沿海媒体第一财团。

斗转星移，如今这“沿海第一”，也架不住风雨飘摇。

丁延打破沉默：“老文，说吧，收购方现在是什么情况？别瞒了，这么大的事，对方早就跟你接触了，是吧？”

被称作“老文”的人架着一副眼镜，五十多岁的人了依然看上去书生气十足，与之不符的是他的头衔相当唬人——《华夏周刊》董事长。

文董事长骨子里是个文人，文人就不爱干打架这种事，这会儿就算被人欺负到门前了也依然生不出半分气，他只是有点愁，告诉在场的各位一个名字：“是金中资本。”

“……”

这名字一出来，在场顿时沉默了，文董事长手里的烟被他不停地抽，丁延家的客厅一时间烟雾缭绕，活像个着了火的战区司令部。

最后还是丁延率先回神，开了个头：“这么强的对手，这些年一直在实体经济领域进行资本运作，好好地把手伸向传媒做什么？”

文董事长从小接受党的教育，面对问题第一反应永远是从自身找原因，做自我批评与教育：“也不能怪人家盯上我们。近年传统媒体在转型面前落后一大截，经营状况江河日下，也是我们自己不争的事实。”

丁延忽然想到了什么，问了句：“它准备收购我们多少股权？”

“具体的，倒是还没提，只是找过我一次，开门见山对我表示了收购的意向，要我们有一个心理准备。”

丁延冷笑：“在扑杀猎物前先通知一声，它倒是礼貌。”

正像是要应和他这一句话，丁延公寓的门铃忽然响了。他走过去朝门口的监视器中看了看，两位陌生的年轻男人，脸上挂着微笑，有礼又恭敬。丁延想了想，这屋里好歹还有四个大老爷们坐着，半夜三更也不怕有陌生人来，于是开了门。

不等他开口，对方礼貌的声音已经响了起来："丁总，晚上好。冒昧打扰，还请您见谅。"

丁延双手环胸，脸上笑意全无："这么晚了，是哪位找我？"

"我是金中资本钟文姜小姐的特别助理，钟小姐嘱咐我，今晚将她对贵公司的要约收购意向传达给您，以免明日她正式对外公布时，您因意外而生气。"

丁延神色一凛。

如此彬彬有礼又强势的作风。这些年来，他着实没有遇到过此种对手。

他眯起眼，昔日那种乱世中找活路的警惕性全部回来了："你该找的是《华夏周刊》的董事长，不是我。"

对方笑了，重复道："不，钟小姐再三交代了，我们今晚要找的人是丁总。"

"我不是《华夏周刊》的董事长。"

"钟小姐说了，她要找的不是董事长，而是即将交手的，《华夏周刊》的主事人。"

丁延脸色一变。

他缓缓地放下了一直交握着的、以傲慢姿态待人的双手。

这次的对手，不好惹。

短短几句话，就将尽职调查的冰山一角在他眼前血淋淋地撕开了：《华夏周刊》的内部核心人物有哪些人、有怎样的关系、主事人是谁，那一位钟文姜小姐，已经了如指掌。

事实上，就算是在《华夏周刊》内部，也很少有人会相信，公司的真正主事人，其实不是文董事长，而是丁延。这并非丁延功大夺权，而是性格决定命运。就好比当年四位创始人在公司成立之初时，彼此间就发现了，其他三位都是不折不扣的文人，不崇尚武力也干不了武斗，在商业竞争中不会这个你还玩什么？剩下会玩的，只有丁延。

丁延这个人，可以说是从生活的贫贱和生存的搏斗中赤脚走出来的，习文尚武，以胆量行事，以情义交人，上个世纪九十年代那种一穷二白纵横商场的草莽精神在他身上可以说是体现得淋漓尽致。这样的性格在全然是文人的创始人团体中是非常重要的，生死关头往往是丁延一锤定音。

就好比很多年前公司尚未上市之际，有投机资本看中了日益崛起的媒体行业，想通过做上市的方式赚巨额回报，至于公司会如何则不关他们的事，搞资本投机的人又是忽悠中的精英，最擅长的就是把死人说活，《华夏周刊》的三位创始人被说得动摇不已，对上市毫无概念的董事长觉得“大概是个公司都要去上市的”，正要答应之际硬是被丁延拦了下来。日后证明，丁延的强势之举几乎等同于救了公司一命，那家投机资本放弃《华夏周刊》后转而去搞了另一家传媒公司，很快就将好好的一家公司搞成了一个专供他们玩弄赚取巨额报酬的壳。

此时的丁延，眼神灼灼地盯着来人。

他明白，能将《华夏周刊》内部不为人知的关系理得清清楚楚的人，作为对手，不好惹。

丁延沉声开口：“不知钟文姜小姐何时方便，不如拨冗坐下一谈？”

特助有礼地笑了下：“等收购要约向外公布后，您自然就会见到钟小姐。”

唐劲是在一个没有心理准备的情况下，再次见到钟文姜的。

这天他有事缠身，和几位资方大佬共同看上了同一个猎物，于是拿出风度，坐下来先谈一谈。大家合作一起拿下还是灭了对方单独拿下，全看会谈结果。

这一谈，就谈了近四个小时。

走出酒店时已是晚间九点，大佬们明白这年轻人背后是什么身份，迫不及待想要拉他去酒吧，喝酒、把欢、交朋友，唐劲四两拨千斤地拒绝了。他满脑子都是家里那货，他不在家陪她吃饭，不知她一个人又飞去哪里浪了。

唐劲拿出手机想打电话回家，一抬眼，酒店大堂台阶下，一个静立等待的身影刹那间令他停住了动作。

天气已入秋，又下着一场雨，温度骤降。

四年一瞬，斯人如旧。

她还是很怕冷，在初秋的天气里已穿上了厚风衣，撑着一把骨节分明的黑伞，像等一个命运似的等着他。唐劲莞尔，在雨天记得要撑伞了，这情景令他愉快。毕竟他还记得，当年她在暴雨中等他，为表诚意，不惜以淋雨数小时为代价，最后见到他时已经高烧，弄得他没办法，亲自照顾了她一宿。

时光过去四年，她站在不远处的台阶下，将手从风衣口袋里抽出来，直直垂着，这是一个放低姿态的动作。他当年的那一恩真经用，四年的时光竟也没能让她消耗完。她向他微微鞠躬颔首，声音悦耳至极："您好，好久不见。"

一个很特别的故人。

唐劲走下台阶，笑容有礼："特地在等我？"

"是。"

"钟小姐如今身家今非昔比，将时间浪费在我这里，不知多少人会扼腕。"

"您有意避开我，我又要见您，除了拿出诚意来等一等，我想不到别的好方法。"

唐劲笑了，有些为自己开脱的意思："没有特别想要避开你。"

"在新加坡，您连我的一点心意都不肯接受，我就把它当作是您要避开我的意思了。"她为这件事有了很多失意，但见到他，她的失意就全数被她很好地藏起来了。女为悦己者容，旧时候的人真是厉害，几个字就把一件那么复杂的事讲得这样清楚。

"当然，今日您说，您没有这个意思，我也会很愉快地信。"

唐劲微微一笑，不置可否，开门见山："找我有什么事？"

她鼓起些勇气，看着他。

这一刻他就站在她面前，拉开一个适度的距离，不太亲近，有一些疏远，开口就是那一句“什么事”。她心里有一些稚嫩的疼痛。他真是厉害，一开口就跳过了叙旧，一开口就将她的久别重逢做成了谈公事，将她的儿女私情变成了无性别的职场洽公。

他设了关卡，她的七情六欲，进不去。

她深吸一口气，将洽公的态度调动起来：“金中资本下一个在国内的收购目标，是《华夏周刊》。明日就会对外公布收购要约，我们初步与对方做过了接触，得到的回馈是拒绝，所以这一次的项目，大概会演变成媒体眼中的‘恶意收购’事件。今晚我亲自在这里等您，是不希望您从他人口中听到这件事，我亲自讲给您听，误会也会少很多。我多少也会有一些私心，希望我们的这一个项目，不会对您造成困扰。”

唐劲认真地在听。

听完了，他的表情并没有意外，只有些得人尊重的莞尔。于是她不免有些困惑，在他面前她始终落了下风，他的每一个反应都不在她的预期之内。

她声音很轻：“您没有什么想问我的吗？”

“你觉得我会问你什么呢，或者说，你认为我会困扰什么呢？”

她看着他。

有一瞬间，她扔掉了“故友”这一层外衣，动用了“女人”这一个身份，看了他一秒。

她声音温柔，仍掩不住一丝羡慕与失意：“我知道，您太太正任职于《华夏周刊》，并且，您太太和公司之间，彼此情深义重。”

唐劲顿时就笑了。

真是一位厉害的小姐。她是将一个商业事件当成未来两个女人之间的战争来预防了，在即将而来的大战开始前，先到他这里讨一个情分。一手洽公，一手动私，公私都要做到两全，是要有这样的周全与手腕，才成就得了如今如日中天的钟文姜。

“钟小姐，我想你误会了。”

唐劲不疾不徐，将公私混为一谈的局面清理出一个干净的样貌来："我太太和公司之间的关系，那是她的工作，是她的事。她是独立的个体，她会有她的抉择。至于你担心的，无非我会不会徇私插手。我这么讲好了，即便我有讨她欢心的意思，想插手，她也是断然不会肯的。或者，我换一种方式来讲好了，撇开苏小猫不谈，若我存心要插手，你来找我，也是没有用的。"

很多日子以后的钟文姜常常会想，后来对那个叫苏小猫的人有那么多不能原谅，究竟是从何时开始的。后来她终于承认了，就是在这时候，在唐劲讲这一席话的时候。她第一次见识到他讲情话的样子，明明什么都没说，"向着她"三个字已经那么明白地说在他的话里了。

感情的事当真是古已有之。

心有所属，为时已晚，人生悲惨不过如此。

她还没有说出口，就明白，说不说都是一样的，都改变不了唐劲仍然向着苏小猫。

金中资本快、狠、准的行事风格再一次高调展现在公众面前。

隔日，一纸要约收购被公诸于众。

收购对象：华夏周刊。收购对价：22元/股。收购股份数量占被收购公司总股本比例：30%。收购总金额：48亿。

要约公布，舆论哗然，金融、传媒两界同时被引爆。

这是一份条款中每一个字、每一个细节都能被拿来大做文章的收购要约。近年来金中资本东山再起，坊间传言被钟家大小姐盯上的标，拿下的时间最长不超过四个月。而似乎就像是要让这句话成为事实，金中资本近年来出手的迅速、眼光的精准，无一不在对外宣称一件事：各位的传言，是对的。

尤其是在收购《华夏周刊》这件事上，钟文姜所表现出的凶猛与细致更是近年来少有。钟文姜要30%股权，并不像其他金融家那样按部就班、拾级而上，她年纪虽轻，却已是经历过巅峰、破败、践踏、再崛起的人生，这样的历练下，其胆量与格局远非同龄年轻女孩所能比。在双方终于见面坐下会谈时，钟文姜开门见山，一句话就将场面控在手中，将死了在场所有人：“要约收购中的所有条款，各位都反驳不了。因为相信在座的各位都明白，我提的条款中所给出的对价，是你们辛苦一辈子也可能达不到的期望值。”

纵然没对这个年轻却心狠手辣的大小姐抱任何期望，但这一句挑战人底线与自尊的话放出来，还是让在座不少元老都有了惊得从椅子上跳起来的冲动。

只有丁延是一个例外。

他明白，遇强敌，永远不变的法则，是冷静。

丁延放下面前这一份要约，白纸黑字，条款列得相当漂亮。钟文姜的野心和漂亮，有时候是同一种表现。

“钟小姐。”他双手交握，放在会议桌上，声音平静，“如果我告诉你，本公司并不在意你所谓的期望值，而在于股权完整，不容人侵犯呢？”

钟文姜微微一笑。

“丁总。”她迎上他的目光，与他对视，把话说得敞亮了一半，“我想，是您应该先好好问一问，您所谓的‘不容人侵犯’，究竟是您的意思呢，还是全体股东的意思？您想要股权完整，其他人也许并不这么想。现代公司经营理念中的股份制，最有趣的地方就在于此了。”

丁延脸色一变。

他视线一扫，眼神几乎带着厉色。令他心里震动的是，与他视线接触的几位股东，都低下了头，刻意躲避了他无声的追问。

他们不再与他同一战线了。

钱的诡异之处，在这一刻释放了万丈魅力。你可以拒绝它，但你不可以令旁人同样拒绝它。

商场上的一员老将，在资本界的一位年轻小姐面前落了下风。丁延的中年之旅，在这里出现了一笔意外的折损。

唐劲临时去马来西亚出了一趟差。

短途差，时间不长，临回国前被合作方拉住，请了一顿海鲜料理。即便对待料理挑剔如唐劲，也不得不承认，马来西亚这一顿海鲜的品质绝对上乘。唐劲在餐饮间隙不忘吩咐助理将这边的海鲜采购一点，用最短的时间空运回去，保证品质。合作方抢着要替他办妥这事，唐劲分寸适度地拒绝了，只说是私事，就不劳烦各位了。对方一看就知有戏可看，凑近身试探问这是给谁的。唐劲也不掖着，爽快地告诉对方，家里有一位苏小姐，不好好吃饭，不肯让人省心。合作方顿时就笑了，敢将私人感情如此挑明地说出来，可见是动了真心，被那一位苏小姐吃得死死的。

三天后，唐劲回国。在机场见到了照例来接他的尹皓书，这既在唐劲的意料之中，也令他不可避免地有些怅然。当日苏小猫为了傅绛，亲自来机场接他的待遇，恐怕从今往后不会有太多。

唐劲收回神，将行李箱交给特助，直起身体时对自己一笑。

这才是苏小猫，不是吗？

他喜欢的就是这样一个苏小猫，而她也从未变过，他不应该对此有自私的不愉快。

男人迈开步子走出机场，随口问："我不在的这几天，这边有什么事发生吗？"

"公司这边，一切妥当。倒是《华夏周刊》那边，热闹得很。"

"哦？"

特助跟了他很多年，对他的私事也有所了解，因此说话也都挑重点："钟文姜小姐这次的速度很不寻常，非常快，《华夏周刊》那边已经大乱了。现在市场上都倒向了金中资本，毕竟股民只想赚钱，金中不惜花这么大的代价，股民反应很是激烈，舆论趁势逼《华夏周刊》点头同意。"

唐劲听着，没有表态。

回到家，开门迎接他的是任姨。唐劲在出国前交代她这四天来这里做饭，但不包括迎接他回来这件事。他进门走了几步，看见马来西亚空运回来的那一箱海鲜。速度倒真是快，国际快递的效率值得他两天前付的高价。

他扫了一眼屋内，清冷地开口："她人呢？"

"小猫这几天都没回来。"任姨恭敬地对他道，"本来今天我已经准备回去了，看你寄回来的海鲜都到了，小猫又不在，没人弄，坏了可惜，我就在这儿把海鲜弄好了放冰柜再走。"

唐劲听了一句就听出了重点。

"没回来？"他沉声问，"那她住哪里？"

唐劲最后是在罗勒酒店会议室外的走廊上找到苏小猫的。

一场持续一周的中美市场会议，由于要和华尔街那边连线开，所以中方这边配合时差，会议都在晚上举行。比与会者更苦的是会议室外负责采访的记者，会议间隙进行现场报道，会议结束后立刻成稿、校对、发布，还要挑选必要的参会者作为亮点采访。七天的工作量，对体力和意志来说都是一场不小的消耗战，不少媒体都放弃了这次机会，尤其在新媒体盛行的时代，更没有太多人愿意去做现场蹲点这件事，等传统媒体将稿件发布后顺手转载，既节省了体力又达到了效果，一举两得。

《华夏周刊》是为数不多坚守在一线的传统媒体。风雨之际，公司动荡，人事上也诸多纠纷。眼见着日落西山，选择保全自身立刻跳槽的人不在少数。在这个时候，能扛起坚守在一线重任的，苏小猫是为数不多者之一。

唐劲站在走廊一头，看着坐在走廊上的那个家伙，盘腿将电脑抱在身上打字，身边零零散散放着一个没吃完的快餐盒、一瓶开过的矿泉水、一包维C泡腾片，他心里就疼了。他知道，他的小猫就在那里，在那一个旁人看起来视若垃圾堆、她却视若守护之地的地方。

风雨动荡中的坚守，义薄云天。

他喜欢的人，情义双全。

苏小猫正咬着一片面包，边吞面包片边飞快地写稿。冷不防被人从地上一把拉了起来，她皱眉，一张嘴，嘴里的面包片掉了。

“谁呀？！”

“我。”

“……”

苏小猫呆了一下。

唐劲伸出手指，将她嘴角的面包屑擦拭干净。短短几天，她就被工作折磨出一个睡眠严重不足的样子来了。头发零零乱乱的，扎起的马尾有点散了，连续作战的工作中恐怕也没有时间好好洗个澡，收拾自己，这会儿身上透着一股隔夜味。他此刻抓着她的手，摩挲的触感令他明白，这从来不是一双贵气的手，这是一双很实际的手，拿得起放得下，多少旁人咽不下的苦都在这一双手里咽下了。

一旁的摄影搭档小林大咧咧地看向小猫：“小猫，他是谁呀？”

“老公”这个身份在苏小猫心里还没形成，她那鱼目混珠的毛病又犯了，口快道：“熟人。”

唐劲盯了她一眼，很凶的一眼，意思是：想死吗？

苏小猫迅速认识到了错误，冲小林补充道：“一起睡的那种。”

小林：“……”

跟她在一起混久了，大概也知道苏小猫这人对私人生活真真假假的态度，小林随即冲唐劲笑笑，算是打了个招呼，就走了。

唐劲生出一些微怒，辨不清是对谁的怒意。

“你跟我来。”

“干吗呀？我还在工作。”

“你还有同事，这里不差你一个。《华夏周刊》养这么多人，不是为了在这个时候让你替他们牺牲。”

“放开我啦，我的事我要自己做完的，不能丢给别人。”

唐劲不由分说地拽着她往前走。

苏小猫的手机忽然响了起来，她的本事倒是不差，一边跟他挣扎着一边还能腾出一只手来接电话："丁总？是，我在现场，今晚的稿子我再过半小时就给你……"

电话没讲完，被人夺了过去。

苏小猫的声音顿时尖了三分："喂！"

唐劲死死抓住她的左手不放，将她拖进电梯时对电话那头也没客气，声音很冷："丁总，你不在意你的下属是否有过劳死的风险，我很在意。"

说完，男人"啪"的一声挂了电话。

他将电话递给她，声音不容置疑："关机，今晚不准工作。"

苏小猫两眼一瞪："媒体记者最不能做的就是关机，这是职业操守。"

"好。"他从善如流，退一步，"打电话回去，告诉你的上司，你今晚做不了，让他换人。"

"……"

苏小猫扭捏了半天，憋出一句"这怎么行"。

唐劲看着她，看出来了，苏小猫对丁延，大体是唯命是从。

丁延这个人，脾气暴烈，风格独断，但在对苏小猫的呼来喝去上，却是无往不利，原因很简单，他教给苏小猫的东西太多了，多到让苏小猫心甘情愿将心里的一块地方腾了出来给他。是上下级，也是师徒，在更多的方面，更是价值观一致、并肩一起走的战友。唐劲知道这种关系很麻烦，尤其是在一方有心利用另一方的时候。这是一种完全成型的成年人与成年人的关系，彼此成熟了，旁人进不去。

"苏小猫。"

他叫了她一声。

他很少连名带姓这么叫她，每每这样叫了，那就意味着，两人间的谈话多少会有一些沉重。

"我不介意你对你的公司、你的上司，以你的方式进行效忠。但我很介意，你的这一种效忠里面，将家庭、将我、将你自己的健康也一并牺牲进去。你明白吗？”

苏小猫看了他一会儿。

唐劲同她谈话，总是习惯留三分余地，给她留足后路。犹如看旧戏，锣鼓未响，剧本已在他心里。就是这样一个人，这会儿不再留余地了，将话挑明了跟她讲。苏小猫了然，唐劲是将他在唐家的一面拿出来了，这一面的唐劲一出来，大部分人都是要败给他的。

“好嘛，今晚我休息，让他们换人过来跟新闻。”

她勾住他的颈项，软软的一个人挂在他身上，把向他示好做足了：“不生气了吧？干什么呀，脸色这么凶。”

阵前何人敢逞凶

Chapter 08

苏小猫不肯离开酒店，心里那道“坚守现场”的警戒线始终拉着，唐劲做了让步，直接在这家酒店开了一个房间。

刷卡进门，唐劲将人推进浴室，挽起袖子作势就要脱她衣服。苏小猫双手护胸，向后一跳三步远，瞪着他：“我四天没怎么睡了，这时候干这禽兽之事，你太过分了啊。”

“你是不是脑子有病？”

唐劲扫了她一眼，嫌弃得很：“我口味没那么重。你身上脏成这样，送给我我都不要。”

他将她推进浴池，放满一缸水，又把浴室内的沐浴露肆无忌惮地往浴缸里倒了半瓶。苏小猫看着他，惊为天人：“我还没脏到这个地步吧……”

唐劲冷笑：“苏小姐，不要低估你搞事的水平。”

要不是眼前这位是他自己选的老婆，他简直不想认她。方才在走廊上拎起她的衣领时，那粘腻的手感让唐劲确信，这家伙连续作战四天，根本没洗澡，拎出去往太阳下一晒都要馊了。

他站在浴池旁，双手环胸，居高临下：“你要自己洗，还是我帮你洗？”

“当然……不劳烦你了。”

唐劲盯着她被水浸湿的身体，忽然不那么想走了。

苏小猫泼了他一捧水，将他的裤脚管打湿了一块，把他的恶念打消在幼苗阶段：“你出去呀。”

难得她还有要收拾自己的觉悟，唐劲没再搞她，带上浴室的门走了出去。

苏小猫擦着头发走出浴室时，舒服得伸了一个懒腰。

酒店侍者从房中走出来，推着餐车出去，见到她，鞠躬致礼。苏小猫嗅觉一流，顺着客厅传来的香味走过去，只见餐桌上已经放了满满一桌晚餐，精致剔透，唐劲对美食的品位向来经得起考验。

“雪中送炭，朋友，你真是我苏小猫的朋友！”

苏小猫感动得都词汇量都贫乏了。四天了，她靠矿泉水和快餐已经过了四天了，几乎都没吃饱过，精神又时刻处于高度紧张的状态，以至于她都不感觉饿。这会儿意志陡然放松，才发现身体早已不行了，又累又饿。

“还不过来？”

唐劲正给她杯子里倒牛奶，示意她先过来喝：“站在那里干什么，你是傻了吗？”

苏小猫二话不说，拉开椅子，迅速就位。

食物面前，她太感动了，拿出了平日里很少会有的诚心：“神啊，谢谢你赐予我食物。”苏小猫这信仰信得三心二意，平时从不见她求神拜佛，但关键时刻总会说那么一两句感谢的话，也不知道她这么信下去能不能感动什么神。

苏小猫在那边势如破竹地吃饭，唐劲在这边伤筋动骨地心疼。

“最近本事了啊，工作这么拼命。”他语气不善，“连家都不回了？”

苏小猫吃饭吃得把头都埋进了碗里，声音是从碗里闷声闷气发出来的：“以前也拼啊，赚钱这回事什么时候能不拼了！”

唐劲“哦”了一声，语气凉凉的：“就是说，以后也要一直这样了？”

苏小猫顿了顿，没说什么，继续吃饭。

当她扒拉完一碗饭后终于放下碗，道：“你明明知道，现在这时间点和以前不一样。”想了想，她又补充道，“和以后大概也不会一样。”

“为什么？”

“不拼一把的话，公司搞不好就是别人的了。”

“……”

唐劲正在给她盛汤，像是没想到她会说出这么有战略高度的话，一时愣了一下，回神后提醒她：“苏小猫，《华夏周刊》不是你的，自会有管理层考虑这些问题。你做好分内的事，其他的，何必庸人自扰。”

“不是啊，我从来没有这么想啊。”

苏小猫啃着一只鸡翅膀，五星级酒店的烹饪水准经得起考验，一只鸡翅膀就将苏小猫的热情都调动起来了，和唐劲不疾不徐的样子形成文野之分。微妙的是，苏小猫说的话却不大而化之，细细听，才会发现她的高度是需要旁人很努力地够一够才够得上的："法律上，公司的归属权属于股东；感情上，这个地方，是属于这里养活过的、我们每一个有良心的人。"

唐劲了然。

"你不喜欢金中资本。"他有些了悟，补充道，"你也不喜欢钟文姜。"

苏小猫笑了。

"谈'喜欢'两个字，对象错了。我不是主动的，我是被动的。"她喝着牛奶，幽幽地看着他，"对方是强行闯入的陌生人。对陌生人，大部分人都不会喜欢。"

唐劲明白，这已经是苏小猫相当不喜欢一个人的表示了。

对陌生人，苏小猫从来没有评判的兴趣。讲话讲七分，半真半假，不伤大雅。她是那种能做朋友就绝不做敌人的性格，和她做朋友让人非常舒服，再做下去就是两肋插刀的关系。就是这样一个苏小猫，此刻对他直言不喜欢，唐劲就明白，她的"不喜欢"里已不仅仅是讨厌了，还有反击、攻守、人若犯她她必犯人。

"其实每个人，都有你看不见的样子。"

也许是不希望她因公事而有负面情绪，唐劲开导她："就拿钟文姜来说，她也有你无法想象的一面。她父亲过世的时候，她只有二十六岁。那么大的家族，夺权的人这么多，她只能靠她自己。这还不是最痛的，最痛的是她父亲并非死于疾病，而是死于私立医院的贪婪；医生为了多赚钱而做了不必要的手术，伤到了原本没有问题的器官，最终数病齐发，酿成了悲剧。"

苏小猫一边喝着汤一边听，听到最后汤也不喝了，长长地"啊"了一声。

唐劲知道，她心软了。

“所以，不要轻易地对陌生人产生负面情绪，令你自己不愉快。”他摸了摸她的脸，他喜欢见这一张脸上有笑容，“金中资本和《华夏周刊》之间的事，本质上而言，只是一件最寻常不过的商业事件。商场上的战争，无论输赢，都有规则。为这样一件公事而动了私情，甚至令自己透支，就太不值得了。”

苏小猫小口小口地喝着汤，不说话。

唐劲一笑。

他明白，苏小猫的心软一开始都很矜持。这是个心怀善意却又不愿意让旁人看出这一份善意的女孩子，矛盾又羞涩，没有太多人会懂，她也不要人来懂。

唐劲拿起手帕擦了擦她的嘴角，冷不防用力一抱，将人抱在腿上：“吃完了吗？”

苏小猫跷着二郎腿，大爷似的眯着眼，眼角带笑：“怎么，要来献殷勤呀？”

唐劲的回应是直接拦腰抱起她，走去卧室放在了床上。

“好好睡一觉。”他道，“不要再想公司的这件事，知道吗？”

苏小猫看了他一眼。

原本她一腔热血，战斗的激情都被丁延调动起来了，誓与公司共存亡，团结一致为明天，明天会更好。但今晚唐劲跟她讲了那番话之后，苏小猫都听得见她的一颗心软软地塌下来的声音。女人不易做，女人之外岂负有他，钟文姜也是女孩子，苏小猫对她讨厌不起来了。这真是糟糕，唐劲要让她做一回叛徒了。

她被他哄着躺下去睡觉的时候，忽然想到一个问题：“你怎么知道钟文姜的那些事？”

“你当过狗仔，你来问我？”男人掐了掐她的脸蛋，“报纸上都写过。”

苏小猫反应过来了，“哦哦”了两声，打了个哈欠钻进被窝迅速睡着了。

2013年，深冬，暴雨，一个年轻女孩跪在“半岛”独栋别墅前，表情静定。

唐劲开车回家时，看到的就是这一个场景。

他坐在车里，看了她一会儿。

他当然知道她是谁，也知道她来这里的目的。事实上，在此之前，他已接到她的好些电话。他并不想和她扯上关系，婉言拒听了电话。他唯一失算的是，她的毅力和决心。暴雨中豁出去一次，不要自尊不要命地等一个人。钟文姜含锋带血的做事方式，他自此领教了一回。

他知道，她当下的境况不太好。

父亲病重，表亲夺权，商界的金中招牌摇摇欲坠，债权人上门，冻结资产，拍卖变现。她无力阻止，也要阻止，谁叫她是钟家唯一的大小姐。大小姐三个字，在她二十六岁之前意味着锦衣玉食，二十六岁之后意味着亡国之前的最后一任继承人。

亡国的滋味不好受，她才二十六岁，承受不起这巨大的家族之殇。横竖都是一死，临死之前，护家族荣光一次，她无憾。

阴错阳差，这荣光，此刻就在唐劲手里。

他有些头疼，在车里扶着隐隐作痛的额头。

他一生最不喜意外，尤其是横祸般的意外。人是有“命运”这一说的，他信这个，但当“命运”太违背他的意志时，他不可避免地像一个寻常人那样，生出些不愉快。

他甚少参与高价拍卖会，半个月前为了一件东西而亲自前往，实属事出有因。唐家二公子势在必得的东西，不会失手。就在那一场拍卖会上，他砸下重金，竞得一栋被称为“东方维纳斯”的建筑别墅。他的生命里有一个参与感极强的人，而那个人对这栋别墅赞赏有加，唐劲对这件礼物的势在必得，从那个人口中讲出一句“要说欣赏的建筑，‘东方维纳斯’可以算一件”就开始了。

拍卖会的法律程序他非常清楚，能拿到这个位置公开拍卖的，都是在法律关系上明白无误、绝无后患的物品。然而让他没有想到的是，法律之外还有人情，钟文姜这一回就只认人情、冲他来了。

“东方维纳斯”别墅建筑，出自钟文姜祖辈之手，钟家祖宅，只此一栋。

钟家的荣光，都在这一栋建筑当中了。

唐劲无奈，打开车门下了车。

他走到她身前，没有弯腰，只将手中骨节分明的黑伞往她上方移了一些。暴雨中，他声音清冷：“钟小姐，希望你明白，我买‘东方维纳斯’，过程完全合法。数十亿资金当场履约，你想要回它，该找的不是我，而是将它抵押拍卖的债权方。换言之，若我不想对你让步，我对你，是完全没有让步的必要的。”

钟文姜伏地行大礼，生死关头，仍奋力一搏：“我不会不自量力到要您将它归还给我，我只斗胆请您给我一次机会，不要将它卖给他人。数年之后，我定将从您手中将它买回，到时候的价格，您随意开，我绝不反驳。”

唐劲揉了揉太阳穴。

他极少跟年轻女孩交手，拿不出在唐家事不厌精的那一面，那一面的唐劲不出来，剩下的这个唐劲，会很容易心软。

“钟小姐，我想你误会了。我不是拿它来做投资，转手卖给他人。我也不是自住，或者收藏。”他明明确确地告诉她，“我买下它，是作为礼物，拿来送人的。所以我是不可能将它卖给你的。”

她抬头，眼中生出一丝希望：“您将送予的那个人，我去求，有可能答应我方才的要求吗？”

唐劲没有给她希望：“以我对他的了解，没有这种可能。他要的，绝不会让给他人。”

钟文姜当即跪在地上，头深埋下去，几乎磕到他被雨淋湿的鞋：“那么，我还是只能求您了。”

唐劲这下是真头痛了。

她这是讹上他了还是怎么的？他只不过是买了一件礼物来送人，真金白银花下去了，这会儿她以她家的悲剧来试图让他感动，回心转意放弃，怎么可能？他顶多能理解，但绝不会感动。他是唐家的人，论悲剧，论危险，哪一个比得过唐家？

他弯下腰，试图将她扶起来，他没有受人跪地的习惯。

“你先起来……”

话还没说完，右手滑过她的额头，他停住了。

暴雨中，她浑身滚烫。他一愣，一个忍受着高烧侵袭的女孩子，还有那样的毅力对他奋力相求。他看着她，明白了，这完完全全是一个只为家族而活，不顾自我生死的女孩子。

她望向他，逻辑和意志丝毫不受高烧影响，对他展现了惊人的生命力：“我会永含希望，来对您相求。所谓希望这回事，从来不是在顺境中会有的，而是在绝望中才有的。点一支寸金烛，甚至只是半截檀香，于我而言，就是暗夜中有光。”

既硬气，又任性，她是将男儿心和女儿身，一并负责了。

唐劲一把将她扶起来，脱下大衣穿在她已经湿透的身上，替她打着伞，第一次对一个女生让了步：“你跟我来。”

“……”

她踌躇，不敢。

他将手中的伞放入她手中，见她不跟上，他也没有折返，径自先进了屋，留下几句话：“不要让自己倒在我这里。你的对手不是我，而是那些让钟家落到如今境地的人。”

钟文姜握紧了手里的伞。

身体高热，心境澄明。

他给了她一条生路，这一份情意，她自此欠下了。

她一夜好睡。

醒来时发现额头贴着降温贴，她撕下来，摸了摸额头，已经没有了热度。床头放着一杯清水、两颗药片、一张便笺。白纸黑字，劲秀的字体跃然于上：醒来记得吃药。落款“唐劲”两个字，一笔落成，落进她心里。

她吃了药，喝了水，拿着水杯走出去。

露台有好风景，依山傍海，放眼远眺一片深蓝海水。雨过天晴，一旁的壁炉生着火，幽幽燃着，将这冬日的一角覆上了一层暖意。

她放下水杯，向他鞠躬：“药已经吃了，谢谢您。”

“高烧退了吗？”

“已经退了。”唐家的人事关系，她多少有些耳闻，问了一声，“是邵其轩医生给我开的药吗？”

“呵，他身价贵得很。唐家请得动他的，没几个人。”

她一愣，没有反应过来。

唐劲正一手拿着颜料盘，一手拿着画笔，在一幅油画前画着什么。这会儿停了下来，看了她一眼，笑了下：“你放心，你只是高烧而已，所以我没让邵医生过来，这点程度我还是可以应付的。”

她有些担待不起。

虽然后来她才明白，所有的感情也都是从这担待不起里开始的。

只能再一次向他致谢：“谢谢您照顾我。”

“如果你要感谢的话，不妨过来帮我一个忙。”

“什么？”

他没有解释，示意她过去。

钟文姜走过去，停在他身旁，这才发现他正在画的一幅风景画，当中的主角赫然正是“东方维纳斯”。

他拿着油画笔，有些不好下笔的无奈：“对它最了解的，是你。我只见过它一次，凭着印象画的，有些细节记不清了，如果你能帮我指正，那就再好不过了。”

她有些动容，又不解：“您为什么要画这个？”

他对她一笑，话里带着弦外之音。

“准备买来送人的礼物又被原主人要了回去，钟小姐你的麻烦解决了，我的麻烦就来了。不拿出点诚意送一份相似的礼物，我今后的日子，恐怕不会太好过。”

钟文姜听懂了。

他这是答应她了。

她迅速地眼眶一红，对他弯腰鞠躬，把今后人生的情意都谢进去了：“两年。只要两年，我一定……以高价从您手中买回祖宅，必不负您今日肯让它留在您手里的情意。”

唐劲伸手一扶，又收回手。没有将她扶起，意思却在里面了。

或许，这就是他令她记得很久的原因。

与人交际，总保持礼貌，你需要时他会对你好，扶你一把，又适时地抽回手。这样一个男人，他恼或不恼，喜或不喜，都令人不易知。他是最好相与，也最难深交。她想了解，她想知，于是她就被吸引了，深陷了。

一人作画，一人指点。繁复的一幅油画，渐渐有了巧夺天工的样子。他事无巨细，耐心极好，似乎只要这幅画完美，他怎么样都可以。

她起了私情，大着胆子问了一声：“您想送的人，是女友？”

他顿时就笑了。

“我没有女朋友。”

“……”

他没有隐瞒，对她直言：“是兄长。”

她“哦”了一声，拖长了尾音，好似是不明白，人世间竟还有这样一种长兄之情。文明修身，至情至性，兄弟之间各安其位，又生死可交。兄长一句话，就勾起了唐劲对这句话的势在必得，唐劲对兄长，岁月无改移。

这样一个男人，势必让她记很久。

2017 年，深秋，秋雨不停歇。

钟文姜撑着一把黑伞，站在一栋别墅前。

她拂开些伞，抬头望去，雨中的“东方维纳斯”恢宏不改，经年的风雨令它身姿更挺、更沉厚。

常年守在这栋别墅里的管家打开门，垂手站在一旁，没有出声，静静等着她。

老管家跟了两代钟家人，从上一代到这一代，亲眼见证了两代人的不同，上一代人垮了，这一代人起来了，为人处世的态度也完全不同了。

钟老先生将这里当成常住之地，在这儿度过了整整一生，感情太深，以至于随它的命运一同沉浮，昔日“东方维纳斯”被拍卖的那一天，老先生一病不起，不久含恨过世。如今的钟家大小姐却不是，一个普通人活一百年才可能经历的动荡浩劫，她在人生前二十六年里就完全经历了，如今她正好三十，而立之年，已拿得出一份极其清冷的态度来对待眼前这栋荣辱共存的象征。老管家明白，只有她有心事了，需要好好想一想时，才会来这里。

钟文姜进屋，老管家说了一声“我来”，将她手里的伞接过去。

客厅敞亮，旋转楼梯的中央墙壁上挂着一幅油画，出自她之手，是一幅她见过他画的、一模一样的画。没有人知道，四年前她从唐劲那里回来，凭着记忆就画了这一幅油画。

这算不算是在想念什么呢?

不知道，不明了，不敢想。

她只是下意识地想留住些什么。比如那一晚露台的好风，那一晚壁炉的温暖，还有，那一晚站在她身旁同她谈笑的人。

他说：“但凡一种力量发展到一个比较壮观的地步，总会走入凶险的境地。这所谓凶险，并不一定由此得死，也可能由此得生。”

他说：“就金融而言，一夜成名，或者，一夜崩溃，都太正常了。如何从一个崩溃的体系中跳出来，向更开阔的文明体系完成转型的惊险一跃，才是你这一位钟家最后的大小姐应该考虑的。”

他说："凶险固然令人害怕，但恐惧到不能动惮的地步倒还不至于。人最凶险的一刻在于'不敢'，而不是'不做'，一旦'做了'，做事都来不及，哪里还顾得及凶险。一个人的眼光要放得大但不能放得太大。不放大，会吃闭关锁国的苦；放得太大，会吃强权野蛮的苦。"

他说："当下没有答案的事，历史中的答案还少吗？古埃及是这样，古印度是这样，古巴比伦是这样。如今，你们钟家，也是这样。普通人要经历一百年才会有的动荡万变，浓缩在了你仅仅二十六年的时间里。"

他在那一日送她回家的时候，在车上告诉她一句话："钟小姐，钟家如今的局面，用好了，就是用二十六年的时间活出了人间百年。"

原来，这就是唐家的男人，该有的样子。

他教会她从来没有人教过她的事，他教的事非常强悍也非常血腥，第一要义就是要会杀。兵不血刃地杀，心性狠绝地杀，得了生要杀，败了更要杀，所有的血路都是杀出来的，不是哭出来的。这就是有礼有节之下，真正的唐劲。

"小姐。"

老管家在一旁叫唤她，连唤三声，都没有唤醒她。老管家踌躇着，又唤了一声，钟文姜这才从失神中惊醒，敛了下神，问了句："什么事？"

"公司方面，又来电话了。"老管家大概也是明白发生了什么事，又多说了一句，"公司那边很急，说舆论扩散了，对我们很不利。"

钟文姜点点头，神色很淡："我知道。不用多讲了，你先出去。"

"哎，好。"

老管家离开后很久，她都没有动。她在这栋屋子的客厅沙发上慢慢坐了下来，随身掏出一颗纽扣。

一颗复古金属扣，扣面上刻着一朵黑色四瓣玫瑰，玫瑰下方坠着一颗玉石。

这是唐家独一无二的家徽。

两年前，她在这栋屋子里无意中捡起它的时候，看了一眼，当即明白，这是唐劲的。怕是他当日买下这栋祖宅来这里的时候，从他衬衫上掉下来的。

钟文姜闭上眼，将金属扣握在掌心，觉得痛苦。

父亲曾讲，祖宅是有灵性的，能留在祖宅中的人，一定是会在钟家占有一席之地的。她不信“灵性”这回事，两年前从他手里高价买回时，顿觉此生情分就此了断，谁料这里还留下了他的细节，令她得到，放入手中舍不得扔，那情分就生生扎了根，走不了了。

她沉默良久，拿出了行动电话，拨下一个号码。

唐劲的私人号码。

电话打了三次，都没有人接。她不死心，再打，第五次，天不负她，终于接通。她深吸一口气，没有让他有开口拒绝的机会，将话都堵死了：“您说过，您不插手的。”

“……”

电话那头没有声音。

沉默是一种什么样的关系？无所谓，如果沉默也可以是一种关系，那么她不介意和他之间有。

“关于我父亲如何会病重而亡的，我没有告诉过别人，只在四年前的那一天，与您聊时谈起过。除了您之外，没有人知道这件事。”

她的手里拿着一份周刊，《华夏周刊》四个字，气势恢宏，好似一个战败也不肯服输的对手，要在最后关头奋力一搏，同归于尽。

封面头版头条，黑体加粗的标题字触目惊心：《四年吞并八家私人医院，金中钟文姜为父报仇不晚》。此专题一出，媒体疯狂转载，舆论甚嚣尘上，一时间钟文姜公报私仇的新闻事件被推向风口浪尖。无数记者开始跟踪报道，这些年金中进行的商业并购有多少掺杂了钟文姜报仇的私欲。媒体想象力丰富，瞬间联系到了当下金中正对《华夏周刊》发起的恶意收购案。深挖之下，渐渐有人站出来证实，钟文姜只对传媒界中《华夏周刊》这一家动手，原因在于《华夏周刊》一年前报道的一宗并购交易内幕伤及当时的并购方金中，钟文姜为此巨亏数十亿，此仇不报，非钟文姜。

她看了一眼作者栏：苏洲。

呵，久闻不如一见。苏小猫小姐，手中一支笔，即可掀起滔天巨浪，扭转乾坤。

而帮她这一把乾坤的人，除了唐劲，不作他人想。

她的声音瞬间沙哑："为了您太太，您终于还是插手了。"

她在一刹那有了滔天的委屈，心里扛下了一份太大的情意："如果我告诉您，这件事您错了，不值得呢？"

电话那头沉默良久，久到钟文姜以为她和他从此以后只会这样了，耳边忽然传来一个声音。

这个声音，沉静屏息，大将之风："钟小姐，久仰。我是《华夏周刊》苏小猫，你应该听过我另外一个名字。就是写你这篇新闻的人，苏洲。"

唐劲洗完澡，擦着头发从浴室出来的时候，在浴室门前被人挡住了。

苏小猫正斜斜倚靠在门前，站也没个站法，双手环胸吊儿郎当地看着他。

唐劲一阵无语，指指后面的浴池："你要进去洗？"

她没回应，似笑非笑地盯着他不放。

唐劲只当她又没事找事，擦着头发跨过她走出去时，苏小猫伸腿一拦，将他拦在了单腿之外。

"……"

她这个动作做得利落干脆，好似雪夜提刀拦敌，终于被她阻截，刀剑都在她手里，下一秒她就会动手。

唐劲沉吟，看着她："出什么事了吗？"

她勾起一抹不明所以的笑，笑意很深，近乎邪气，从左手中抽出一部行动电话。

唐劲的私人行动电话。

她拿着电话晃了晃，顺手抛给他，动作漂亮。她开口，提刀劈开一道血痕："钟文姜小姐找你。"

这句话从她口中说出来的时候，唐劲正接住她抛来的电话，听到这句话的时候愣了一下，但手也没松，稳稳地拿住了手里的电话。

这一个细节全数落进苏小猫眼里，她嘴角一翘。眼前这个男人心性这么稳，若不是为人坦荡，就真的是心思缜密，很难应付了。

她玩味开口，算是给他交代："她打了一整晚你的电话。不晓得这个陌生号码是她，我替你接了一个。"

她把腿放了下来，算是今晚放他一马，眼色很深，不怀好意地笑："钟小姐认定你作了恶，你今晚不会太好过呢。"

说完，她一笑，转身准备离开。

一个男人将一个女人弄得伤心了，她无意参战，作壁上观是上策。苏小猫的好战是很挑剔的，近乎洁癖。对公事、对公道、对公理，她好战，且绝不手软，以文字做刀，空掌都敢上战场。但对另外一些，比如感情、男女、人心，她绝无兴致提刀一二。感情没有对错，黑白不明的战场，苏小猫敬而远之，收鞘离场。

可在她转身之际，被人一把拉住了右手。

她微微侧身，没有看他，不怒不喜，只反问："怎么？"

唐劲一寸寸收紧和她之间的距离，用力握住她的掌心不放，禁锢了她所有想离场的意图。

他开口，语气清冷："我今晚好不好过，不取决于钟文姜。"

他忽然用力，一把将她带回身边，按向胸口对她诉衷肠："只取决于你。"

书房。

唐劲的书房非常有灵气，茶室与书房连为一体，一案、一花、一席地，落地窗透出去，大千世界尽收眼底。他可以朴拙地优雅，也可以出入江湖凭自在。

苏小猫盘腿跪坐在茶桌旁，目光落在一旁的花瓶上。白色瓷器的小花瓶，精致非常，里面插着一枝铃兰。碧绿和白色相间，洗净红尘。是吗，红尘也是可以洗净的吗？苏小猫一笑，伸手抚过其中一朵白色香花。

被她抚过的小花朵左右晃悠了一秒，落下一朵来。她伸手捡起来嗅，伸舌一尝，姿态风流。苏小猫的风流态全然是细节，不出一声，不着一字，占尽制高点。

唐劲心神一晃，恍然顿觉眼前这人不是“苏小猫”，这分明是“苏洲”。

她拿出了兵来将挡的一面，对阵当前，全然是闻名业界的名记苏洲。

唐劲端来一杯茶，放于她面前。

茶香非常，寂静清幽，苏小猫垂眼望去，茶水中央正竖着一片嫩茶的根茎。据说，茶水中有根茎竖浮，就会有好事发生。苏小猫嘴角一翘，不愧是精通茶道的唐劲，自他手中的作品，皆是上品。

她端起来喝了一口，放下时盈盈一笑：“茶水和茶杯，是很妙的关系。把茶杯喝空，就让它空着；但当茶水半满时，却恨其半空，总想把它倒满或喝完。”

唐劲点点头：“是这个道理。茶是这样，人的秘密也是这样。”

他在她对面坐了下来，同样盘腿跪坐。两人之间隔着一桌、一花、一杯好茶，两生心思。他替她把话说完：“心里的秘密，不被人知晓，一切无恙；被人知晓了一点，又不是全部，总令人生出些恨意来。”

苏小猫放下茶杯，姿态风流。

男女之事，她有心放他一马：“你的秘密事关《华夏周刊》，我必须过问一二。其他的，事关你和钟小姐，我绝不过问。”

“如果我不准呢？”

他看着她，为她的置身事外而陡然低沉了声音：“如果，我一定要你过问呢？”

“好啊，如果你敢的话。”

她直视着他："在这之前，我要谈的，只有事关《华夏周刊》的事。"

公私分明，先公后私，这是一种相见的方式，令他得以与一笔惊天下的名记"苏洲"相见。

她没有给他太多思考的时间，一开口，就是楚汉之争："钟小姐指责你对我泄露了她父亲过世的真相，认定你是徇私帮我，制造舆论偏向《华夏周刊》。这一点，暂且不谈。我要谈的，是我在这件事上的立场。"

她拿起茶杯刚想喝一口，却见茶杯底已空，方才竖浮在茶水中的嫩茎此时已安安静静地躺在了杯底。苏小猫放下茶杯，问："还有没有茶？"

"已经很晚了，不要多喝。"他知她今晚心事很重，是他的责任，"茶喝多了，一样会醉。"

她眉睫微动，心里有话，终究不语。

不醉的人生固然很好，但有没有想过，还有一种人，醉了自己，是为了能从另一种醉意中清醒过来？

她终于让了步，放下茶杯："那就给我一杯纯净水吧。"

唐劲看了她一眼，欲言又止，点点头，站起来走了出去，再回来时手里多了一瓶纯净水，刚从冰桶里抽出来，嘶嘶冒着冷色的雾气。

他刚要往她茶杯中倒，被苏小猫一把制止了，她从他手里拿过水，仰头直接喝。

她对他笑道："我不是大小姐，没那么多规矩，喜欢做事爽快一点。"

唐劲一把抓住她的右手。

他居高临下凝视她，声音很低："不要这样子跟我生气，好吗？"

"我有吗？"她挣开他的手，灌下去一大口冰水，"我不是大小姐，我是苏小猫，或者是苏洲，这是事实。"

人间男女，为感情，苦奔忙。

她不要这样，大好人生，辽阔天下，都等着她去闯。

莫名生出一些烦意，苏小猫的耐心一点点消失，她拂开他的手，放下纯净水，声音里有不含情的清冷："钟文姜对《华夏周刊》的恶意收购，我们是一定不会束手就擒的。告诉钟文姜，舆论的力量，我们是行家，她对金中的资本实力有信心，我们对《华夏周刊》利用舆论的力量同样有信心。丁总的指示是，从钟文姜昔日的工作范畴中找到道德漏洞，为我们争取有利的立场。我不认为丁总的这一个指示有错。那天你对我说了关于她父亲的事，我没有有心利用的意思，只不过是在后来执行指示时忽然想起这件事，进而去查，而查出来的也都是事实，被钟文姜收购的私人医院皆是和她父亲当年过世的医院、医生、高层有关，而这些人，在她收购之后全部遭到了开除和业内封杀。我写那篇报道，没有扭曲事实，是符合新闻人客观、公正、公平的态度的。"

唐劲扶额，点点头："我明白。这件事错在我，没有弄清楚她父亲一事，告诉了你，也是无心的。我和你两个人的无心，站在她的立场，就是有心了。"

苏小猫一笑："心疼吗？愧疚吗？"

唐劲皱眉："不要乱说。"

她笑容渐收："你心疼你的，你愧疚你的，不要拉上我。"

唐劲脸色微变。

苏小猫的心，硬起来可以是很硬的。分寸之间，她已做了决定："明天我去公司找丁总，会向他说明这件事。我会申请撤稿，友情媒体单位已经转载发布的，我们也会请他们撤回，将这件事的影响降到最低。你这个情，我不欠；钟文姜的这点不齿行径，我也不屑利用，还给她。我，还有《华夏周刊》，要守住我们要守的，不差你这一份情。我们会想其他方法，守住我们想要守的。"

有她在军中，阵前何人敢逞凶。

她是苏小猫，她也是苏洲。

商业竞争是一场有节制的对抗，东西方商业文明的分野在她身上立见高下。有西方"为达目的万骨枯"的流血精神，也有东方"为道义退兵百里"的儒家风骨。这样一个人，何其矛盾，又何其不易。胸中一团火，自己兜头一盆水，水火不容，水火都在她身上。

也不知夜深人静时，她是否也会对月伤心。

唐劲忽然一把将她拉起，按进怀里，用力抱紧。

“你这些话，我一个字都不要听。”

他在她耳边低语：“你在和谁划清界限，和钟文姜，和我？和其他人，我不管；和我，不行。”

接下来的整整一周，唐劲都没再见过苏小猫。

打她电话，她不接；再打过去，她直接拒听。她拿出了“苏洲”的气魄，又拿出了“苏小猫”的任性，唐劲拿她一点办法都没有。

久违的失眠开始困扰他，夜深人静时他拿起商业周刊，一一翻看。果不其然，关于钟文姜和私人医院之间的恩怨报道已一夜之间全数不见。唐劲将周刊扔在一旁，看着床上空荡荡的另一半，明白苏小猫把时间都花在哪里了。

那一晚，他强行要留她谈，却在下一秒猝不及防被她咬了一口。

她咬得很用力，他没有防备，瞬间松了手，这就被她有机可乘了。

她留下一句话：“你这位好朋友留给我们的麻烦，真是够可以的。”

说完，她转身就走。当他去追时，只听见门外传来一声跑车引擎的发动声。好车到了她手里，真正发挥出了应有的风流，一声轰鸣，疾驰而去。苏小猫不常开车，但一旦坐进驾驶室，单手都能把车开成一个风流态。

唐劲站在门口，望着一骑绝尘而去的身影，头痛得扶额。

他就知道，她不肯好好谈一谈，一旦放她走，再想抓她回来谈就难了。苏小猫岂会是任人揉捏的人？

金中和《华夏周刊》之间的战争，随着苏小猫的一篇报道发出又撤回，两者间的矛盾进入白热化阶段，进程胶着。钟文姜动用了近年来少有的巨额资金，誓要将标的夺到手，而且再次放出声明，是要全盘接手《华夏周刊》，而非接手其中之一。丁延也不是任凭挨打的主，在公司成立了指挥部，率领精英团队通宵连续作战。

苏小猫多年记者生涯练就的直觉和眼光，在这一刻发挥出了强大的生命力。她调出《华夏周刊》全部控股与被控股关系，将焦点对准了《华夏周刊》多年前成立的一支扶持实体经济的基金。经过多年运作，此基金已控股多家实体经济制造业公司，正进入收获期。丁延嗅到了一丝牢笼挣扎突破重围的血腥味，当即一纸上书，以“野蛮人曲线入局，恶意破坏实体经济”的罪名向官方发出对金中的回击。隔日，苏小猫发表头版头条报道，配合丁延的回击直指钟文姜对《华夏周刊》的收购是醉翁之意不在酒，而是野蛮人入局抢夺实体经济资源的恶劣行径。

此报道一出，震惊业界，舆论哗然。

这一意图要比苏小猫之前揭露的私人恩怨更严重、更令人发指。这关系到了中国两大经济体系：实体、虚拟之间由来已久的矛盾。换言之，这已不单是两大公司之间的战争，而是中国两大经济形态之间的一次正面冲撞。全中国所有的企业都在一夜之间被牵扯进了这一场战争中，每一个企业家内心都有这样一个不安的疑问：在当今中国如此强势的资本介入之下，下一个被掠夺的会不会就是我？

企业界巨大的声援与争议，终于惊动官方。

监管层派出新闻发言人，专门召开新闻发布会，表示官方高度重视此次事件，已成立专项小组，对金中的收购意图开始全面调查。如果金中的真实意图确实存在僭越层控股，插手实体经济制造业发展，那么，监管层一定会尽到责任，保护中国实体经济制造业。

新闻发布会这一天，有两个人受到了传媒的围追堵截。一个是丁延，另一个是苏小猫。

中国企业的并购历史中长久未出现这样一幕置之死地而后生的精彩之举，这两位媒体人用极具商业眼光的洞察力和敢作敢为的魄力，一力打破了中国文人的千年局促与荒诞，向世人展现了千百年来握着一杆笔的书生在跌宕起伏的经济洪流中，所具有的胆量和性情。

比起丁延的老辣与圆滑，一旁的人更显沉稳和低调。

她拿出了“苏洲”的气魄和风度，展现了一个记者功成身退后应有的沉默。这一场战争，战得惨烈，杀得辛苦，这一路走来三步一跪，遍地伤口。

会议结束，仍有大批媒体不肯散去，把守住酒店各方出口。苏小猫有任务在身，与监管层的发言人做一个简短高效的交流。双方皆明白彼此已入了场，这一局，是一旦开始就没有回头路的。三言两语，彼此一照面，很多话都在心里了。

苏小猫收起录音笔，关闭，与她对话的发言人姓周，颇有深意地问了一句：“不用录音了？”

“不用了。”她一笑，笑意深深，“我信得过周先生。况且，和官方打交道，就算录了音，你们要悔棋，我们也不能说不行呀。”

周先生大笑。

“都说和苏小姐打交道不容易，我信了。”

“谢谢，我当这是一种鼓励。”

双方你来我往，谈足半小时。

官方人员的行程一向紧张，半小时一到，立刻有人进来提醒：“周先生，时间到了，车已经在外面等您了。”

周先生起身，对来人吩咐道“再等一会儿”。随即转向苏小猫，笑容有礼：“我有一件事，还请苏小姐随我来，帮我一二。”

苏小猫问：“去哪里？”警惕性简直是每一个记者的本能，时间地点人物，三要素缺一不可。

周先生笑道：“就在这家酒店里。”随即又道，“外面都是媒体把守着，里面还有那么多酒店安保人员，苏小姐，您该不会连在这里都不放心我吧？”轻轻松松又将了她一军。

苏小猫沉吟，随即起身：“哪里？周先生邀请，我自然是要去的。”

两人踏进专属电梯，一路至顶楼景观套房。

周先生刷卡进房，苏小猫迟疑了一下。到底他是官方代表，总不至于在这光天化日之下干出出格的事来，苏小猫胆大心细，兴趣上来了，龙潭虎穴也照样闯，跟着一步走了进去。

套房客厅里走出一个人，周先生态度适意，显然是熟人了，对他笑道："把你老婆带来了，你倒是会占便宜，连我都不放过。"

苏小猫脚步一顿，表情一愣。

当她反应过来时，顿时有掉头就走的冲动。

然而已经来不及了，她刚扭头想走，已经被人拉住了右手。

唐劲一把将她拉回来，声音无奈极了："都这么多天了，你还没气够啊，我们和好好不好？"

苏小猫一把无名之火顿时烧了起来，看都不看他："放开，你卑鄙。"

唐劲反其道而行，将她一把锁在怀里，仗着身高优势将她小小的一个人锁得死死的。他也不想做好人了，她能将他的坏人一面全数勾起来："我这么不容易才把你骗进来，怎么会放你走？"

"无赖，骗子，不要脸。"

周先生在一旁咳了一声，明白此地不宜久留，对唐劲道："你们继续，我先走了。"他摇了摇手，算是再见，迅速带上房门撤了。唐劲喜欢起一个女人来是什么样子，他见了那样子三秒钟就想象得出来，恐怕是节操全无，下限不断被突破。那场面太刺激人，每一只单身狗都活不了。

周先生关上房门前，笑吟吟地往房里望了最后一秒，果不其然，看见唐劲已将人压上墙壁，低头狠吻。

唐劲心里烧着一把火。

他颇有些被人冤枉的郁闷，他能理解苏小猫心里的不爽，毕竟《华夏周刊》已经和钟文姜势不两立，苏小猫身在其中当然会有她的立场，而他这一个钟文姜的"朋友"被她的不爽波及也是可以理解的。但是，讲点感情好吧，一日夫妻百日恩，就算这话基本在苏小猫的认知范围里不存在，但看在兄弟情分上，这些日子他对她两肋插刀、同生共死，苏小猫再怎么样也不能把他晾在一边冷处理吧？

唐劲火气上来了，单手用力，掐住她的腰不肯放，强迫她仰起头深吻。苏小猫双手被他绑着使不上劲，抬脚踹他。唐劲还挺经踹，她踹了几次都没踹动他，西装裤上留下好几个她的球鞋印。苏小猫是个遇强则强、遇弱则弱的主，他对她这么强硬，她心里一把火也被烧起来了，出其不意往他下唇咬了一口。

血腥味瞬间弥漫。

苏小猫这一口咬得很重，使上了国仇家恨的力度。唐劲却没松开手，舌尖一卷将血腥味一并卷入口中，苏小猫瞪大眼，尝到了血的腥味。

十分钟后，唐劲终于放开她。苏小猫一把推开他，抬手擦着自己的唇。抬眼看见他的下唇已经肿起来了，沾着血迹。受害人正惆怅地看着她，语气很无奈："能不能改一改你动不动就咬我的习惯？"

他抬手拭了拭嘴角的血迹，看了她一眼："很痛的好不好。"

"你也知道痛呀？"

苏小猫双手环胸："你的那位大小姐，就快让我们集体换帅大变天了，你来诊断下，是你这点小伤更痛，还是我们更痛呀？"

"注意用词。"

唐劲微微皱眉，一开口就被嘴角的伤口扯得隐隐作痛："什么我的？苏小猫，你这个随意给我安罪名的毛病，我可不会惯着你。"

苏小猫转身就走。

唐劲一把拉住她，语气不善："还有你现在这个动不动就走的毛病，我也不会惯着你。"

苏小猫阴阳怪气地回敬了他一句："是呀，你不会惯着我，哈。"

她现在习惯了这种用词和说话方式，呛人的话说到嘴边刚要冲出口，往往下一秒她就觉得没意思，于是就用一个"哈"字把所有的意思代替了。比如："原来你跟她不是那种关系呀？哈。""原来又是我想多了呀？哈。""你对，你对，你什么都对……哈"。这样的苏小猫让唐劲毫无办法，也让唐劲火大，他看得出她把一颗心严防死守的态度，绝不肯让自己被他伤到一分，不把他给她造成的那点痛苦十倍还回去，她那张八哥嘴就绝不软下来。

唐劲一点点将她拉回来，俯下身，凑在她耳边。

柔情似水的面目之下，声音却是咬牙切齿的："你欠揍。"

下一秒，他就覆上了她的薄唇。

苏小猫瞪大双眼，他就在她这瞪大的难以置信中再一次对她攻城略地。不同于刚才的容她拒绝，这次的唐劲来势汹汹。唐劲的怒意就是这样，全然是无声的，但下手的每一个动作都让她从心底蹿出寒意，从骨头缝里明白他这是要做些令彼此不愉快的事了。

"唐劲！"苏小猫听见衣服被撕裂的声音，"你敢？！"

"试试看。"

他抛却了文明人的理性，露出了属于男人的一面，无视她的抗拒，决定要作一回恶。他对她顺从够了，纵容够了，也被她气够了，现在他要坏一坏，把这些天从她那里收到的冷落用这具身体的热情补回来。

苏小猫骂着骂着，声音就变了调。

这具身体真是悲哀，被他驯服，轻易就从了他。唐劲的手段她见识过，见识得不算少，每一次都令她耳根红得滴血，但每一个下一次他都能有新花样，就像手里拿着一瓶毒药，每次喂她一点，每次都不停喂，喂到她需要的剂量越来越大，就这样对他上了瘾。

苏小猫一张八哥嘴不肯认："滚开，不舒服。"

他音调一变，把骂人的话都变成情话："不舒服？没关系，有了现在的不舒服，才会有等下最后的舒服。"

两人的气息交缠在一起，都听见了彼此压抑的微喘。他在她胸前的肌肤咬出深色痕迹，低声向她引诱："这不叫不舒服，这叫快活。"

苏小猫"嘶"了一声，眉心猛地微蹙。

唐劲顿时停了下来。

苏小猫油滑的手段他见得不少，这家伙是个绝不会让自己吃亏的主，紧要关头可以拿临时创造的谎话去换别人的真心。以前每每晚上他捉住她往床上带的时候，她就开始给自己在道德上迅速放假，演技一流地喊：“你说你喜欢我就是为了和我做这事？你竟然是这种人！”每次他都被她这句正经话吓一跳，想要脱她衣服的那双手也脱不下去了，最后还给她拉好被子，开始盖着棉被纯聊天的纯情生活。

这么折腾大半年下来，他对她的了解也与日俱增。苏小猫的谎话是声色兼备的，眼角飞一记过来都含着五光十色。苏小猫的真话才是不动声色的，波澜不惊之下所有的暗涌都她一人扛。

唐劲迅速放开了她，抬起她的脸问：“怎么了，哪里不舒服？”

她没声音，皱着眉心一动不动。

唐劲方才想要教训她的欲望瞬间烟消云散，他捧起她的脸，她的神色不太好，他看见她的左手按在胃部久久不放的样子，他的手随着一同覆了上去：“胃不舒服吗？是被我弄疼的？”

苏小猫要是道德上再坏一点，这会儿就该来一句“是呀是呀”惭愧死他，但她这会儿是真没力气扑腾了，动了动唇告诉了他：“我今天还没吃饭。”

而现在，已经是下午一点半了。

唐劲的心情瞬间复杂极了，既想揍她又想抱她。

“你这个家伙……”

他拦腰将她一把抱起往房间走：“早饭也没吃？”

“七点的新闻发布会，五点半就过来了，哪有时间吃啊，只来得及喝了一瓶牛奶。”她抚着胃，就算是一颗铁胃也经不起这样折腾，“最近吃的还是昨天凌晨两点，一群同事在公司会议室开完会一起喝了点粥。”

唐劲的火气顿时就上来了，对她的，也是对他自己的：“你们是怎么回事，各个都把自己往死里整吗？”

苏小猫的阴阳怪气又上来了，双手环胸似笑非笑飘出来一句风凉话：“你可以去问问你的大小姐呀！”

唐劲的回应是重重把她丢上床。

苏小猫没想到他真的会一气之下把她像一团垃圾袋那样丢下去，猝不及防凹陷在床上，“哎哟”了一声。

唐劲把她丢了一下之后又后悔了。

遇到苏小猫之后，他的火气常常莫名而来，莫名而走。他以前不是这样的人，他是相当擅长克制的一个人，苏小猫就是他的劫。苏小猫对个人恩怨都比较马虎，对民族大义、大是大非却相当分明，钟文姜踩了《华夏周刊》的线，在苏小猫心里不亚于虎狼强敌，他看得出来，她已经是在拿“战争、生死、牺牲”这一类词在定义她和钟文姜之间的关系了。

他捉住她的腰，将她重新拖过来，抵着她的额头，已经是在央求她了：“不吵了，先吃饭，我认输了行不行？”

“……”

心里有怎样一把含恨的刀，也经不住这爱里求生的一声服软。

这是否就是，多情的悲哀？

一直做一个曾经的浪子多好，独来独往，一身孑然，无牵挂。现在，不行了。

苏小猫沉默着，听见自己放下刀、心软的声音。

唐劲走出去打电话叫了酒店餐饮服务。苏小猫听见他在客厅对电话那边交代：“不要海鲜粥，要小米粥，对胃好一点。不要刺激性的食物，温和一点的。做菜的时候记得不要放姜，这边有忌口。”苏小猫揉着胃部不说话，嘴角却在不自觉中软了下来，表情渐渐柔和。这世间有一个男人将她的小习惯都记在了心里，不那么严格来讲，她已经把这当成“宠爱”的意思。

五星级酒店服务一流，十分钟后一位侍者推着餐车就在房门口按响了门铃。餐车一路被送进卧室，侍者对两人说了句“二位慢用”之后就恭敬地退了出去。唐劲坐在床沿，将一碗小米粥拿在手里，舀了一勺凑在她唇边：“这边的小米粥里放了牛奶，有你喜欢的奶香味。”

苏小猫端过他手里的碗，眼神也没看他：“我没病，没有这套大小姐要人喂的习惯，我自己来。”

唐劲一把捉住她的手：“你这家伙，还真的跟我生气了啊。”

他摩挲着她的手指，动作含情带欲，一点也不掩饰地告诉她：“钟文姜没这个分量，值得你跟我生气。”

“哈。”

“不准这样子，好好说话。”

“懒得跟你说，吃饭。”

“……”

她心里一直憋着一股气。

自从那晚接到钟文姜的电话，得知她和唐劲的关系之后，这股气就存在于她心里了。

苏小猫几乎能想象出那位大小姐和唐劲谈到她父亲的样子，家中父母突遭变故的女生是很令人同情的，苏小猫已经知道了，唐劲帮过钟文姜，帮得不多，只帮了一把，可就是这一把，令钟小姐记了四年都没有消耗完。苏小猫几乎要被气笑了：人家钟小姐还有过父母呢，就这么惹人同情，她苏小猫从生下来就没见过父母她说什么了吗？卖惨这种事，她苏小猫不稀罕。

唐劲的声音忽然响起来：“有一个很有意思的故事，要听一听吗？”

苏小猫捧着碗，仰头大喝一口，没有理他。

这就是同意了。

唐劲嘴角一翘，她生气的时候总是会这样，一点点害羞，放不下自尊，内心住着一个想同你讲话又不肯服输的小孩子。

他没有在意她的态度，对她道：“从前有两个人，分别有一块地，一个人在地里养羊，一个人在隔壁的地里种草。结果那个人养的羊跨过地的分界线，去吃了另一个人地里的草，双方闹起来，这事该怎么判？”

苏小猫还是不说话，眼珠却暗自转了转，她在思考。

唐劲笑了下，告诉她："东方的执法者当然会判养羊的那个人存在过失，儒家思想强调的是'不越界'，坏了规矩，自然就是错。但是西方的执法者存在着另一种角度，它假设这只羊吃了邻居的草，长得更壮了，价钱也卖得更好，而邻居的草因为有羊的消耗，旧草除去，新草不断，也呈现出越来越茂盛的结果，那么这一个结果，就叫作双赢。西方的执法者会劝导双方进行合作，通过最后卖羊之后的收入来按比例分配，实现资源的最大化分配，也实现收益的共赢。"

苏小猫握着勺子的手一顿，米汤洒出来一点，沾在她嘴角。唐劲拿起手帕替她擦了擦，看着她，目光温柔："这其实是东西方商业文明差异的一个经典案例，没有好与坏之说，只有角度不同。钟文姜这一次的收购目标是《华夏周刊》，在收购要约发出之前，我是早已知道的。是她亲自来找的我，告诉了我这件事。我和你的关系她是知道的，所以礼貌上，她先告诉了我一声。我没有告诉你这件事，而你认为我应该说，也是因为我们两个考虑这件事的角度不同。"

他冷不防开口谈了这件事，苏小猫终于抬眼看向他。

唐劲态度坦荡，告诉她："我承认，我在英国多年，后来又去了美国，在那里做了几年事，受西方商业文化影响比较深。我认同东方儒家思想的很多方面，但在商业上，君君臣臣、规规矩矩的思想始终于我有碍，我更认同共赢的思想。钟文姜拿不下《华夏周刊》，证明《华夏周刊》的内生性足以强大；倘若钟文姜可以拿下《华夏周刊》，也只能证明《华夏周刊》的内生性已不足以抵抗外延，若钟文姜带来的金中资本可以为《华夏周刊》注入新生力，站在商业角度考虑，我不认为这是坏事。当然，一个新的掌权人必然会带来新的行事作风，人员调动、权力转移，这些都不可避免，但站在更广阔的高度看，只要《华夏周刊》更好，改革中必要的牺牲也是必然的。"

他说完这番话，两个人之间有一阵长久的沉默。

苏小猫放下碗，碗里还有一点粥。

苏小猫吃饭向来干净，这家伙是个吃过苦的，形成了艰苦朴素的作风，可以把碗底舔干净，像这样还剩一点不吃的情况，可谓头一遭。

她有心事了，心事重得连习惯都改变了。

沉默半晌，她抬头看向他，声音一改方才的嚣张，竟带着客气的意味："我想……喝点水，可以吗？"

唐劲被她语气中的礼貌击中了心脏。

而她只是看着他，没有挑衅，没有反抗，仿佛一个心无杂念的人，在世界末日之际也不过是想坐下来再笑谈一场而已。

唐劲出去拿了杯清水递给她。她接过的时候，两人的手指触碰了一下，她躲开视线，接过水杯迅速撤退，他指尖那点温暖转瞬即逝。唐劲心里的不安刹那间弥漫，他方才说错了什么，令她在怕什么？

苏小猫喝了一大口水，水光溅起，沾湿了嘴角。她抬手擦掉，动作潇洒，饮水如饮酒，连他都要醉了。

"我这里也有一个故事，我从来没有对人讲起过。旁人听了可能会笑，但我想，你不会，所以我想讲给你听。"

她看着他，目光平静，好似一个故事真的只是一个故事而已，再没有别的："历史进程，时代更替，是最大的真理。中国两千年，一部二十四史，就是一部二十四姓族的砍杀史。其实哪里都是这样，一切历史都是当代史，永远没有停下来的那一天。按照你方才说的道理，最后的结果是好的，这最重要。换了人、换了天，新的朝代比之前那一个更好、更共赢，就是好的。但这里面有一个最大的前提，就是你不属于旧时代付出血泪的那一类人，你是最后的受益人。唐劲，有这样一类人，他们守护他人眼里的'旧'，是为了让这'旧'变成更好的'新'，若守不住，他们在这世上的意义也再没有了，在新人、新时代到来之际，他们更愿意同这'旧'一同逝去，成为历史中一笔悲壮的荣光。"

唐劲呼吸一窒，他明白她在害怕什么了。

她的声音陡然悲哀："唐劲，我就是这一类人。你不喜欢儒家君君臣臣的思想，可是我接受。我没有去过西方，我从小就是在华夏这一片土地上长大的。君要臣死，臣不得不死；君要臣战，臣绝不脱衣解战袍。《华夏周刊》是我长大的地方，它一手把我从一个不成人形的人变成现在像样的成年人，它教会我道义、信仰、对错、坚持。如果说，这里会变得更好，却不再是《华夏周刊》，已是另一片领土，那么我再留下也没有任何意义。家臣忠，忠的只能是一个主君。钟小姐纵然有惊世之才，我也不会认她是我的主君。”

一行水光毫无预兆地滑下这一张刚毅、从不认输的脸庞。

她在泪光中微微偏头望向他，隐隐尝到了大难临头的滋味：“唐劲，原来我们两个，在价值观上，是南辕北辙，完全不相容的。”

她微微一笑，滑落一行清泪：“我怕我和你……到头来，还是走散了。”

浪子归家，深情当中放，连眼泪都惊动。

今生花开一红，唯此一次。

守不住，也得守，否则要这一命做什么用。

一双手迅速揽住她的左肩，一个用力，将她完完全全揽了过去。

唐劲按着她的后脑，将她紧紧抱在怀里，声音里有无与伦比的坚定：“我，绝对不会，跟你走散。”

他肩膀的衬衫被迅速打湿，心上人掉泪，原来是这样的滋味。事关感情，天下无小事，成病的都是小事，走散的也都是小事，他不会让这样的事发生。

他抚摸着她的长发，手指穿梭其中，紧紧按着她的后脑，闭上眼告诉她：“价值观也好，世界观也好，道德观也好，都比不过那日我在黑暗中睁眼看到的你。”

那一晚，他从地狱中走来，三步一跪，走得一路淌血，倒地不起时他在心里已经把命交出去了。昏迷前他想，好吧，我认输了。为唐家，他认输了，舍得命终，抛了途穷。命里“唐家”二字太恢宏，这世上找不到一个人能在他心上医一把。

然而，那人来了。

黑暗中，一地血腥，她嘴里咬着微弱的手电筒，撕开了她的衬衫下摆做药引，手势柔凉，眼神清明，没有躲开他的浩劫，以一个女子之力于绝处拉了他一把。

她终于来了，人间迥别。

这一份恩情，这一个人，唐劲永世不忘。

他低头吻上她的眼角，一路向下，最后咬住她的薄唇。情话太艰难，她已是不信了，这一瞬间连他都被震撼，他方才明白，为一个女子动心意味着什么。意味着，他可以修改信仰、价值观、选择权，曾经的一切都不再是坚定不可动的，曾经的唐劲都是可以修改的，千军万马没有冲击过他的信仰，而如今，一个女子的眼泪就可以将他冲垮。

他将她紧紧按在胸膛处，再睁眼时眼底已是一片清明，他用一个男人最大的胸怀对她承诺："去做吧。尽你的责任和道义，你放开手，大胆地去做你的'苏洲'。至于我，你永远不要担心，你走了，我会来追，你走得快了，我会追得更快。两个人在一起，总会有理念不同的时候，你是'苏洲'，天下闻名的记者，为信仰，是不能退的；那么，还有我，我来退。"

苏小猫一震，在他怀里动了动。

唐劲一笑，更抱紧她一点，发出一声满足的叹息。

他用认输，成全了她的笔尖花开。

Chapter 09

从来深情不经付

这一日，钟文姜接到唐劲的电话。

她接起电话的时候，电梯刚刚好到达一楼，电话里那个温和又清冷的男性声音对她发出一个邀请：今晚一起共进晚餐。钟文姜脚步一停，下意识低头审视她今日的着装。不好，西服太严肃了，妆容也不够典雅，职场上的她太有攻击性，配不上这一个难得的约会。

钟文姜在电话里有礼地请他将晚餐的时间延后半小时，她下意识地举步返回大厅，准备坐电梯上楼，去办公室换一套衣服，再重新化一个妆。却听得电话那头传来一声轻笑："钟小姐，你今天这一套黑色西服很利落，很漂亮，不穿着它去一个很棒的地方吃晚餐，就是浪费了。"

钟文姜动作一顿，反应过来时，猛地回头。

大厅台阶下，一辆黑色车正稳稳地停在公司门口。唐劲长身玉立，正站在车前，拿着电话含笑看着她。她看见他说话的样子，听到耳旁的电话中传来他温和的邀请："钟小姐，晚餐我请，你不用紧张。"

钟文姜愣了几秒钟，终于笑了。

唐劲亲自来接，把所有后路都替她堵了，这一顿晚餐，恐怕不会吃得那么容易。他是拿出了唐家二公子的那一面，在她身上打主意，对她势在必得了。

她收起电话，稳稳地下楼，站在他的车前，与他隔了一点距离向他颔首致意。抬眼看见这辆车，极其普通的一辆车，她不禁心中微沉，她还记得四年前在雨中跪着等到他的场景，他开一辆世界顶级限量款好车，在她身旁缓缓停下时，车头的金色女神标志在暴雨中依然熠熠生辉，傲视四方。

说不清什么感觉，她突兀地问了一句："您换车了？"

"呵，换好久了。"

他拉开车门，请她上车，顺口对她道："以前的那辆，留在唐家了。"

钟文姜呼吸一窒。

她抬眼去看他，眼中分明有某种期待。她太意外了，会从他口中听到"唐家"二字。她明白，唐家在他生命中意味着什么，唐家是他的命，他的劫，他的无处可避，他的三生归处。唐劲从不开口对人提这两个字，今日他竟提了，这让她有些欣喜，他是否也把她当成某种意义上的自己人了？

晚餐定在城中酒店的顶楼露台餐厅。

今晚唐劲包场，整座露台的座位都被撤走，换上了小提琴和钢琴乐队，露台上只剩他们这一桌客人，酒店总经理亲自为两人的晚餐服务，拉开座位请钟文姜落座。唐劲看了一眼，对经理道："晚上露台风凉，给钟小姐拿一条披肩来。"

"好的，稍等。"

总经理应声而去。

烛光亮，音乐起，一城的好夜景尽收眼底，钟文姜开门见山："您拿如此大礼来待，想必要和我说的话不会那么简单吧。"

他竟然也没瞒着，或者说，他连隐瞒的心都没有，顺着她的话点了点头："对你而言，是有些失礼，所以开场就先赔了罪。"

钟文姜笑容有些苦涩："您认为，您这样说，我就不会难过了吗？"

唐劲不置可否，笑意清浅，透着清冷。一旁的两位侍者端来前菜，使两人之间的沉默散开了一些。

"有话，您请说吧。"

她没有动餐具，只喝了一口清水，有些认命地开了口："您对我有恩，所以今晚，无论您说什么，对我而言都没有失礼。"

唐劲也没有动餐具，双手交握放在了餐桌上，钟文姜明白了，他不是来和她吃饭的，他心里装的都只有这一场谈话。

"之前，把你父亲的一些事告诉了苏小猫，我正式向你致歉。我不知道这件事除了我之外，你没有告诉过任何人。"

"没关系，苏小姐也很快撤了稿。倒是那一晚，我给您打电话，被她接起了，想必会给您惹一些麻烦。"

"不会。夫妻之间，没有麻烦这一说。"

钟文姜看了他一眼。

他正拿起红酒杯，抿了一口，所有的风度和优雅都恰到好处。她看得出来，这是一个男人从小被养在一个良好的环境里才培养得出的气质。她只是不懂，这样子的一个男人，跟南辕北辙的苏小猫，怎么会是同路人。

“您还有话，不妨直说。”

唐劲放下酒杯，眼底清明，浅笑中透着了然，那是一种势在必得的了然。

“钟小姐，我收回之前的话。”

“什么话？”

“之前我说过，贵公司和《华夏周刊》之间的这一场战争，我不会插手。现在这句话，我收回。”

钟文姜心脏一震，再开口时声音已有些变了：“您……要如何收回？”

“我查过金中在《华夏周刊》这件事上的手法。”

他声音很淡，谈一桩生杀也好似一场谈笑，这不是唐劲的专属，这分明是唐家的专属。他是拿唐家的方式，在对付她了。

“查一查，查出些事情，觉得很有意思。收购要约发出前，金中已经匿名拿不同分仓逐一买入标的股份，并且总量超过12%，这么巨量的买入事实却被钟小姐你用巧妙的手法掩饰过去了，没有对外公告。换言之，一旦我把证据公布，将这件事公诸于众，钟小姐在这起收购案中涉嫌违法的行为就逃不掉了，会被立刻坐实。这样一来，你不仅拿不下《华夏周刊》，恐怕连你自身也难保。今晚我和你谈，原因有两个。第一，我想正式通知钟小姐，这件事，我插手了，《华夏周刊》你一定要的话，我手里的证据会立刻对外公布；第二，是我对你的好奇。我好奇的是，《华夏周刊》和金中的业务范围毫无关联，吃下它，对你并无好处，你将这些代价花费在别处，获得的收益会远远大于如今的局面，所以我好奇你的目的，想亲自过问一二。”

他说完这些话，两人之间有长久的沉默。

唐劲是不大对女人出手的。唐家是纯男性的世界，很少与女人为敌，他这次与她为敌，对他而言不失为一种失礼。

他给彼此留了后路，淡淡道："所有的证据都还在我手里，我今晚和你谈，没有拿这些来威胁你的意思。我只是好奇，好奇这件事背后，你隐瞒下的所有不为人知。"

钟文姜忽然笑了，笑着笑着，一地悲伤无穷尽。

"为这件事，金中砸下了四十八亿。四十八亿，足够金中在应有的领域扩大疆域。我们旗下公司没有任何媒体属性，将《华夏周刊》收入囊中，对金中而言，只有麻烦，没有任何好处。苏小姐又是您太太，您有恩于我，我一旦出手，势必引起您太太的不愉快，也引起您的不愉快。那么，您来告诉我，一桩对我而言没有任何利益的交易，为什么我肯亏本做，不惜令您也误会我？"

她用了那么严重的词，用了"误会"这两个字，这已经是她对他最大的指控了。有些话她是说不出口的，比如"你知道我有多不容易吗"，还有"如果不是为了你我又何苦"，这种话她也是说不出口的。她当了三十年的钟家大小姐，在谁那里都有分量，可是在唐劲那里，她没有。没有分量的一个人，受委屈也是应该的，是说不出口的。

最后，她平铺直叙地说了一句话："我喜欢您，四年了。"

唐劲表情平静。

钟文姜几乎是立刻就明白了，这不是他第一次收到女人的心意，恐怕之前，他已经在这方面经历得够多。

他不打算隐瞒，诚实以告："我心里有人了。"

于是钟文姜感到更痛苦。一个经历过女人的男人，还是让心里有了人。而且这个人，不是她。

"我知道，是苏小姐。"她收起些痛苦，问了他一个很古怪的问题，"您认为，您了解她吗？"

唐劲神色不动，语气很淡："我一定要回答这个问题吗？"

这已经是他不悦的表现。

钟文姜脸上生出一种微妙的神情，是那一种因对他有感情而产生的爱怜与同情，她微微笑了下，念出一串名字："文新华、侯征、丁延、苏小猫、林广源、章承、胡震宇……"

都是大名鼎鼎的名字，都是唐劲不陌生的名字。

他嗅到了一丝异样的气息，不动声色地问："什么意思？"

"这些名字，您了解吗？"

"听过，不熟。"

"呵，您有心避开苏小姐的公事，那就换我来告诉您好了。这些名字，还有我没有念完的更多人的名字，是《华夏周刊》的核心领导层，以及记者组的精英。"

唐劲没有说话，等着她说下去。

钟文姜直视他，缓缓开口："这些人，组成了一个秘密行动组，在进行一件项目。这个项目事关四年一度的新闻界评选，如果脱颖而出，获得头奖，那就将一举奠定未来在传媒界的统治地位。对江河日下的传统媒体而言，这个机会既是卷土重来的机会，也是一击夺取江湖地位的机会。"

唐劲只听，不答。

一直以来，他和苏小猫之间都把"分寸"两个字掌握得极好，有浑然天成的默契。对她以"苏洲"行走业界的公事，唐劲会有意识地回避，不图真相，不追究根底，最后他连知道都不想刻意去知道了。泾渭分明，对彼此都有一种尊重在里面。

苏小猫曾经对他说过："我和你之间有一些刻意的不相交是好事。记者需要分明，掺杂了感情就很难分明。相信你也是，你也有你的不能说、不想说。"

那么活泼的一个人，也讲得出这样一番清透世事的话，这是多么矛盾又通透的生命体。唐劲在那天晚上狠狠要她之前，首先在心底狠狠地把她敬重了一番。

长久以来形成的默契令他这会儿也没有多少追问的兴趣，不痛不痒地应了一声："有机会做一个好项目，自然是好的。"

"可是他们秘密进行的这项目，是做不得的。"

"哦？"

"有人很不愉快，想要对《华夏周刊》动手，我在他动手之前拦下了。丁延的性格相信不用我说你也明白，他决定要做的事，无人能推翻，《华夏周刊》上下一条心，这个项目没有任何外人可以阻止。所以我不惜对《华夏周刊》进行恶意收购，由此迂回进入董事会。您一直问我，我的目的是什么，现在我就可以告诉您，我的目的从始至终只有一个，那就是以控股股东的身份，终止《华夏周刊》的这一个秘密项目。"

她看着他，目光哀伤："我有我想保护的人，哪怕这个人心里有的人不是我。"

唐劲停下了动作。

长久以来的本能都令他对危机有直觉性的警惕，隐隐约约地，他预感一些凶险要在他生命中发生了。

他沉声开口："这一个项目，得罪的人是谁？"

钟文姜悲从中起。

她看着他，轻声道："您已经猜到了，不是吗？"

她在一瞬间有了那么多的舍不得："不惜令我如此迂回进入、达到目的的人，除了您之外，还会有谁呢？我钟文姜，只欠过您的恩情，也只还您这一个。"

悲剧来得太快，他需要力气去耗一耗、缓一缓。

唐劲闭上眼，追问了最后一句："他们是在查我，还是……在查唐家？"

钟文姜没有回答，看着他的目光中已尽是对他的舍不得。

唐劲懂了。

"是唐家……"他抬头问，"是不是？"

钟文姜沉默良久，缓缓点了点头。

唐劲忽然失了力气，手中软软地一放，刀叉全数掉落在地上，发出刺耳的金属声。

他听见钟文姜的声音响起来：“苏小猫正在查唐家。您的兄长，非常不愉快。”

唐劲在一瞬间感觉骨冷。

从来深情不经付，谁来续一续他的长命灯？

隔日，金中资本一纸公告，宣布放弃对《华夏周刊》的要约收购。

这不按常理出牌的发展走向，令舆论一片哗然。

新闻发布会上，钟文姜亲自出席，双手交握面对镁光灯，神色平静地给了大众答复：这是金中经过深思熟虑后的结果，对《华夏周刊》的收购成本远远大于我们的预估价格，所以决定放弃。

几乎是完美无缺的说辞。

不肯善罢甘休的媒体大有人在，很快，关于金中现金流的预估报告就被呈现在了大众面前。结果显示：金中账面上的现金流十分充裕，遑论还有大量可以迅速变现的交易性金融资产。换言之，钟文姜的理由完全不成立。中途放弃的行事风格，十分不符合钟文姜的一贯作风。

大批媒体围追堵截，身为当事人的钟文姜却展现出了意外的沉默，任凭追问也不予置评，在三天后登上了飞往新加坡的航班，大批媒体蹲守机场，只拍到了一袭棕色风衣的钟文姜戴着墨镜走进 VIP 通道的背影，落寞又坚定。

《华夏周刊》上下洋溢着劫后余生的惊喜。

丁延带着一帮虾兵蟹将，在自家公寓开了庆祝派对。两个月的阻击战，可以算是速战速决的经典战役了，苏小猫功不可没。

大功臣却在派对中途退了场，丁延在阳台上找到了她。

苏小猫这货平日里坐没有坐相，站没有站相，无论什么时候看见她，都是相当拿不出手。今晚却不是，她正靠在阳台扶栏边站着，手里拎着一瓶矿泉水，喝一口，沉思一会儿。

从前她是没有喝这个的习惯的，她喜欢一切大甜大苦，喜欢可乐、雪碧、芬达。丁延站在身后看了她一会儿，在她身上看出了些唐劲的影子。无色无味，暗藏锋芒，这是唐劲才有的习惯。夫妻一场，她竟被他影响得这么深，可见是真的动了感情。

“想什么呢？成功来得太快，不习惯？”

苏小猫没有回头，听声音她也知道，这是她的老领导来了。

“不知道。”她指了指心脏，语气犹豫，“这里有些预感，不太好。”

“怎么个不太好法？”

“问题太多了。钟文姜忽然来了，又忽然走了，来的时候势在必得，走的时候安若泰山。她是最精明的商人，大费周章地搞了这么一出，什么都没有带走，她图什么呢？”

“不是她没有带走，是她带不走。”丁延哼了一声，“《华夏周刊》二十一年的历史了，岂容人说带走就带走？”

苏小猫不置可否，仰头灌了一大口冰水。

丁延看了她一眼。

记者做久了，大概就会是她这个样子。这是一个动不动就危机感上身的类群，也不嫌累得慌，只有在真正的危机来临时，他们才会长舒一口气：看吧，我就说会这样，预期一致，不怕。

丁延最后把她拉进了屋：“走吧，把‘苏洲’这个身份卸下来，就这一晚。”

派对开到凌晨一点，苏小猫打了辆出租车回家，掏出房门卡开门的时候，她忽然明白了，她的不安来自哪里。

来自唐劲。

他已经好一阵没有消息了。

打电话给他，电话那头的声音永远短促而平静，“在忙”“一会儿说”“有事”“等下”。最后一次挂断电话的那一刻起，苏小猫就想，不能再这样了，她快要在思想上赖上一个男人了。

苏小猫刷卡，按了密码进屋。

一个声音出其不意地响起来："今天这么晚？"

"……"

她抬头，看见唐劲正从书房走出来。

一袭V领薄羊绒衫，手里拿着一份文件和一部刚挂断的行动电话，显然已经回来好一会儿了。他上下打量了她一眼，笑了下，向她敞开怀抱："几天不见，不认识我了？"

他完全没有异样，徒留她一个人在状况外焦虑。

苏小猫愣了一下，一下子扑过去。

她用了大力气，唐劲猝不及防，被她整个扑倒，倒退了几步跌坐在沙发上。她抬手用力打在他胸口，声音咬牙切齿："恨死你了。"

这话一说出来，苏小猫首先鄙视死自己。怎么这样轻易就对一个男人撒娇了呢，弄得她一点分量都没有。她心里这么想着，嘴里却又不争气地来了第二句："我讨厌死你了。"

唐劲拿出了一问三不知的态度："我又怎么了？"

苏小猫猛地打了他一顿，没头没脑一顿捶。

她心里的话是"你说你怎么了"，或者是"家也不回电话也不接你是不是想造反"，但这会儿在唐劲面前，她却什么都说不出来了。他一脸莫名地盯着她，好像有问题的是她而不是他，他现在不是回来了吗？还让她这么闹了一通，她还想怎么样？

苏小猫猛地一把推开他，双手环胸，居高临下地盯着他："说说，干什么去了？"

他也没瞒着，挥了挥手里的资料，笑道："唐家有点事，我过去了一趟。"

苏小猫住了口，眼珠转了转，没说话。

还是唐劲大度，也不瞒着她，随口道："唐家出了点事，不太好，涉及的东西比较复杂，我过去处理了一下。"

苏小猫半天答了一个字："哦。"

"对了，忘了恭喜你。"他像是想起了什么，对她道，"钟文姜宣布退出，应该是不会再打《华夏周刊》的主意了，恭喜你们了。”

“……”

苏小猫看着他，张了张嘴。

在这一小会儿的时间里，她的脑中转过了丰富的词汇量，“谢谢你呀”“我们可厉害了”“你跟我客气啥”，话到嘴边却觉得，哪一句都不适合。

她以前不懂和人尬聊是什么滋味，现在她懂了，她这一刻和唐劲就是在尬聊。他俩之间真正的聊天不应该是这样的，而是应该抱着滚在一起，他来一句“你又皮痒了吗”，她躲在他身下笑嘻嘻地回应“没有呀”，看似不正经，实则最像话。而不是像现在这样，他说“恭喜”，她接一句“谢谢”，唐劲不像唐劲，苏小猫不像苏小猫，一顿话没谈完，已经累死了当场两个人。

她正要说什么，唐劲的电话响了起来。他走到一边接电话，声音压得很低。但苏小猫那对听力满分的耳朵已经竖起来了，几个关键字传入她耳中：“是，港口那边是有点麻烦……唐家出手了，该收拾的人会收拾。”

打完电话，唐劲没有折返回来，拿着电话思考了一会儿。他像是有急事要做，摸了摸她的头对她交代：“你先去睡，不用等我了，我还有些事要处理。”说完，他就进了书房。

苏小猫瞥见他手里那份文件掉在了沙发上，扉页“唐家机密”四个字映入眼帘，上瘾一般的诱惑，挥之不去。

记者蹲点是一件相当无聊的事。

小林把一架单反相机拿在手里翻来覆去地检查，六遍之后终于百无聊赖地放下了。完全没有问题的相机，万事俱备，只欠东风。

副驾驶上，苏小猫正拿着一根熟玉米，一粒一粒地剥下来，再一粒一粒地放进嘴里。小林见了，稀奇得跟个什么似的：“小猫，你竟然还有胃口不好的一天？”

“啥？”

“平时你吃玉米，三两下就啃完了。”外号“苏小仓”，仓鼠的仓。

苏小猫换了个姿势，挪了挪臀，继续剥玉米粒：“我想点事。”

“嘿嘿。”

小林用肩膀撞了撞她：“就你那点心思，瞒得住谁呀。”

苏小猫挥挥手：“我烦。”

“你呀，你都烦了快三个多月了，”小林看着她，心有戚戚焉地感慨，“真不想参与这件事，立项目的时候你只当不知道不就完了，丁总拉你入伙你就该拒绝，干什么还答应了进项目组。”

“这不一样，这是工作。”她剥下一颗玉米，看了一会儿，放入嘴里，“因为私人的事对工作说 No，你对得起你的那张记者证吗？”

“凡事都有例外。”

两个人共事久了，熟悉对方的事也比旁人多一些，小林看了她一眼，真心实意提醒她：“唐劲对你不错的。”

苏小猫手里刚剥下的一个玉米粒“噗”的一声，被她一个手滑，就从她手里飞出去了。

苏小猫扔了手里剥得千疮百孔的玉米，双手环胸郁闷地抬眼看小林：“我怎么他了我？”她的言下之意很明显：怎么连你也这么说？

连小林都不理解她，若唐劲知道了，她还能指望他能理解？

小林笑笑：“你干的这事，对《华夏周刊》是仗义，对唐劲真有点说不过去……”

“我稿子还没写呢，项目还没开工呢，只是前期调研而已，哪里说不过去了？”

“行行，你对。”

他不跟她争。苏小猫驴起来就是这鬼样子，认死理，谁也拉不回她。苏小猫一年到头驴起来的次数不会超过五次，但每一次都要风要雨的，所以组里上下看见她这样子都躲着走，反正她自我消化能力极强，驴着驴着又天下太平了。

两个人正说着，前方靠近港口的地方隐约有人影闪动。

“……”

车内两人对视一眼，同时扔掉了手里的零食，小林开车，苏小猫拿起单反，无声无息地跟了上去。

这几个人显然是老手，不容易跟，小林开了几圈，人没跟到，把自己给绕进去了。这会儿没有一个路灯，海平面起风了，海浪“哗啦”一声接一声，惊涛拍岸。小林吞了吞口水，下意识地说了一个直觉：“今天不妙啊。”

这话还没说完，苏小猫的行动电话忽然持续振动起来。

高度紧张的气氛之下，车内两个人都吓了一跳，屏幕上“唐劲”两个字跳跃不已，小林无语极了，看了苏小猫一眼，像是在同情她：“我就说了，你这对他说不过去……”他后面没说完的话是：看吧，报应来了吧，你查着他的老底接着他的电话，你心虚不心虚。

说不心虚是假的。

苏小猫接起电话的时候，一阵头皮发麻，压低声音仿佛一个老游击队员，跟人打着游击战：“喂？”

电话那头，唐劲的声音听上去一贯温和：“这么晚了，你还没回家？”

“加班。”

她这也不算说谎，她确实在加班。

“这样。”唐劲沉吟，很快对她道，“那我去公司接你，太晚了，你一个人回家我不放心。”

“别别！”

苏小猫一紧张就止不住地挠头，这会儿她快把头上的毛挠秃了：“我跟同事约好了，我和他们一起回家，你来不方便。”

说这话时苏小猫的声音特别郑重，特别像那么一回事，几乎把她自己都给骗了过去。她握着手机握得一脸凝重，心里想：她都把谎话说得那么认真、那么有态度了，唐劲再不上当，也太说不过去了吧。

电话那头忽然传来一声温柔的呼唤：“小猫。”

“……”苏小猫愣了下。

这个声音令她在一瞬间想起相遇的那一晚。他受了伤，伤得还很重，就是在这气息不稳的重伤之下，对她开了口道了谢，让她听见他那一把温柔好嗓音。她对这个声音生出了那么多的喜爱，想要和他在历史中见，在未来见，绝不仅仅在当下见。

一年之后，她听见这个声音在这一刻对她讲：“回家吧。就算是为了我，好吗？”

“……”苏小猫握着手机沉默了。

一个男人，声音温柔，性格适度，会非常迷人，而且这个男人来爱你，不惜放弃自尊，对你央求“为了他”，那他就无比迷人。

但苏小猫的生命里不只这些。

宁鸣而死，不默而生。

“新闻人”这个身份带给她的不只是尊严，还有理想主义的意义。在这个光怪陆离的世界，骗子都开始会谈理想主义，但骗子永远不会去做、去实现。会朝着理想主义的方向负重前行的，只有他们新闻人这一个群体。

这世上能理解苏小猫的人里，大概会有一个丁延。她曾经对他讲：我想我做新闻，先不谈是否能让这个世界变得更好，只要不让这个世界变得更坏，我就满足了。丁延拍了一下她的肩膀，对她说了一个字：好。那时的苏小猫就明白了，他们是同类人，一老一少，拖着沉重的步子，在中国的理想主义之路上，缓慢前行。

她不知道理解她的人里，是否还会有一个唐劲。但长久以来的宠爱令她有了巨大的错觉，仿佛她做什么他都能理解。于是，苏小猫大意了，信口拈来一个小谎：“哎呀，我一会儿就回去了，这会儿还在公司忙呢……”

话音未落，一束刺眼而强烈的灯光直直地打向了她。

下一秒，一声刺耳的车鸣划破长空。

小林捂住了眼睛和耳朵，大叫：“谁，什么鬼啊！”

苏小猫条件反射地闭了闭眼，再睁眼时，心沉如底。

她抬起视线望过去，不远处，一辆无比熟悉的黑色轿车正直直地停在转角，车灯大开，如刀一般刺过来。她看不清车里的人，但她也知道那是谁了。她终于知道了他的破釜沉舟，她也终于了解了他的忍无可忍。他用这光、这声音，打碎了她一直以来的谎话，也打碎了她和他之间今后所有的信任、理解，以及，感情。

一场恩爱，终被理念二字惊开。

她听到电话里，他的声音缓缓传来，隔着一束灯光、几步之遥、万重伤心："苏小猫，你查了唐家这么久，难道都不知道，唐家有所为更有所不为，从不沾港口这门营生？"

"……"

她如鲠在喉，喉咙口泛起一片腥气，很久以后才发现，是她自己把下唇咬出血了。

血腥味令她清醒，苏小猫打开车门，几乎是跳了下去，迅速跑过去。

他坐在车里，看见她握着电话飞奔而来的身影，电话里传来她想抓住他的高音："唐劲！"

这么久，他们两个人一路走来，她负责敲敲打打，他负责修修补补，她已经习惯了，他也默认这种习惯了。但这一刻，唐劲很想问一句：苏小猫，难道你就没有失手敲碎之虞吗？

"就这样吧。"

他从这一晚开始，心灰意懒。

毕竟他从未想过，有朝一日，他会有试她的一天，而她也真的被他试出来了。

夫妻做成这样，前路何处？

他发动引擎，说完最后一句话，将车子驶出去的一瞬间挂断了电话："我对你，无话可说。"

苏小猫真正见识到唐劲下杀手的一面，是在第二天。

她一夜无眠，唐劲的电话再也没有打通过，他对她的通行证在一夜之间全部被他收回了。她一个人就这么睁着眼熬到了天亮，沉默着来到公司时，被门口的阵仗惊醒了三分。

数十位黑色西服的人，训练有素，守在《华夏周刊》总部大搂前。那一种从骨子里透出来的冰冷，从每一个动作中透出的果决，让苏小猫的记者直觉迅速觉醒了。

这些人，绝非善类。这是一种受过长期、系统、非人性的训练后，才会有的姿态。

苏小猫刷卡进入公司，一路行来，才发现周遭气氛凝重，每个人都低头前行，明哲保身。进入办公室，小林将她一把拉过去，严肃地低声道："唐劲派人过来摊牌了。"

苏小猫一颗心跳到喉咙口："他来了？"

"他没有来，派了特助和律师团过来。"

"人在哪里？"

"在第一会议室，董事长和丁总都在，闭门会议。董秘出来端咖啡进去时，浑身都是冷汗，像从水里捞出来的一样。刚才悄悄对外透露，从来没见过像这帮人一样这么难缠的对手。"

"……"

这才是唐家二公子真正该有的样子。

他从情场退场，再世为人，心上无人，全无对手。

苏小猫甩下包，甩下一办公室的人，直奔顶楼第一会议室。

电梯门开，门口两位黑色西服的人迅速伸手拦住了她。苏小猫冷眼旁观，这就是唐家？这就是他不惜牺牲一切也要为之效力的地方？毫无温度，将他人尊严践踏成霜。

"走开。"她志在必得，不惜动用私人身份，"要动我，叫唐劲过来亲自动手。"

两个男人相视一眼，大概也是听过一点唐劲的私事，对传闻中这一位声名赫赫的苏小姐并不陌生。当即收回了手，对她放行。

会议室内，一场大战正落幕，唐劲的私人助理尹皓书起身，对着全场颔首致意，发出最后通牒："唐劲先生的意思我就在这里尽数转达了。若各位执意要在唐家身上打主意，那么，不用说贵刊只有二十一年的历史，就算是百宋千元，金人玉佛，唐先生也毁定了。"

"砰"的一声，会议室的大门被人用力推开。

苏小猫喘着气，背却挺得笔直，不让自己倒下去，这一个动作比她说的任何话都令尹皓书刻骨铭心。

双方都不陌生，尹皓书曾无数次亲眼见过她挂在唐劲身上撒娇的样子，此刻竟也远去了。

一双人，不再一生一世。

九重春色一夜尽败，人间再无十里归来。

顾不得全场人异样的眼神，苏小猫头一次做了公私不分这件事："我想找他谈一谈，我有话对他说。"

尹皓书对她微微颔首，带着些礼貌的歉意道："苏小姐，请问您是用哪一个身份提出这个请求的呢？"

苏小猫沉默不语。

尹皓书心有无奈，只能拿出了公式化的态度，公事公办："如果您是用'苏洲'的身份，那么，唐劲先生说了，您可以跟我谈；如果您是用唐太太的身份，那么，唐先生让我转告您，不必了。"

苏小猫软了下去，忽然就没了力气。

她在一瞬间痛苦而愤怒：他怎么可以、他怎么忍心、他怎么下得了手，对她做一个薄情人？

她的痛苦来得太凶猛，连尹皓书对她说"再见"都没有听见。当她回神时，一行人已经下了楼。苏小猫忽然惊醒，迅速下了楼，以惊人的速度一路追了出去。她步下台阶，几乎摔倒，一把拉住尹皓书的衬衫袖管："皓书！"

人最怕的就是私情。

她省去姓的这一声叫唤，把尹皓书的私情都唤醒了。

私情一起，他对她是恨不起来的。苏小猫身上有一种非常顽强的生命力，破坏了会自愈，流血了会自己舔，绝不加以旁人之手，好似这冰封世界一场彻骨的惊喜，遇梅花冻九开。

“皓书，让我见一见他。”她是急了，将他拽得死紧，“这里面有误会，我们并非要对唐家查什么，只是将它作为一个选题，试图展现而已。”

“那么，为什么要瞒着他，要从他身上下手呢？”

“……”

“你想过，你的这一个选题，会给他带来多大的痛苦吗？”

她沉默，她错了。

尹皓书看着她，声音无奈又微苦：“唐家不是他一个人的，他还有受制于人的身不由己。在他上面，还有更危险、更不容人挑衅的权威存在。你打了唐家的主意，还是从他身上打的，等于将他作为了唐家的缺口。他是从唐家出来的，你让他如何面对唐家，如何去向唐家洗脱‘背叛’的罪名？”

Chapter 10

飘风不终朝，骤雨不终日

郡主岛。

这座太平洋上声名赫赫的私人岛屿，原本只是一座无人居住的荒岛。四年前这里被人买了下来，买它的人一句“这里不错，我喜欢”，先后投入巨额资金，以一己之力硬是把一座无人岛打造成了太平洋上的奢华明珠。

这个人叫唐易。

唐家上下三千人，生死皆从一人言，说的就是他。

郡主岛上有一方天然温泉，终年恒温。当年唐易心血来潮，独自开一架私人飞机转了几圈，凌空往下望，一眼就看上了这个温泉。这是一个喜欢上什么东西就一定要得到手的男人，最后亲自上阵，硬是将不可能变成了可能，将这一方温泉以原貌设计进了岛屿城堡中。坐山环海，一眼世界起。唐家的私人医生邵其轩就曾站在这里发出过以上感慨，又在书房里偶然看到设计图的落款写着“唐易”两个字时，惊得没了魂。

邵其轩私下对唐劲感叹过：“唐易那个人，若不是执掌唐家身无后路，论才情，我竟也觉得他是一个好人。”

唐劲顿时就笑了，颇有深意地反问：“好人，就他？你可不要吓我。”

邵其轩一愣，当即也笑了，说了一句“只当我没说”。

这一天，临近傍晚，郡主岛年轻的少主人正在温泉池。

间或有女侍进来，着浴衣，绾发髻，跪下的同时将手里的红酒放在温泉池边，又缓缓起身，对少主人微微一鞠示意，随即悄无声息地退了出去。行云流水，各安其位，七情六欲都没有，这就是唐家的人该有的样子。

尹谦人进来的时候，温泉池里的男人正闭目养神。他背对着人，尹谦人看不清他脸上的表情，因而有了一瞬间的踌躇，但兹事体大，还是要通报一声。

他尽到了一个贴身下属的责任，道：“二少爷来了。”

温泉池里的男人没有回应。

一杯红酒被他握在左手中，发丝间的温泉水滴落在杯沿，顺着他骨节分明的手滑下去，最后被一池的水吞没。尹谦人屏息等待。除了水流声，整个空间静得好似连生死都无法惊动。

半晌，一个声音终于响起，底色华丽：“他一个人来的？”

“对。”尹谦人恭敬答道，“正在中庭等您，说是要向您致歉。”

“不必了。”

男人抿了一口酒，没有犹豫，吩咐道：“让他回去。”

尹谦人踌躇不语。

唐家很复杂，和眼前这个男人有关的人和事，就更复杂。没有好，没有坏，一切标准都变得面目不清，在这里活，靠的是最纯粹也最野蛮的准则：活下来，就是对的，就是好的。

和唐劲的多年私人情分毕竟仍在，尹谦人权衡半晌，偏袒了一句：“二少爷亲自跪在中庭，没人敢劝。”

男人没说话，拎着酒杯的手微微垂了垂，任由温泉水一下一下打在杯沿上，泛起阵阵涟漪。

唐劲的性子他是了解的。

真要做什么事的时候，唐劲有一种“不去想”的本事，不去想该不该做、要做多久，腿下一跪就再也不起来了，直到把事情做成了才算数。

男人没有动，沉默地喝酒，透明酒杯中倒映出一张俊美非常的脸，仰头咽下时有寂寞的声音滑下喉咙口。喉结跳动，颈项有水滴一路向下，顺着光裸的胸膛滑入温泉池，令人遐想一池水下的这具身体，会是怎样的形状。

“呵，麻烦。”

他终于放下酒杯，抬眼时眼底感情已全无。

这是一种久掌生死大权的人才会有的眼神。

温泉池里的男人做了个手势，尹谦人心领神会，随即退了出去。

男人从温泉池中缓步起身，全身光裸，立刻有侍女应声而来，手捧浴衣。男人伸展四肢，任凭去弄。侍女在他面前弯腰半跪为他系腰间缎带时，眼神触及这一具性感的男性身体，脸色绯红。他像是不在意，又像是早已习惯了，这不是第一个在他面前会脸红的女人，也绝不会是最后一个。

中庭开阔，四壁通透，庭外开满红色玫瑰。

唐劲一眼认出这是品质一流的布鲁斯玫瑰，极尽美丽，极致放纵，这一庭的血红色，像极了唐家独一无二的家徽。

一阵脚步声由远及近，缓缓而来。

唐劲静静听着这一个声音，想起邵其轩知道他要一个人来这里时，对他鼓励的话："好歹他是你兄长，不是你爹，虽说不是同一个母亲生的，看在你爹的情分上，总不见得能对你怎么样。"

当时唐劲就扶额，是爹就不怕了。他爹生前看着唬人，心是软的，道个歉认个错，挨一顿打几顿骂，事情就过去了。是唐易才麻烦，他到现在也摸不透这人到底有多少面。

正想着，他的兄长已经站定在他面前，也没扶他，就这么居高临下看着他，凉飕飕飘下来一句话："惹事了，知道回来了？"

唐劲想，长兄如父，四舍五入，这才是他爹啊。

这会儿唐易已经换了衬衫，一身黑色，头发上的水还未干，可见是刚刚换下浴衣出来的，也没怎么在这具身体上下功夫，换了件衣服就出来了。这让唐劲心里稍稍松了一口气，生出些暖意。一个随性的唐易，这已经是这个男人把他当作自己人看的暗示了。

他心有愧意，双手放在腿上，跪坐在地低头致歉："苏小猫不是故意的。"

话不多，八个字，还是唐劲一贯不爱多说的风格，但意思已经今时不同往日了，完完全全偏向了外人，他的心里再无唐家。

唐易一笑，倾城姿色一现即逝。

"谁啊，不认识。"

"……"唐劲抿了下唇。

唐易笑起来很动人，一个男人一笑就能漂亮成这样的，这世上找不出几个。但就是这么漂亮的笑容，究竟包藏了多少面的唐易，没有人说得清。唐劲心里清楚，眼前这一个笑容里，已经有了一个怒了很久的唐易、一个等着他自找苦吃的唐易、一个睚眦必报十倍奉还的唐易，唐劲不知道的是，这里面是否还有一个尚念手足之情的唐易，一个面恶心善将真心藏起来的唐易。

他只有道歉："没有把苏小猫的事告诉你，是我的错。我有我的顾虑，希望你会体量。"

唐易没有理。

许是方才泡温泉口渴，男人从冰桶中拿出一瓶纯净水，也没拿杯子，拧开盖子直接仰头喝，边喝边走过去，站定在唐劲面前，伸手抬起他的脸。

他居高临下盯着这张和自己有些相像的脸，刁难一个人时的声音仍是诱惑的："连结婚这么大的事，都藏得这么好。你是要离开唐家，还是离开我？"

两人对视片刻，终究还是唐劲率先调转了视线。

和这么漂亮的一个男人对视是一件很有压力的事，唐易的"漂亮"不只是漂亮，还有很多别的东西，比如试探，比如攻防，比如令你意乱情迷而他冷眼旁观。他漂漂亮亮地往你眼前一站，站成那个样子，你就知道这已经是有过生死历史的男人了。

唐劲开口，将心里话讲给他听。在唐易面前，别的话都没有用，只有心里话还有一两分用处："我没有把唐家的事告诉过苏小猫，她一知半解、似懂非懂，又做惯了记者，唐家一向是传媒想追究但不敢追究的地方，苏小猫想追究一两分，换取《华夏周刊》的东山再起，这一点，不能怪她，是我的错，我应该早一点把唐家的严重性告诉她。"

"唐劲。"唐易出声，截住他的话。

唐劲陡然就没了声音。他知道，这些向着外人的话，令唐易不愉快了。但他还是要说的，苏小猫是唐家的外人，却是唐劲的自己人。

唐易忽然半跪下来，动作很缓，与唐劲平视。他压低声音，拿出了不常见的诱惑，陡然用在了唐劲身上："不过只是一个女人。"

唐劲抬眼看着他。

他听得懂他的言下之意：你看你，为了一个女人，又过不好又不好过，何必呢。

唐易存心要作恶起来可以毫无底线，他偏头看着唐劲，眼神诱惑："你在外面有多少女人，都不妨碍你在唐家可以有更多。"

言下之意就是：回来吧，回唐家，要比在外面一个人过好多了，嗯？

两人对视良久，这一回，唐劲没有再避开。

他没有出离愤怒，没有说出点"你这是什么话"的话，没有干出点"算我白白认识你"的一走了之的举动。唐劲是出离平静了。这是唐易，是寻常人想白白认识都认识不了的人。

"我不是这样的人。"

他看着唐易，眼神清明，缓缓开口："你也不是。"

半身血缘，是唐劲了解这个男人的最大武器："若有一天，你爱上一个人，你会比我更不要命。"

唐易看着他，看了很久，忽然笑了。

他放开唐劲，毫不留恋地起身，在一瞬间对"试探唐劲"这件事毫无兴趣了。唐劲的半身血缘，经得起试探。两人一体，总有不必说也懂的地方。

唐劲松了一口气，知道自己险险过关，再开口时已没有了方才的防备："我知道，苏小猫擅自调查唐家这件事令你很不愉快。你给了我余地，始终没有出手，而是把消息走漏给了钟文姜，想借钟文姜之手把这件事压下来。你的心意，我懂，我都记在心里。你放心，在唐家这件事上，纵然是苏小猫，我也不会让她令你为难。"

唐易仰头喝了半瓶水，不置可否，没给他回应。

他像是烦了，不想再管这种儿女情长的事，丢下唐劲一个人在中庭，缓缓走了出去："话说完了，你可以走了。"

唐劲没有起身。

唐易的脚步声越来越远，数年前唐劲送给他的那一幅油画正端端正正地被放置在中庭墙壁上。唐易的感情和在意都是无声的，他手上有那么多天下的好东西，但仍有一些会从他手里溜走，唐劲就是其中一个。唐易说过，天下的好东西未必都肯留在我手里，但我留得下他们就行了，他们怎么想无所谓。但真到了留不下的这一天，他也没有强留，松松手，大大方方放手，姿态漂亮得无法形容。或许有一天会出现一个人，令他留不下也要留，到了那一天，他会惨烈到何种地步，唐劲不敢想。

唐劲对他远远说了一句话："我和唐家之间的事，谢谢你。"

男人像是没听见，又像是听见了也不值得他有什么反应，连挥挥手示意都没有，径自走了，身影一点一点消失在内庭。

半晌，唐劲起身。

他还记得，他来这里之前，邵其轩半真半假对他笑着讲过的话："当初你要离开唐家，多少人要找你算账，后来是唐易一句话摆平了局面上那么多人。"

他问："什么话？"

"唐易把带在手里把玩的瑞士军刀对准自己的手臂落了一刀，当场见了血，他放了一句话：'我这具身体里，有一半的血是和唐劲一样的。还要动他吗？'唐易玩真的，谁敢说不，就这么摆平了局面。"

一场血缘，惊人艳。

清风明月知无价。

唐劲那晚和苏小猫大吵一架之后，苏小猫消沉了三天。

三天之后，她的本性上来了，再想消沉也消沉不起来了。

苏小猫是个行动派，首先打了三个电话过去，一个都没打通，可见唐劲已经把她拉黑了。苏小猫没有伤感反而有些庆幸，在唐劲那犄角旮旯的心窝里嗅到了一丝生机和出路。唐劲真正厌恶起一个人来的样子她是知道的，绝不会拉黑，而是漠视，任你再打电话过去他只当没看见，引不起他一丝注意。唐劲把她拉黑了证明他还是在意的，怕心里一个动摇又上了她的贼船。

当然，苏小猫也明白这会儿她在唐劲心里的印象分已经是垫底了，唐劲对她的印象不亚于“那个浑球”这类的。不知怎么的苏小猫忽然想起了钟文姜，无论公私她都是一个强劲的对手，这会儿钟文姜要是对唐劲动点什么心思，就算唐劲抵制住了诱惑，苏小猫也有被人占了便宜的郁闷感。

苏小猫在屋里来来回回兜了几圈，心想这不行，她苏小猫连个男人都守不住那也太窝囊了。

她沉下心，脑子飞快盘算，心里列了一张表，在上面列出了一二三。

苏小猫首先去找了丁延。

丁延没有一天是不忙的，他的“忙”，忙的是心思，满脑筋打主意，就像一个江湖老汉提着一把屠龙刀，日日寻找这世上可杀的猎物。苏小猫有时会想，他怎么就不老呢，哪来这么多精力呢。

对这样一个老汉，苏小猫是不打诳语的，打了也打不过嘛。

她推门进办公室，开门见山，一腔诚意：“唐家的这个选题，我申请撤销。”

丁延看着她，纹丝不动。

苏小猫知道这老汉已经开始在心里算计她了。

丁延从不做亏本生意，要想说服他，得让他算计，让他觉得“不吃亏”。苏小猫换了个坐姿，让自己放松，开口道：“这个选题是丁总提出来的，但是，如何做是我的主意。前期调研组调研时发现这一个选题的难处在于无法采访到唐家任何一个当事人，本来已经准备放弃了，是我提出了建议，建议绕开当事人，只采访和事件有关的旁观者。从旁观者的角度去记叙，做成纪录片，就算可以采访到当事人，也坚决绕开。这一点，不能否认，是吧？”

她话没说全，意思已经很明显了，那接下去的后半句话就是“我是最大的功臣，你不能否认”。

见丁延没反对，苏小猫知道这第一关稳了，继续说下去：“现在的问题是，当事人已经知道了，并且反应强烈，会不惜一切手段来阻止。在这种局面下，我们坚持做，无疑是两败俱伤。搞不好还会让其他单位钻空子，两蚌相争，渔翁得利。这个选题本身也不在于揭露什么，只是一个陈述性的纪录片。因为外界对唐家好奇，所以我们去做，在这个事实基础上，我认为唐家的强烈反对够格让我们停下来。”

丁延笑笑：“停下来，全部停？”

“对，我们手头上的，全部停。”

她看着他，接着说下去：“我手里还有一部分，我不会停，我会继续做下去。至于这一部分做什么，我现在还没有把事实整理清楚，无法向你正确说明。我能说的就是，这一部分仍然是和唐家有关，但绝不是纪录片，一旦做出来，唐家也干涉不了，因为这是表明是非和态度的新闻了。”

丁延的手搁在桌面上，手指无意识地上下敲。

苏小猫知道，这是他在权衡的表现了。

丁延也不会问她“你有没有把握”这种废话了，苏小猫要做的事，没几件是有把握的，她最擅长干的就是把没把握的事干成。

“好，我同意。”他对她交代，“注意安全，有问题随时联系我。”

“好嘞。”

她得了令，顿时觉得手里的鸡毛又多了几根，能当令箭了。

想了想，她又对顶头上司道：“我手里继续调查的事，不能对任何一个人讲，包括唐劲。”

丁延没吭声，眼神里多了一些东西，那是一个老新闻人对一个年轻新闻人一力扛起重任和误解的不舍和担忧。

他叫住起身走出去的苏小猫：“唐劲那边误会还没消的话，你跟我说，我去向他解释。”

苏小猫挠了挠头："不用不用。"

然后迅速溜了。

丁延向后一靠，双手环胸，盯着她飞逃的背影，知道这小兔崽子是害羞了。

苏小猫那脑子里已经展开的行动图上，第二点，就是需要一笔钱。

一笔数额很大的钱。

唐劲那条路是走不通了，被一顿吵架堵得死死的，就算不吵，这笔钱也不能问他要。苏小猫腹诽着自己，自从遇到了唐劲，她干的十件事里有九件是唐劲反对的，他一边对她干的事反对到底一边爱她，苏小猫也觉得他挺不容易的。

在需要钱的时候，有个有钱朋友的好处就凸显出来了。

苏小猫打了个电话给宋彦庭，狮子大开口："我要一笔钱，大概三百万，江湖救急。"

大洋彼岸的宋彦庭有时差，正是凌晨两三点的时间，接到电话含糊不清地说了句"你等着"，也不知是真听进去了还是睡了没醒，说完就挂了电话。

第二天，苏小猫下班时就看见了宋彦庭长身玉立，跨越了大半个地球正站在公司门口等她，手里拎着一个箱子。那箱子的形状、大小，无一不符合香港赌场电影中用来装巨额现金的那种箱子。

他将箱子递给她，沉甸甸的，把百来万的事情讲成了一桩几块钱的小买卖："钱在这里，你拿去用。"也没想着要她还。

苏小猫拎着一箱钱，重重地看了他一眼。

自从那次为了救苏小猫他大闹了一场，惊动了他老子之后，宋彦庭就被宋董事长亲自绑去了美国。老宋对这个儿子是心里有数的，小宋与这世上的大多数人过招都能不落下风，一碰上苏小猫的事就头脑发热。老宋是个格局颇大的企业老总，自然不会像一般家长那样指着儿子大骂"你这个没出息的"，早在很多年前，苏小猫把小宋打了一顿，打到自闭症的小宋肯开口讲话了，医生就对老宋说过，怕是将来他对她的依赖会很深，毕竟是她无意中将他从自闭的世界中带出来的。

老宋能做的也就是将小宋带走，走之前对他讲的话也实在算不得逼迫而是大实话："你喜欢小猫我不反对，但你喜欢一个已经嫁了人的小猫，我就不能不反对了吧？"

小宋大概也是知道这段感情是无意义的，苏小猫那货一点希望都没给他留，他想了想，也就随他爹去了美国。在美国的这段日子，从基层做起、不断学习、坚持健身，再回来时已经是一个标准的海归精英。

苏小猫眯着眼看着眼前这一个人。

白皙的皮肤晒得黑了，一身的肌肉现出一个好体魄来了，这是一个称得上"男人"的宋彦庭了。

"谢了，兄弟！"

苏小猫拍拍箱子，一句道谢，一句兄弟，就将两个人之间的关系就此定位了，堵死了他所有越界的可能性。

"等事情办完了，这钱我会还你的。"

宋彦庭开口："你拿这钱干什么去？"

"这个你就不用管了。"

"我怎么能不管，我怎么能保证你拿着钱干的不是危险的行当。"

"钱都到我手上了，你现在才想起来问啊？"

"箱子有密码，我没把密码给你。"

"……"

苏小猫难得张大了嘴巴，发不出声。

TMD，资本主义把纯情的小宋都变成了无比阴险的宋总了。

宋总不依不饶起来，坏得惊人："苏小猫，今天不把事情交代清楚，这钱你提不了现。"

苏小猫把箱子往地上一扔，挥着爪子扇风，企图把肚子里一腔火扇灭一些。

她一直对自己看人这方面有着一股迷之自信，就好比十几年前在那集合了救助、慈善、作秀、广告等鱼龙混杂的孤儿院里，她只需要往人群旁一站，看着脸色各异的人们不经意间做出的细节，她就能看穿一个人。成年人肚子里有的是心怀天下，还是花花肠子，都瞒不过苏小猫那双被人世间疾苦打磨成型的大眼睛。眼下她却没辙了，她连一个宋彦庭都看不透了，再下去她该是连自己都看不透了。

对付男人，她也不是不会，撒娇给糖耍无赖，这套功夫她在唐劲身上已经用得炉火纯青，苏小猫说服起男人来可以是一个比女人更女人的女人。但那是唐劲，她这套功夫也只限于对唐劲用，其他人，苏小猫提不起那兴致。

“我要做一件事，是为了唐劲。”她好整以暇地看着他，有点不怀好意地笑，“你信吗？要听吗？”

宋彦庭两道好看的眉毛当即拧成了一个球。

他几年如一日，听见唐劲的名字就胃疼、头疼、心脏疼。苏小猫就用这名字，在他胃里、脑子里、心脏里，砍了一刀一刀又一刀：“我跟唐劲之间的关系，值得我为他冒任何险。何况，这次是我失礼在先，还他是情分。”

她拿出了一个商人的态度，对他在商言商：“事情办完后，我以10% 的利息还给你，高利贷啊朋友，你这笔交易不亏。”

宋彦庭的一颗心被她砍得稀巴烂。她现在不仅不以朋友的身份跟他谈了，还用上了商人、银行、债务人的身份来跟他谈，快把他跟她之间十几年的情分谈光了。

“你走走走。”

他朝她挥手，烦得简直不想看见她。

“密码是你跟他的结婚纪念日。”

苏小猫一笑。

宋彦庭好样的。心里被她和唐劲两个人砍了多少刀，面上的情分却是一点都不少，甚至不稀罕来句“密码是你的生日”这样的套路让她心里为他酸一酸，坦荡得非常男人。

她拎起箱子走了几步，又听见他追了上来："苏小猫，请我吃晚饭。"

见她竟然没有要爽快答应的意思，小宋眉毛一竖，搬出了少爷脾气："咋的？我飞了十六个小时过来做了你的债权人，你请我一顿饭都不行啊？"

苏小猫懒得跟他烦，只能让她身后这条尾巴跟着。

"行行，吃饭，请你吃饭行了吧。"

苏小猫在本城有名的五星级酒店请了小宋一顿贵的。

她一向是个实惠人，这顿既然是她掏钱那她首先得把自己喂饱了，于是一顿饭，苏小猫全程吃得沉浸其中，生怕漏了侍者端菜上来时介绍的一二三点，让她那 15% 的小费付得吃亏。

坐在对面的小宋就不是了。他往对面一坐，什么都不吃只搅着面前的一杯橙汁，苏小猫就知道，他不是来吃饭的，他是探听虚实来了。

"你到底要干什么去？"

"有危险吗？"

"跟唐家有关，还是只跟唐劲有关？"

"还是为了《华夏周刊》？"

"不然这样，我跟你一起去？"

"……"

宋彦庭喝一口橙汁，问一个问题，一杯果汁喝完，他的问题已经堆积如山。他是坐在五星级酒店的餐厅里，对她进行了一场拘留所老警察的审问。

苏小猫吃饱了，摸了摸圆滚滚的肚皮，指点江山似的对他抬了抬手："同志，不要慌，我只是去工作，赚钱养家糊口而已。"

"谁信啊！"

"……"

苏小猫抹了一把脸，把头别向了一边。遇到这么一个不给面子的，她得顺顺气才能把头转过来。

“宋彦庭，你要记住，我是一个记者，不是别的虎狼豺豹。我干的所有事都是符合新闻人的行为操守的，我也很惜命，不会去做那种丢掉小命的事，你明白吗？至于其他的，新闻人有新闻人的保密守则，我不想告诉外人，也不能告诉外人。”

对面的男人瞪着她，一句“你把我当外人啊”都已经蹦到喉咙口了，又硬生生压了下去。

苏小猫的世界里，他不是外人谁是呢？

很多年前，他在家里别墅那间豪华的书房里，看到一本书里写，谈判就是双方妥协的艺术。他到现在终于有些懂了，感情、友情、人生、生活，无一不是在谈判。与心魔谈判，与时间谈判，与情感谈判，谈着谈着，他终于学会了妥协，不再输了。

他拿起筷子，一张嘴不再用来质问，而用来大口大口地吃饭。

“有事记得打我电话，啊？”

“嗯。”

两个人认识了这么多年，打打闹闹，一直到这一刻快要三十岁的年龄，才真正成为一对好朋友。两个人都会记得这一刻，仿佛看一本历史书，看着只有几个字，但翻一页就是五百年。

苏小猫嘴角一翘，衷心地笑了。

她给他夹了一个螃蟹腿，有些青梅竹马间的戏谑，叫他快吃。后者打掉了她的手，把蟹腿留下了，拒绝她的调戏。既然只是朋友了，那他也是有傲骨的，坚决不给任何人调戏他的机会。

两个人就这样打闹着，苏小猫眼风一扫，记者天性的直觉没来由地一闪而过，令她直直地往二楼看去。

一个身影正站在二楼露台的转角处，昏暗的灯影之下，只照出了那人的半截身体。长身玉立，目光冷淡，这个身影疏离起来可以一夜陌生，与刚认识时他对她的一眼万年形成文野之分。

苏小猫霍然起身。

一瞬间，一上一下，他站着，她也站着，苏小猫就在这形影相吊的对视中看清了他们之间走投无路的夫妻关系。

对视数秒，楼上的身影率先转了身，他不想说话，他要走了。苏小猫扔下宋彦庭就冲出去追那个身影。她没有喊住他，甚至没有叫一声他的名字。她知道，他是被她伤透了心，她在他身上动主意，去向新闻界邀功，把他变成了一个叛徒、傻瓜、过不了情关的失败者。

她拿出了跑新闻堵人的架势，终于将他堵在了他拉开车门准备走的一瞬间。

“唐劲！”

她从背后一把拉住他的衬衫，力气不够大，没能将他拉转身。他没有动，她也绝不松手，一时间令一旁扶着车门的酒店泊车侍者非常尴尬，不知从礼节角度该说一句怎样的话才能不得罪双方又把场面圆了。

苏小猫大概也是知道这一时半会儿他是消不了气的，她也没想着说两句好话就把她干的那一通罪孽的事含糊过去，她心里的小心思只在于能时不时在唐劲眼前晃两下就行，找点存在感，为日后在唐劲心里的东山再起打下旷日持久的积累。

苏小猫心里一句“没事，我就喊喊你”都蹦到喉咙口了，手却被他忽然一把拉住了。他反手拽住她，一个用力，就将她从背后拖到他面前来了。苏小猫还没搞清楚状况，一顿恶狠狠的深吻已经倾天泄地落下来了。

他就在她倏然睁大的眼睛里放纵了情绪。

一年夫妻，做成了敌人、自己人，这是怎样一种矛盾。

他想，原来千百年来，爱一个人的使命就是要让自己痛苦吗？他对大爱和大恨视而不见，眼中只有个人恩怨，这是一种怎样的倒退。

他声音含恨：“他是为了你，从美国回来的？”

苏小猫一愣。

她对他犯下了千仇万恨，到头来，他却挑了情节最轻的来问，把她的其他罪孽都一笔勾销了。

苏小猫心里泛酸：她的唐劲啊。

"嗯，对。"她笑得很坏，用她的狼心狗肺压下心头狠狠的酸，"我叫他回来的。"

唐劲死死地盯着她。

苏小猫知道她这几句话一出来，又够他在心里痛苦好一阵了。她有了主意后就是这个样子，谁的痛苦都可以牺牲，包括唐劲的，她一股脑儿地往他身上撒痛苦，把他对她的那点儿感情一下子全挥霍进去了。

"介意啊，吃醋呀？"

唐劲猛地推开她。

他用了力气，心里被她狠狠刺到了，手里没留分寸，苏小猫被这一道力气推得撞在了车身上，车顶横栏将她的背撞得咔咔生疼，她大概是清楚这一下撞上去，背部少不了淤青。

他转过脸，没再去看她，声音冷淡地知会她一件事："明天我会和贵公司进行最后会晤，你们的反馈不让我满意的话，唐家的最后通牒就算是到此为止了。"

即便是背部淤青了，苏小猫还是把自己站直了。唐劲这会儿已经拿出了公对公的态度，他是来正式知会她的，她不能让自己太丢分了。

"这样，行吧。"

她点点头，没心没肺地对他一笑："丁总会亲自出席，我就不去了。该谈的你们谈，我们这边虽然不及唐家势大，但真要算起来，也没一个好欺负的。"

唐劲沉默了会儿，再转过脸看她的时候，他的表情已经带上了点不可思议。

他看见她就那么吊儿郎当地戳在他面前，脸上带着那种"打死也不投降"的地痞顽固。唐劲想，这家伙有良心吗，啊？她刚被他拆穿她在调查唐家的时候，她还有那么多的不好意思、歉意，想要向他讨一份沟通、理解，这才仅仅几天的工夫，她那点不好意思、歉意，已经被她自我消化完了。她不需要任何人的理解和原谅，包括他的。

“苏小猫。”他忽然开口，讲的是情人间的话，却是谈公事的声音，“你爱过我吗？”

“……”

苏小猫没有说话，把一旁的泊车侍者听得尴尬不已。他偷偷扫了两眼面前这两人，很奇怪为什么在场的两个当事人谈这个问题时没有脸红，他一个外人却脸红不已。

她收起站得歪歪斜斜的腿，站直了回答：“有。”

唐劲深吸一口气，继续问：“和爱我相比，你更爱工作，是不是？”

苏小猫不愧是豪杰，一点也没给他“这哪儿能啊”的含糊，点了点头告诉他：“是。”

唐劲没有再说话了。

苏小猫明白，他正在把两人间可以让她钻空子的那种感情渐渐收回。这种感情被他收回了，她会是很痛的，这意味着她不可以再在他的胸膛打闹了，他不会再对她任性的无理取闹一并包容了。以后，她或许会像很久以前那样，一个人解决自己的烂摊子，一个人喂饱一个胃、温暖一颗心。寻常人家或许会将工作和情人间的三心二意马虎过去，一团糨糊地过一生，但唐劲不是寻常人家出来的，他给出的是一心一意，要回的也是一心一意，容不得半点折扣。

“好。”

他点点头，似乎是接受了这一段关系的恶化。他不再执着，拿出了风度，给双方都多一点的时间：“我们暂时，分开一段时间好了。”

第二天，出现在《华夏周刊》第一会议室的唐劲面色沉稳，握手、谈判、运筹帷幄，每一步无一不显示出一个唐家谈判者训练有素的冷静和薄情。

他尽了全力，维护了唐家。这一种维护里面，将很多人变成了敌人，包括苏小猫，包括《华夏周刊》。

会议接近尾声的时候，一切都尘埃落定。丁延保证了对唐家的项目终止，至于其他的，他作为新闻人，就不能对外人保证太多了。唐劲点点头，对此表示理解，同时奉送上一句话，若是还有人对唐家的内部事务想要插手，不肯罢休，那么双方不如这会儿爽快地开诚布公，下一次，唐家不会再像这一次一样坐下来好好谈。

丁延脸色不太好地扯了下嘴角，笑得很勉强也很难看，他想起还未善罢甘休的苏小猫，心里生出些不忍。

世道艰难，人有时无法说出自己想怎样，但可以说出自己不想怎样。

苏小猫是这样，唐劲也是这样。

丁延冷眼旁观这一个为了护家族荣光毫不手软的唐劲，在他离开时，送上了一句老者的问话："唐劲，你不想唐家受到打扰，为了这个，你可以牺牲任何人。那么，你想过你想要什么吗？"

一个成年男子，将一个沾血带腥的地方看得这样重，总是有些不祥。

唐劲听着，停了下脚步，但没有停太久。最后，他仍是没有回答，举步缓缓走出了会议室。他的特助尹皓书向身后的丁延微微颔首，说了声"告辞"，算是别过。

当晚，邵其轩接到酒吧总经理的电话，匆匆赶到本城某栋高层酒吧的时候，唐劲已经酒过三巡，正扶着额对侍者吩咐道："再来一杯。"

总经理姓沈，身材微胖、笑脸迎人，对场子里的客人表示友好的方式就是不断给你递烟。这是一个老江湖，人称笑面虎，谁也不得罪，谁也不敢得罪他，歌舞升平是他发财的保证，散播快乐是他在招股说明书中宣称的美好夙愿。

这样一个老江湖，对每一位客人的来头都是了如指掌。这是他求生的本能，也是他做生意的保证。这会儿，当邵其轩的身影出现在门口的时候，沈总经理已经迎了上去，热情如火："邵医生你可来了。"又握住了人家的手，"辛苦、辛苦"地客套了两下。

邵其轩心急如焚："他人呢？"

"就在吧台。"老沈心情复杂，一边为唐劲在这里的巨额消费欣喜不已，一边为"万一出了什么事"这样的担心有些揪心。思此及，他的语气也就多了发自内心的几分沉重，"他过来喝了一整晚，喝了不少，伤身啊。"

邵其轩跺脚："那你还卖酒给他？！"

"……"

沈总经理被问得一蒙，心想这医生的思维就是别致，酒吧不卖酒他卖什么？卖慈善啊？

当然他嘴上是不会这么说的，此刻也端出了一副被人骂醒的沉痛不已："是、是，你说得对，这确实是我考虑不周，所以我这不就是赶紧把你叫来了吗？要有人劝，也得是邵医生你去劝呀，我们外人不行的。"

邵其轩没心思再理他，挥挥手让他走了。邵其轩已经看见了要找的人，直直走过去，正好按下了唐劲手里的空酒杯。

"没有'再来一杯'了。"邵其轩将空酒杯从他手里抽出来，放在一旁，对他道，"回家了啊。"

唐劲酒品甚好，喝醉了也从不闹事。他看了邵其轩一眼，扶着额头轻笑："你从法国看完谢阑珊回来了？被未婚妻甩了这么久，只能偷偷去看她的滋味怎么样？"

"……"

邵其轩确定他是喝醉了。

唐劲只有在喝醉的时候，才会让人不痛快。唐劲存心要人不痛快，可以拿出很多手段。平时这些手段都被他藏着，被他用理智、道德、良心压着，这会儿酒精毁灭了它们，一个从唐家出来的唐劲就出现了，会作恶，也擅长作恶。

"你过分了啊。"

邵其轩多年修炼的好脾气在这一刻发挥了巨大的作用，不跟他计较，还耐心地在他身旁坐了下来，陪他聊一会儿："我被甩了一年了，看样子，还得被甩好几年。"

说完，又招呼侍者："来两杯冰水。"

两人都是这里的常客，侍者见是邵其轩，立刻倒了两杯冰水过来，还不忘在里面放了解酒的柠檬："邵医生，还是你兴致好，在我们这寸土寸金的天堂喝冰水。"

"天堂？"邵其轩笑笑，把冰水推到唐劲面前，意味深长，"喜欢的人不在自己身边，去哪里都是地狱。"

唐劲看着眼前的冰水，手指触了一下浮起的冰块，手法甚好，浮冰绕着杯沿转了一圈，叮当作响，引来周围数道女性爱慕的目光。

他没有说话，心里有一场难过要化解。他想他和她之间的这一场感情，是否一开始就是他错了？喜欢了立刻要表达，表达了立刻要天长地久，这样一意孤行的草率，寿命很短。

苏小猫常常令他感到不安，失去的不安，陌路的不安。从前他不曾去细想这样的害怕究竟从何而来，只在她忙忙碌碌的身影中隐隐察觉他这种害怕会成倍增加。现在他终于明白了，中国古人的智慧多么不可小觑，在字里就已经告诉了他答案，所谓"忙"，就是"心亡"，她停不下来，她总是很忙，她的心里从一开始就没有太多多余的位置留给他。

"其轩。"

"嗯？"

"我好爱她。"

"……"

听见这一声冷不防的真心话，邵其轩表情复杂，手里没拿稳，差点把杯子掉了。他脑子里闪过无数句安慰人的话，但发现哪句都安慰不了。

爱上一个人就一爱到底的唐劲，如何安慰？

最后，邵其轩伸手扶在他左肩，给他抚慰："唐劲啊。"

唐劲懂的。

他闭上眼，仰头将冰水一饮而尽："我明白，所谓喜欢一个人，就是可以无限接近，但永远无法彻底到达。"

苏小猫的野望太辽阔了。

杀遍东南沿海，还可驰骋内陆，砍尽千古华夏，还可远征彼岸。

一个男人的真心，在她那里，实在太微不足道了。

古人念，飘风不终朝，骤雨不终日。

你告诉我，如何不终？

事物都有两面性。

苏小猫觉得这话很妙。

波澜壮阔的海平面，此刻在凌晨黑色的天幕之下，展现出一派生死勿论的黑色冰冷。公海永远有它最雄伟的魅力，人类、船只、日升、波涛，不过是千古一瞬，轮回道中的一抹影子，但就是这一抹抹的影子，永远学不会承认自己的微，要在这天地间闯一闯，闹一闹。

生死有命，不过如此。

苏小猫几年前考驾照时爱上了速度带来的刺激感，心血来潮顺便跑去沿海学了个游艇驾驶，这几年虽然没机会开过游艇，但记忆力真是个惊人的东西，硬是对得起她那点学习费，一摸到游艇控制杆，感觉全上来了，仿佛几年的空白不过是潇洒走一回，如今全回来了。

这一路开过来，也算是刺激到位了，有半路拦截的、持枪放暗枪的、抢不了人抢船的，她一个记者，硬是把游艇开成了一个公海警卫队的水平。有她这么个办事得力的手下，看把丁延划算的。

不远处停着一艘货轮，吨位可观。

货轮船头站着几个人，为首的那人姓刘，全名刘油，人称"石油刘"，嘴里叼着一根烟，眯着眼睛往望远镜里看。这是他的习惯，每次做生意之前，他都会像欣赏大片一样欣赏一段生死追逐戏。

看了一刻钟，石油大佬刘总放下望远镜，高度赞扬："好身手，还是个姑娘。”

说完，仿佛要邀请人做见证，顺手将手里的望远镜递给一旁。站在旁边的下属立刻接了过去，拿起望远镜眺望。镜头里，一个年轻的女子越来越近，先是脸，再是表情，最后连眼神都看得清了，是那一种辨不清隶属三教九流，还是良家妇女的神情。

镜头越来越近，这身影最后一个动作是熄了游艇的火，从甲板上纵身一跃，下属放下望远镜的时候，她已经气定神闲地站在众人面前了。

苏小猫指指海平面一路躲避的干扰：“刘总，你这生意不好做啊，我人还没到，你倒已经动手了。”

刘总大笑，一边用力抽烟一边走过去，笑道：“规矩。不试一试，我怎么能放心让你登船呢。”

“哦？”苏小猫掸了掸身上溅到的水花，闲话家常般开口，“试出什么来了？”

“同道中人。”

“怎么讲？”

“苏小姐这么俊的身手，不是这行混的，还能是哪行呢。做生意，一定要是内行才可以，否则，就有被外人探听了去的危险。”

苏小猫倒是一点都不客气，对这番赞美照单全收：“你遇上我，是你走运了。”

“那么，请吧。”刘总伸手往船舱一指，有引路的意思，“进去坐一坐，喝杯茶，也好谈事情。”

“不了。”她似乎毫无兴趣，往船沿边一靠，抬了抬下巴，“就在这里谈吧。”

“风这么大，还下雨，海平面这么晃。在这儿谈一桩过千万的生意，话说不开。”

“话能不能说开是其次，重要的是安全。”

苏小猫一笑，这笑容完全是老江湖的那一种笑法了。她拍了拍手里的箱子，声音厚重，让后者听出来这箱子里货真价实的一沓钱，而不是空的。

她眯着眼，敞开天窗说亮话："少说几百万的订金在我手里，这会儿跟你进去，万一你反悔要干掉我独吞，我跑都跑不掉。在这儿就不一样了，我人跑不掉，箱子往海里一扔就行，你也捞不到好处。"

刘油大笑，笑容洪亮，胸腔起起伏伏，颇为震动。

"苏小姐，这么年轻，却是个妙人。"

他似乎来了兴致，一锤定音："好，我们就在这里谈。"

苏小猫放下箱子，快人快语："我只问三个问题。你回答一个，我交一沓钱，问完三个，钱全是你的。"

"好，你问。"

"我拿货，最重要的是安全。所以，这货的来源是不是唐家？我只信得过唐家的担保，而不是你刘油的。"

刘总笑得一派贵气，是那一种出自大户人家的贵气："我刘油在唐家做事二十多载，论资排辈也算是唐家的要人，这货是我拿的，从我手里出的，当然一切责任都有唐家保底，跟你做生意的不是我，而是唐家。"

"好。唐家是大户人家，我信的是唐家，怕的也是唐家。这单生意既然我做了，也就证明我知道了你们在公海走私成品油的事，偷装、绕过设关地、逃避海关监管、伪报成国内贸易。短短一个月，靠港口营生做四单生意，涉税就可以过亿。我成了你们的下家，不能不担心万一我出了事，被抓了，唐家是否会派人来灭我的口，保全自身？"

"……"

刘总眯着眼，看着眼前的这一个小女子。

如此精明，哪里有半分女子的模样。他在这鱼龙混杂的地界干了这么多年，看得透人，眼前这人他看得出来，胆量过人，敢拼敢死。有一瞬间他有些懊恼，怎么这一遭生意就接了这么个下家。女人的钱不好赚，年轻女人的钱尤其不好赚，道上混过的年轻女人的钱赚起来尤其难上加难。

场面一时陷入死寂。

海平面起了风，惊涛拍岸，一艘货轮在风浪里摇来晃去。

刘总笑笑开口，声音跟着风，飘忽不定："不被抓到，不就好了嘛。"

年轻人面前，他没有要把情况隐藏起来的打算。年纪大了，能时不时露一把轻狂，吓一吓年轻人，是人生一大快事，他享受其中，何乐不为。

"若是你没有本事，被抓了，我也有保全自身的需求，为了自身需求而做点不得已的事，有什么说不过去的？"

这回答很坦诚了。

苏小猫打开箱子。

箱子里一看就不止三百万，起码再多了一百万。苏小猫在心里腹诽，宋彦庭真够意思，瞒着她不仅给了她要的，还多给了她一笔私房钱，让她在这生死关口手里的筹码还能更阔一把，把她的胆都壮足了。

苏小猫拿出两沓钱，推了过去，笑笑："也就是你手上已经沾过血了。坊间传言上一单接货人被海关蹲点扑下，后来不明原因死在看守所里，原来是你下的手。"

刘油横了一个眼神，手下两个人立刻会意，上前拿走两沓钱。他也不否认，反问道："这算是第三个问题吗？"

"当然不是。机会只有三次，我可要省着点用。"

苏小猫单手扶着箱子，半蹲在地。

海平面刮起剧烈的风，将她的马尾吹得有些松散了，仿佛连眼神都被吹散了，露出点慵懒的惊艳来。刘油一眨不眨地盯着她，既觉得她美，又觉得她居心叵测，最后好似被吸引似的，在她面前踱了几步。几个下属看出了他的心神不定。石油刘只有在心神不定的时候，才会三步一停地踱步。

"我这第三个问题嘛，也算是为了自己的财路。"

她蹲得久了，腿麻，索性坐了下来，很有种天生地养的生活作风。

她盯着刘油，垂涎地笑笑："成品油走多了，也不好多走。换换品类，我能多自保一分。不知刘总手里还有什么货，可以让我换一种下家做做？"

刘油行走江湖二十多年，头一次佩服起一个小姑娘来。

这一单生意还没做完，她已经想着下一单了。

人求财，这是常见的，但求财求到不择手段这个份上，以她的年龄来说，还是相当可以令人震惊一下的。

刘油自己都没有意识到，他已经顺着她的思路开始认真考虑这个问题了。下一单，还能不能找她做？她聪明，所以很适合，聪明人总是有本事将一块钱变成十块钱，有钱大家一起赚；但她太聪明，就不适合了，太聪明的人不容易控制，老实人有老实人的好处，给她一块钱她就收一块钱，不会想着下次要收两块钱，收不到就给你搞事情。

但人嘛，哪里有完美的呢，又要她聪明又要她不太聪明，做上帝才这么挑剔，做生意不能。

刘油左右权衡了一会儿，似乎被她说服了，又似乎是被他自己说服的，对她抬了抬下巴开口道："唐家手里有的，比你想的永远要多。你有多大胃口，就吃多少单生意。成品油只是其中之一，完成这一单，让我们见见你的身手够不够漂亮，再有机会谈下一单。"

话说到这份上，意思就是到此为止了，套不出其他更多了。

苏小猫一笑，将手里的箱子用力一推。

沉重的皮箱整个打着滑，海面下过雨，甲板上还湿着，箱子就在这水声中转了一个圈，直直停在了刘油的脚边。

她缓缓起身，拍了拍手上的水渍，朝对面的人抬了抬下巴："多了一百万，算是一点诚意。刘总既然说这是唐家的生意，那这点诚意是要的。"

"哈哈。"

刘油愉快地笑了。

拿到钱总是愉快的，拿到比预期中更多的钱，那这种愉快就更胜一分。

“苏小姐，出手这么阔，也是个爽快人。”

“哪里，还指望刘总下一单继续想着我，花这点钱在刘总心里占一个位置，我不亏。”

“女孩子讲话就是甜，苏小姐也是甜得很。”

苏小猫拍拍袖管上的灰尘，笑了笑，没再接下话。本就是双方共谋做杀头的事来了，做这档子事的人，面狠心辣，杀人的事都干过还怕讲点荤段子？荤段子只要开了头，再下去就是脱衣服滚床上去了，这个坑，她不跳。

苏小猫做了个手势，示意将她的游艇拉过来。

刘油也算是看出来了，这是个只赚钱不卖身的主，为点钱财她可以坏事干尽，但出卖色相她却是罢手不干的，不仅不干甚至还可能翻脸。刘油心想行吧，小姑娘有原则是好事，女人哪里没有呢，犯不着跟做生死生意的人打皮肉主意。

两人又公事公办地谈了几句，敲定成品油拿货交易的时间、地点、验货的人数、方式。生死场，多留一分钟都是后患无穷，苏小猫拍了拍手：“行吧，刘老板，第一次合作，我可是冲着‘唐家’二字来的啊，合作愉快。”

“当然，有唐家作保，你怕什么。”

苏小猫转身，正欲跳上游艇离开，忽然听见一个脚步声从船舱里走出来，一个似曾相识的声音洪亮地传来：“老刘，谈什么事谈这么久，下面我这赌局都开好了，你不请客人一道下来玩一把？就当免费赠送的活动了。”

一瞬间，苏小猫的背影僵住。

她的记忆力太好了。

这个声音、这个人，她认得，也知道，今晚最后一步，凶多吉少了。

甲板上，灯光大亮，贺四爷一眼扫过去，盯在了一个熟悉的背影上不动了。这背影几乎没有转过身，他也根本无须她转过身，单单一个背影就足以让他记上一辈子。贺四爷的声音陡然凄厉，遥手一指苏小猫："不好，她是记者！我就吃过她一次大亏！"

四声上膛声。

苏小猫连眼神都没来得及收一下，脑袋已经被四把枪对准了。

一层薄薄的细汗自她额头上迅速泛起，她没有去管。拿捏大主意时，她需要血冷心静。就是凭着这股底气，她闯过了多少生死关。

"这么巧，竟然在这里碰见你。"

她缓缓转身，清俊傲气的眼神扫过去，就这样让名闻天下的真面目立在了众人面前："贺四爷，别来无恙。"

贺四爷站在船头拼命跺脚，活像一个受尽了苦的地主，要把昔日那身临险境、虎口脱险、东山再起的历史都搬出来："老刘！你知道她是谁吗？你竟敢让她上船？她是查你来了啊！我当初就是这样子着了她的道，被监管层逮着了，差点进去！"

刘油倒吸一口气，一声暴喝："你是谁？你不是卞家派来的苏清风？！"

"刘总，今晚算你走运，正式自我介绍一下好了，"她一笑，很是睥睨，"我姓苏，苏小猫。我还有一个名字，《华夏周刊》，苏洲。"

"……"

刘油死死地盯着她。

什么都不用说了，闻名业界的名记苏洲，有谁不认得。

"苏清风呢？"

"被我买通了，已经是我们的人了。"她不介意告诉他，"这会儿应该在海关部门配合调查。"

刘油大怒，丢下恐吓："苏小猫，你敢跟唐家过不去，今晚你走不了了。"

"我今晚走不走得了，是我和你说了算，不是唐家说了算。"她像是腻了，讥诮入骨，"刘总，你也老大不小了，五十多岁的人还要打着唐家的名号到处招摇撞骗，你也真好意思？”

她这一句话，仿佛平地一声雷，引爆了全部真相。

刘油难得地被惊到，当场倒退了两步，暴喝一声：“你说什么？！”

苏小猫笑笑，负手望着他。

这一刻她想起唐劲，想起那一晚他试探她，试到最后心灰意懒的样子。她记得他每一个动作，每一个表情，记得他说，苏小猫，你查了唐家这么久，难道都不知道，唐家有所为有所不为，从不沾港口这门营生？

一句无心的话，也是一句真话，她嗅到了一丝不对劲，这就叫巧。

不是没想过要放弃。

做，还是不做；查，还是不查，当中衡量的就是一个新闻人到一个普通人的良心距离。

某一晚，皓月当空，天幕深沉，她在庭院中抱臂望月，想起很多年前看到的那一句话。

无事袖手谈性情，有难一死报君王。

就为这几个字，她耿耿于怀，多年不得好。千百年来，靠一杆笔走天下的中国书生是否只能落得这样一个命运？蹉跎半生，书剑两误，最后唯有一死博得一声大鼓齐鸣的尊重。太痛苦了，也太无用了，她还有她的理想主义，她还有新闻人想要叙述公义的昂贵的生存姿态。

天下的新闻都是咬牙查出来的。

做吧？

就这样做了。

背水一战，她没有后悔，海平面卷起大风，将她的声音也一并高高卷起：“就是这么巧，我恰好知道，唐家从不沾港口这门营生。刘总，你背叛唐家，打着唐家的名号打通港口关节，在公海走私成品油。不仅做非法生意，还杀人灭口，用的也是唐家的名号。这事要追究你的人可多了，头一个，就是唐家，接下来，就是监管机构。如你所见，我是记者，记者最擅长的是什么？把握新闻的速度和事实。所以不妨告诉你，方才你说的话，每一句每一个字都已经传到了三方面手里：唐家、《华夏周刊》、监管层。如何，这样的局面，是对你更不利，还是对我？”

刘油握紧了拳，握得关节咔咔作响。

这人，是留不得了。

他横了一眼，以眼神示意。几个下属明白无误，手起刀落，对准了眼前这条生命。

有水光从苏小猫的眉骨无声滑落，冰冷、黏腻，是迅疾而起的冷汗。她在一瞬间，脑中转过了无数种可能性，她不发一言，眼神却依旧热烈，里面全是不认命、不服输。她不信，这点小场面就能把她断送了，她也绝不会肯，让一个还有那么多事未完成的自己断送在这里。

还有谈判的可能性吗？没有了。

那么，怎么办？

跑！

她会游泳、会潜水、会跑、会跳水，从小在遥乡受过的不少惩罚在这会儿真正现出救命的威力了。她跑步的速度和耐力都是国家级长跑运动员等级的，她跳海和游泳逃生的技能都是经过不下数十次实战经验练出来的。她做人的哲学很简单：打得过，打；打不过，跑！她的良心也从不受折磨，她又不是警察，只是一个记者，纵然心里装着天下和真相，但那又怎么了？保命最重要！

苏小猫在一秒的时间内计算了她能跑掉的可能性。

或许，有受枪伤的可能性。

她做好了这一种准备，毕竟有四把枪口对准了她。一个人要活，第一要义就是不高估也不低估自己，要客观、要坦诚。她最要紧把握的是，不能让这枪伤落到要害之处，手臂、腿部，都不要紧，即便最后不幸伤了残了，也总比一命归西的好。在这点上她的心大得很，从不恐惧任何一种人生，只要人生还是有的就好了。

苏小猫悄然闭上眼。

她再睁眼时，冷不防纵身一跃。

身后一道身影，鬼魅般突然出现，追随着她的速度一同纵身跳了海。

枪声起。

她在半空中被人抱在了怀里。

生死之间，生命中的一个人，用一场荒唐的深爱成全了她的乱世无恙。

“小猫，活下去。”

她就在这一把嗓音里这一个怀抱里这一场被爱里真正着了慌。

“唐劲？！”

他来不及说话，一股突如其来的冲击力撞上他的背部，他下意识更抱紧她几分，就在这一股撞击力之下沉了海。

海水漫过了她的眼睛，这股撞击力仍然没有消减半分，似一股生死之力，一力抗衡了水的浮力。

苏小猫陡然睁大眼，瞬间明白了这股撞击力是什么。

是子弹的推力。

他中枪了。

一己之力，他护了她周全。

他在英国多年，年少时读书，翻到一页，书里讲“at one’s wits’ end”，他的目光在书旁空白处停留长久，心绪平静。他想什么是“到了一个人智慧的尽头”，人的智慧怎么可能是有尽头的。对于他这样讲究“适度”原则的人来说，这就像是一个永远不可能犯的miss。偶尔他也会为此感到些许遗憾和怅然，太讲究适度的人生是如此无趣，连犯错的机会都没有。

直到，他遇见她。

中枪的那一瞬间，他其实是没有感觉的，能将她抱在怀里，胸膛的温暖足以抗衡肉身一切痛楚。他一笑，非常满足。所有的痛苦都是“纵浪大化中”，所有的痛苦都比不过你说你不够爱我。

海平面掀起风浪，扑杀一切爱恨。

“唐劲！”

她下意识大叫一声，口腔瞬间进了水，夺走呼吸，她在一瞬间尝到了死亡的恐惧。然而她都这样了，快要不行了，他近在咫尺，也全无反应。海水吞没了他整个人，他随波下沉，形同废墟。苏小猫的眼泪一瞬间就下来了，海水混合着泪水，几乎将她灭顶。

她在痛哭中咬紧牙关。

她绝对不会，在这样的境地、这样的时间，和他告别。

不知哪里来的力道，她涌起前所未有的求生欲，在冰冷的海水中一肩扛起了他整个人的重量。风浪、暗涌，都没有打散她拽着他的手，她就这样死死拽住他的身体，奋力向海平面挣扎游去。她辨不清她是否在哭，海水很咸，泪水从眼中涌出来，恰好清洗了一部分的苦咸，连泪水都在帮她，她更不可以认输了。

她从来都是一个薄情的人，感情太少，总是供小于求，不懂得什么是万斛闲愁，不在乎什么是我爱你。她的感情太稀缺，天性涤荡着浑然天成的“无所谓”，就这样活成了一个浪子或荡子。然而他一语成谶：荡子精神，贤人行径。若她坏到了底，也就不会悲伤了；可是她还不够坏，他义无反顾地拖她下红尘，赌的就是她的不够坏。

苏小猫咬牙，急速挣扎浮上水面，重新大口呼吸的时候，她在心底迸发出一声嘶吼。这声嘶吼给了她力量，她以一个女子的力量一力将一个成年男子的身躯从水中拽了上来。苏小猫无比精良的水性在这一刻发挥了救命的力量，她死死捞住他的肩膀，令他呼吸。海平面的风浪打得两个人东摇西晃，但任凭一次次巨浪灭顶，她始终有本事将他牢牢拽在手里。两人一体，天地不分。

“唐劲！”

她拍打着他的脸，又吸了口气吻上他的唇，朝他嘴里吹进呼吸。

一个中了枪的人，一个力量有限的女人，身旁是万顷巨浪，身后是无穷追杀。旁人见了或许都会只剩一声叹息，放弃吧，除了放弃还能怎样呢。但她不肯，她体内住着两个人，苏小猫不肯，苏洲也不肯，两个人都深爱着他，她是以两个人的力量在抗衡这场杀机。

“你这个笨蛋，你来干什么？”她拍着他的脸，滚落热泪，“你好好地去做你的唐家二少爷啊，好好地按你当日所说的去做啊，好好地跟我分开一阵子啊。你跟着我来这里干什么，你为了我这样的人连命都不要干什么……”

她吃定了他这么久。

吃定他当日重伤时受她一恩，吃定他从此以后长情不起，吃定他连分手都阻挡不了他要“苏小猫”这个人。

她吃定他到交出性命的地步，她罪孽深重。

一个浪打过来，将他打向她，她就在他左肩好好落了一场泪。良久，她闻到一阵血腥味，一滴两滴的液体落到她脸上。她摸一摸，知是血。

一瞬间的骨冷席卷她全身，比海浪更冷，比死亡更暗。她抬头，看见一场厮杀。刘油、贺四爷，皆逃不过这一场大逃杀。这是一股决定性的力量，在对猎物进行扑杀。人，此时不叫人，只是衡量性命的一种说法而已。这是走兽式的战争，输赢以存亡计，非常血腥，非常兽性。

苏小猫没见过此等场面，头一次见，天性的反胃瞬间出现，她捂住嘴，吐得天翻地覆。

一双手搂住了她的腰。

她在生死之间一怔，眼眶一红：“唐劲？！”

“不要看。”

他似乎也没有太多力气，但意识还算是清醒的，伸出手覆上了她的眼睛，还她的世界一个救赎。

“这是……”

“这是唐家在清理门户。”

“……”

他是懂的。

因此他更不忍心让她看见。看见了，从此她就快乐不起来了。世尊四十八愿度众生，依然度不尽恒河沙数的劫。他只有一个人，要守一个女孩子的快乐，如何容易？他小心翼翼，心里仍旧晃晃荡荡的。爱一个人原来是这样的，怎样都守不住，怎样都要守。

“小猫，这就是唐家。”他声音很轻，于天地间对她坦诚，“丁延终究没有瞒我，把你想查的事告诉了我，我告诉了唐家。今次是唐易派了人过来处理，他没有亲自动手。呵，没有亲自动手，已经这样了，若有一天他亲自动手，会怎样，我不知道。”

苏小猫愣了很久。

当她反应过来时，眼圈迅速红了：“你这个笨蛋，既然知道了，还情愿和我一同犯险……”

他搂紧她，非常满足：“因为，我知道你心里对唐家有愧，也有身为新闻人的坚持，所以，我成全你。我说过的，你去做就是了，其他的，我来退。”

万事万物都有道理，除了爱一个人。

她再不讲理，他嘴里再不同意，心里也是老早就同意了的。

就像那一晚在酒吧，他喝醉了，忘记了自己是谁也没有忘记仍然爱她。闭上眼，看见的是她的脸；饮尽酒，想起的是深夜她光滑的肌肤在他手掌中潮起潮落。

你告诉我，唐劲如何忘掉苏小猫？

“……”

她看着他，无声落泪。

这一刻她觉得，以“苏小猫”的身份都不够分量来面对他了，她要拿出“苏洲”的分量来用一用才够。

他一阵咳嗽，皱紧眉，止不住地疼痛。

苏小猫就在这一阵痛苦中迅速回了神：“别说话，我带你走。”

她的力量又涌起来了，连拉带拽，将他一起拽上了最近的救生船。上了船，她抽回手，海水退潮，她看清了手心的血迹。

苏小猫这一晚流了太多的眼泪，一声凄厉："唐劲！"

"没事的。"

他脸上血色全无，但意识还在，尽全力宽慰她："记不记得刚认识你的时候，我对你讲过的？为女人受的伤，死不了。"

她捂住他的嘴："不要说话了，唐劲，我不会让你有事的。"

说完，她朝游艇大喊："易哥！救唐劲啊！易哥！"

"……"

唐劲愣了下，随即就笑了。

"你认识他吗？就这么随便装熟……"

中了枪，失了血，但保住了她，他无憾。

他似乎累极了，陷入昏迷前不忘交代她："你这么聪明，做得对。找唐易，他有力量保护你……"

旧时候的人常说"终天之恨"。

她不懂。

这一瞬间，他的手从她掌中缓缓滑落，她忽然就懂了。

如果这世上，再没有了唐劲，她如何原谅自己？

苏小猫猛地跪下去，伏在他冰冷湿透的身躯上，失神半晌，终于仰天嘶吼，一声劫数："唐劲——"

尾声

The end

邵其轩从房间走出来的时候，唐家机灵的小侍女立刻上前告诉他：“易少回来了。”

邵医生脱下医生服，点点头，朝楼下走去。

站在转角楼梯口往下走，他就看见一辆黑色轿车正稳稳地驶进庄园停下。管家上前，拉开车门，一双皮鞋率先着了地，紧接着，一个男人下了车。身旁的人一致向他低首致意，男人一路走进庄园，身旁响起一声声“易少”的恭敬声。

管家跟了他很多年，了解他的习惯，一个眼神示意一旁的侍女上前。刚进门口，就有小侍女端着一盆清水上前，他动作利落地洗了手、擦干净，又脱掉了西服外套。旁边的小侍女心领神会，从他手里接过了手帕、外套，退了出去。邵其轩居高临下看见这一幕，知道唐易今晚是沾过血了。

“哦呀，唐家的大人物回来了。”

敢在这种时候还开一句玩笑的，也只有邵医生了。

唐易迎面走了过来，解开衬衫的两颗纽扣，领口大敞，锁骨处一道深色吻痕一览无遗。邵其轩扫了一眼，当即转过了视线。当事人毫无反应，身为旁观者的邵医生却是个良民，见了此等淫靡景象，喉咙都有点干。

唐易径自上了楼，邵其轩跟在他身后走了上去。尹谦人从庭院里追了上来，追上唐易压低声音告诉他：“刘油已经处理了，唐家还有几个为他办事的人，监控住了，暂时没有动。”

唐易脚步不停，径直走到了一间卧室门前。医用药物的味道传了出来，尹谦人知道，里面正躺着一个重伤的唐劲。

尹谦人顿了顿，见唐易没反应，又大着胆子追问了句：“下面都在等您的吩咐。”

“吩咐？”

唐易盯了他一眼，声音阴狠：“把唐劲搞成这样，怎么不去死？”

“……”

尹谦人头皮一麻，明白今晚这多事之时万万碰不得这人，答了声“是”，迅速撤了。

跟着他走上来的邵其轩看了他一眼，明白今晚唐易是真正被惹火了。这么多年来，唐易被惹火的次数绝不多，第一次是在六岁，亲眼见到母亲遇害身亡的那一日。那日他做了些什么，已不必再提起，邵其轩只明白，那一日给了唐易提前三十年的成熟和阴暗。

“唐劲没事，你放心。”

许是要给他些宽慰，邵医生上前，对他道：“两枪，真是好险。一枪打在了他的防弹衣上，一枪打在了手臂上。前面那一枪还好一点，反而是后面那一枪比较麻烦。他在离开唐家时手臂中过枪，这次再来一次，显然那帮人是对他很了解的，挑最薄弱的地方下手，要置他于死地。”

唐易听完了，开口叫了他一声：“邵其轩。”

听到他连名带姓一起叫，邵其轩就发怵，“嗯”了一声。

“如果唐劲留下点后遗症，你也跑不了。”

“……”

被明目张胆地威胁，邵其轩心情复杂：“能不能好好说话，能不能？”

他没好气地告诉唐易：“刚才我已经将他的伤口全部处理过了，接下来一个月都不要让他有剧烈活动。他不像你，坏人打不死。”

被人讲了句风凉话，唐易也没反应，看样子是根本没听进去。邵其轩知道他今晚是真正担心了，否则不会这么容易被人占了便宜去。

“爸爸去世前求过我，要我照顾他。”

“……”

“若他肯留在唐家，我反而比较好照顾，可是他不肯。他有他的善良和理念，作不了恶，在唐家这个地方顽固又执着地做着一个好人。”

邵其轩转头，张了张嘴，发不出声音。

简单几个字，从唐易嘴里讲出来，听得邵其轩心里一阵起落。

唐家早就是他的，这不是他的父亲决定的，而是唐家所有人决定的。

多少人向着他，多少人将他当成信仰，他比谁都清楚，并且在这些年完美行使了这些特权，将个人威望带至顶点。他擅长将人同化，唐劲把这个称作“压”，无论是谁进了唐家，在唐易手下“压”一年，都会压出一个被驯服的模样来。这样一个人，连他父亲去世前也不得不求一求他。他肯，唐劲今生可得无恙；他不肯，唐劲连踏出唐家半步的可能性都没有。

幸好，他肯。

并且，唐易从不反悔。

人间多艰，你我皆被囚。好人难做，落难的通常都是君子。最后，只有一个唐易，从恶之城走来，无视了清规戒律，以血杀出了一条血路，让所有的君子之道还有安身立命之处。

邵其轩安静半晌，深吸一口气，对他安慰道：“不要多想了，进去看看他。”

唐易踏入卧室，就看见了两个重伤的人。

病床上的唐劲陷入了沉睡，一手包着绷带，一手挂着点滴，似乎心有放不下，昏迷中眉峰仍然是皱紧的。苏小猫正坐在地上，趴在床尾，一身的湿衣服都没换，这会儿半干半湿地全贴在身上，头发也散了，一身狼狈。她时不时抬起脸望一望唐劲，看不了多久，望一眼就有眼泪滚下来。她收回目光，将脸埋进臂弯中，旁人只看得见她微颤的双肩。

邵其轩悄声对唐易道：“这就是苏小猫。根本拉不走她，衣服也不肯换，要在这里守着他。”

有一种女生似乎有一种天生的勇敢，多大的痛苦都压不垮。

苏小猫无疑就是这一种。

除了这一次。

唐劲不行了，这折磨太大了，她受不了。

唐易看了一会儿，叫来一旁的侍女，吩咐道：“给苏小姐拿一条毛毯过来，你在这里照顾着，看她等一下有什么需要。”

交代完，男人脚步一旋，没再停留，举步走了出去。

邵其轩一愣，反应过来时追上了他，问："你不带她离开吗？让她去休息、睡一觉什么的。"

"我为什么要带她离开？"

男人下楼，声音清冷："从此以后，唐劲也有了疼他的人，是好事。"

正说着，楼下一阵骚动。

几个人被反绑住了双手，正跪在门口。见了他，纷纷伏地求饶。尹谦人抬头，向二楼的男人点头示意，意思是人带来了，听候处置。

唐易居高临下扫了一眼楼下的场面，对身后的邵其轩交代："唐劲交给你。"

说完，男人一步一步走下楼梯，声音阴森："至于其他的，我来。"

唐劲醒来的时候，已经是隔日清晨。

药力逐渐散去，他感到手臂隐隐作痛。他有些了悟，应该是伤得不轻，保住一命已是大幸，皮肉之苦在所难免。他扶着额头撑着床坐起来，一抬眼，就看见了苏小猫。

她正趴在他脚边，坐在地上扶着床沿睡着了，身上盖着一条毛毯。唐劲用了点力气倾身，伸手拂开了她额前的头发。长发全散了，脸上泪痕未干，几丝散发黏在了侧脸上。唐劲看了她一会儿，伸手一点一点将它拂去。一张陪他痛了一夜的脸出现在他面前，从此这就是一个学会痛苦的苏小猫了。

他喜欢一切干净透明的东西，比如露珠、花瓣、荷叶糕，比如琉璃、水晶、金刚石，比如合作的条款、合理的买卖、合心的姑娘。

这一刻，就在他伸手拂去她脸上的散发时，她未干的眼泪从眼眶中流下来，落到他的指尖上，干净得不像话，透明得好似一道光。他动作停了停，恍然明白过往喜欢过的都不叫喜欢，从此以后只有为他在睡梦中落下眼泪的这一个人是他真正喜欢的了。

苏小猫在一阵惺忪中转醒。

揉了揉眼睛，见到眼前正坐着看她的人，她猛地就清醒了。

两人一上一下，一高一低，谁也没说话，仿佛先要好好看一会儿，让眼睛看够彼此才可以。

最后还是唐劲先开口了，微微笑了下："为什么睡在这里，离我这么远？"

苏小猫声音沙哑："没有啊，就是想……"

"就是想"了半天，也没讲得出想的内容。

闻名天下的苏洲，一笔惊天下，也有张口失音、词不达意的一天。

"小猫。"

他叫了她一声。她抬头，见他伸手给她，对她无声地邀请。她明白了他的意思，将手放在他的掌心。他当即用未受伤的那只手用力将她拉向他，她往前倾身，就落入了他的怀抱。

他将她稳稳地紧抱在怀里，告诉她："讲不出话的时候，这样就可以了。"

"……"

一瞬间，两人仿佛回到了相遇的那一晚。

那一晚，就是这样，他受伤了，她伸手喂他一口面包一口水，指尖碰到他的唇。肌肤相亲，天下从此生是生非。而他情起不悔，爱的就是这在他心里生起是非的人。

"对不起。"

她深埋在他胸口，眼泪"唰"的一下就下来了："是我，想用'唐家'的分量去换新闻的价值，让《华夏周刊》重回传媒巅峰时代；是我，在察觉刘油打着唐家的名号从事着公海成品油走私活动时，没有告诉任何人，想单凭一己之力将这新闻拿下；是我，没有好好向你解释。其实这件新闻做到最后，是不是为了《华夏周刊》都无所谓了，我是为了你，为了唐家，为了……你会继续喜欢我。"

记者守则第一条，坚持真相，不可有私心。

她怎么会忘了这个？

私心越来越重，顾忌越来越多，最后当她看见他以中枪的结果成全她的无恙时，她终于觉悟，终于后悔。她的私心没有害死她，却差点儿害死了唐劲。

她怎么可以忘记了！

那些血光和打杀，不可以移到书桌的稿纸上。

她抱紧他，眼泪打湿了他的衣服："你不可以有事，唐劲，你不可以。这人间太寂寞了，从前我不怕，现在，不行。亲人、情人，对我而言，都只有你。那天你对我失望推开了我，对我讲，你要和我暂时分开一阵子，我就想，你怎么舍得，是不是不喜欢一个人就会舍得了……"

她说不下去了。

心里伤着，一直好不了，到了他怀里才得一两分解脱。她揪紧他的衣服，哭得没有声音，只有颤抖的双肩泄露了她的泪流成河。

唐劲一点一点用力，抱紧她。

他按着她的后脑，手指穿梭在她的长发里，一下又一下。

"不喜欢你？我也想知道，有什么办法可以让我不喜欢你。"

"……"

苏小猫一愣，眼泪陡然落得更凶了。

唐劲拍着她的背，坏心地看着她大哭了一会儿，忽然低下头，吻上了她的薄唇。

"你那么坏，那天竟然对我说，比起爱我，更爱工作。你想过我的感受吗，你存心的是吗？吃定我喜欢你，所以你舍得在我心里砍那么重的一刀。"

苏小猫搂紧他的颈项，又往他怀里钻了几分。她现在的姿态非常赖皮，从一开始还顾忌着唐劲的伤，到现在已经完全不在意这事了，两条腿都爬到了床上，公然深陷进了一个病人的怀抱。

"我是女孩子啊。"她开始不讲道理了，"你怎么可以和女孩子记仇？"

"单枪匹马对阵刘油的时候，你想过你是女孩子吗？"

"……"

确实……

那时她只把自己当成个英雄，感觉好得不得了。

她理亏了，没有道理可讲了，埋首在他颈肩上，低声诉了一句真心："那天讲的话，不是真心。"

她伸手，隔着一层薄衣，在他心脏处触了触："我的真心，在这里。"

她的声音非常低，却是一声温柔，化开了众生有情。

既英俊，又美好，这样一个人交付起真心来，多余的话都没有，单单那样看着你，目光干净就好似银碗里盛雪。怎么舍得伤她的心？她是历史上为大义错杀自己的英雄，错付情人的美人，有多少错天也原谅，地也纵容。

唐劲低头，微微侧脸，吻上了她的唇。

深浅交错，温柔而缠绵。

爱一个人太不讲理，为她犯的错也可以爱杀她。

"小猫。"他出声相邀，用尽了平生意，"住到我心里来，不要走。"

"嗯。"

天下辽阔，何处求心？

天地不仁我不负你，是繁华。

图书在版编目（CIP）数据

唐家小猫 / 朝小诚著．— 南昌：百花洲文艺出版社，2018.4

ISBN 978-7-5500-2775-6

Ⅰ．①唐… Ⅱ．①朝… Ⅲ．①长篇小说－中国－当代 Ⅳ．①I247.5

中国版本图书馆 CIP 数据核字（2018）第 063356 号

唐家小猫

TANG JIA XIAO MAO

朝小诚　著

出 版 人	姚雪雪
出 品 人	刘运东
特约监制	王兰颖
责任编辑	袁　蓉　　李　瑶
特约策划	马春雪
特约编辑	马春雪　张盛楠
封面设计	ABOOK · 殷舍
封面绘图	阿鹿的alu
出版发行	百花洲文艺出版社
社　　址	南昌市红谷滩世贸路898 号博能中心I期A 座20 楼
邮　　编	330038
经　　销	全国新华书店
印　　刷	北京永顺兴望印刷厂
开　　本	880mm × 1230mm 1/32
印　　张	8.75
版　　次	2018年4月第1版第1次印刷
字　　数	235千字
书　　号	ISBN 978-7-5500-2775-6
定　　价	36.00 元

赣版权登字：05-2018-161

发行电话：0791-86895108
网 址：http://www.bhzwy.com